세계가 우리집이다

소비사회에서 가출한 집시 부부의 4년 캠핑 생활기

지와 다리오 지음

지와 다리오의 집으로 가는 길

    세 번째 찾아간 인도에서 '인생'이라는 긴 여행의 동반자를 만났다. 78시간을 가는 배 안에서 마주친 우리는 헝클어진 긴 머리에 낡은 옷차림의 서로를 알아보았다. 두 개의 삶이 만난 그 지점부터 지금까지 시간과 공간을 나눴다. 생각과 마음도 나눴다. 이른바 1 더하기 1은 1이 되는 상식을 배반하는 사건이 발생했다. 그 후로 마치 '배꼽 두 개'가 이식된 한 몸처럼 함께했다.

    돈 한푼 없이 영국의 페스티발을 돌며 장사를 하고 런던의 펑크족이 점거한 폐가에서 음식 재활용으로 살 때도, 스페인의 나체 히피 공동체에서 겉치레로부터 탈피하는 법을 배울 때도, 향락의 섬 이비사에서 야생의 동굴생활을 할 때도 함께였다. 마드리드에서 불법체류자로서 나름 편안하게 지낸 것도, 1년 반 동안 남미에서 수많은 기적과 만난 것도 함께이기에 가능했다.

무릎 나온 쫄바지와 커다란 티셔츠를 주워다 만든 원피스로 아방가르드한 우리만의 패션을 완성해냈고, 다 찌그러진 양은 냄비를 가방에 매달고 다니며 산해진미가 부럽지 않은 음식을 만들어냈다. 소비라는 이름이 조금씩 지워질 때쯤 창작이라는 이름이 그 자리를 메웠다. 머릿속 상상력을 따라 손이 움직이기 시작하니 아름답고 재미있는 것이 생산되었다. 우리는 온갖 잡동사니로 장신구를 만드는 사람들이다. 씨앗, 뼈, 돌, 조개, 털이 아름답게 조합된다. 우리의 삶 역시 사람, 나무, 해, 달, 별, 들꽃, 구름까지 모든 생명 있는 것들의 아름다운 조합물이다.

우리 각자가 원래 갖고 있는 아름다움의 가치를 무시하고 물질적인 삶의 공허만을 부각시키는 곳에서 낙오자로 사는 것을 당당히 거부하고 배낭 하나가 소유의 전부인 삶을 찾아 떠난다. 호숫가 옆 나무 밑이 우리집이고 야간 버스 안이 우리집이다. 내가 드러누운 곳이 다 내 집이다. 바다가 내 것이고 하늘이 내 것이다. 새소리가 매일 들려오고 철마다 다른 꽃들이 화단에 피어난다. 소유하지 않으면 비로소 내 것이 되는 이상한 나라에서만큼은 우리도 부자가 된다. 이 이상한 나라는 여행자들의 마음속에만 존재한다.

contents

사람들이 수레와 헛간으로 달아날 때 그대는 구름 아래 머물라.
생업이 아니라 오락으로 먹고 살라.
대지를 누리되 소유하지 마라.

-헨리 데이비드 소로

마가리따 섬
푸에르토라크루스
카라카스
산타마르타
리오카리베
카르타헤나
메리다
그란
사바나
VENEZUELA
산힐
비야데레이바
산타엘레나
마라조
보고타
COLOMBIA
산타렝
벨렝
제리코카라
포파얀(실비아)
산아구스틴
푸투마요
마나우스
알테도샤오
올린다(레시페)
키토
오타발로
코토팍시
ECUADOR
몬타니따
침보라소
쿠엔카
투미아누마
BRAZIL
하엔(바구아)
차차포야
살바도르데바이아
카하마르카
트루히요
와라즈
PERU
쿠스코
라파스
리마
코차밤바
이카
BOLIVIA
티티카카
수크레
포토시
우유니
지와 다리오가 1년 반동안 걸은
남미의 길

쌩야생 캠핑 법칙 1
지도와 머리를 따라가지 말고 발길과 마음을
따라가서 다다른 곳에 그냥 드러눕는다. 새들
이 지도 없이도 멈춰야 하는 곳을 아는 것처럼
영혼이 이끄는 대로 가는 용기를 회복한다.

BRAZIL

chapter 1. 브라질
야생의 고수들 곁, 나무 위의 우리집

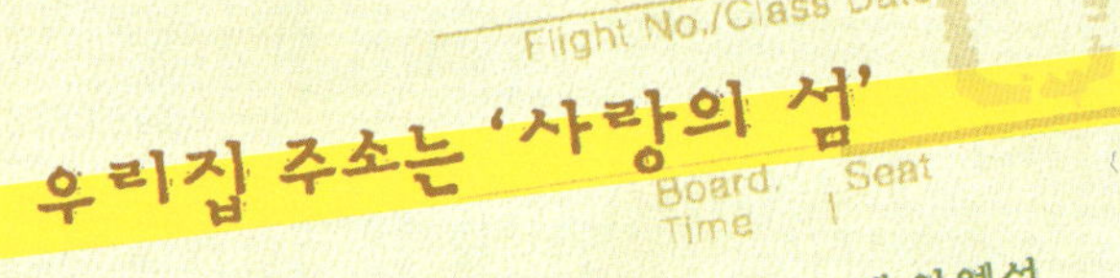

우리집 주소는 '사랑의 섬'

아마존을 거슬러가는 배 안에서

바라보는 풍경은 단조롭다.

황토 빛의 강물과 나무들이 계속 이어지고,

중간 중간 집이 나타났다가 사라졌다가

강이 좁아졌다가 넓어졌다가 할 뿐

그 외엔 아무 변화가 없다.

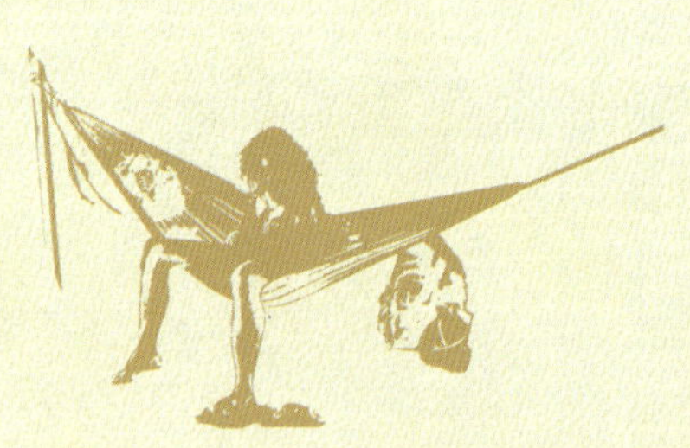

아마존의 시작 혹은 끝에는 '벨렝'이라는 항구도시가 있다. 배들이 대서양과 아마존 강을 넘나들고 여기저기서 온 이름 모를 이방인들이 많은 이곳은 브라질에서도 둘째가라면 서러워할 정도로 위험한 도시다. 호스텔에서 만난 한 독일인은 대낮에 칼 든 강도를 만난 이야기를 하며 당장 떠나야겠다고 겁에 질린 듯 떨리는 목소리로 말했다.

여행 초기에는 무엇을 보아도 감탄사가 절로 나오는 게 정상인데, 내 눈에는 아무것도 아름다워 보이지 않았다. 게다가 벨렝에 온 이후로 나는 입맛을 잃었다. 너무 덥고 습해서 밥은 해가 진 후 한 끼 먹을까 말까였다. 배가 고프다는 생각도 들지 않았다. 단지 생존을 위해 코코넛 물만 수시로 마셔댔다. 그나마 밤이 되면 시원한 바람이 불어와 낮 동안 달궈진 도시를 식혔다. 그렇다고 여유롭게 밤 산책을 할 수 있는 상황도 아니다. 값싼 호스텔의 주인아줌마는 안전을 이유로 손님들이 밤에 나가지 않는 것을 원칙으로 했다. 다정함과는 거리가 먼 주인은 밤 9시가 되면 어김없이 나타나 심술 가득한 얼굴로 공용 거실의 불을 끄고 자기 방으로 돌아갔다. 사람들이 모여 있건 없건 개의치 않았다. 가끔 밤늦게 도착하는 여행객들은 아줌마의 짜증을 제대로 받아야 한다.

우리는 벨렝에서 3일을 지내며 아마존으로 들어가는 배 값을 흥정했다. 남미에서는 그 어떤 것에도 '정가'가 존재하지 않기에 발품을 팔고 재치 있는 대화 몇 마디로 기분파인 그들의 마음을 움직인다면 가격을 얼마든지 깎을 수 있다. 이런 게임 같은 경제법칙은 우리의 여행에서 일종의 재미다. 이를테면 원래는 서울에서 인천까지밖에 못 갈 돈으로 어떤 이는 부산까지 갈 수 있는 것이다. 정찰가격이 존재하지 않는 이곳에서 우리는 절대 가난하지

배 위의 사람들이 던져주는 옷가지를 받으러 나온 모자.

않았다.

　우리의 아마존 정거장이 된 산타렝은 브라질 아마존의 정중앙에 위치한 도시다. 강물을 거슬러가야 하는 벨렝에서 산타렝까지 배로 3박 4일이 걸린다. 배 안에서 4일 동안 뭔가 재미있는 일을 해볼까 생각하다 뜨개질을 하려고 사둔 색실로 머리카락 꼬기에 도전했다. 이틀 만에 열 명쯤 되는 아이들에게 주문을 받았다. 아이들은 이 거래(?)에서 자신이 줄 수 있는 땅콩이나 과자 한 주먹을 내밀었다. 나는 한 번도 대가를 말한 적이 없는데도 아

이들은 항상 작은 무언가를 가져왔다. 배 안에서 사귄 작은 친구들은 언제나 우리 주위에 있었다. 그래서 그런지 우리는 외국인의 가방만 노려서 훔쳐간다는 좀도둑의 타깃이 되지 않았다.

주변 사람들과도 친구가 되기로 했다. 아니, 친구가 되지 않으면 곤란했다. 초면에 모르는 사람들이 양 옆에 누워 잤으니 말이다. 내 오른편에는 온몸에 호랑이 문신을 한 아저씨가, 왼편에는 여호와의 증인 신도 아줌마가 있었다. 아줌마는 연신 나를 전도하기 위해 말을 걸어왔다. 호랑이 문신을 한 아저씨는 말이 없어 더 무서웠지만 핑크색 꽃무늬 이불을 덮고 자는 모습이 나쁜 사람 같아 보이지 않았다. 산타렝에 도착할 때까지 그는 눈의 힘을 풀지 않고 인사 한마디 건네지 않았지만 분명 꽃무늬를 좋아하는 순수한 영혼이라는 사실을 나는 믿어 의심치 않는다.

3층으로 이루어진 배의 길이는 40미터 정도이고 맨 위층에 매점 겸 바가 있다. 밤낮 시끄러운 댄스 음악을 틀어놓고 아저씨들은 돈내기 도미노 게임을 하고 아줌마들은 옆에서 구경했다. 젊은 남녀들은 서로에게 추파를 던지느라 바쁘고 아이들은 뛰노느라 바빴다.

엔진이 있는 바닥 층은 소음이 심하고 바람이 잘 통하지 않아서 더운 대

빈틈없이 달린 해먹은 사람들 사이의 틈새를
오히려 벌어지게 만든다.

신 가격이 저렴하다. 그래서인지 외지에서 몇 달 혹은 몇 년간 일을 하고 고향으로 돌아가는 인디언들이 거의 대부분이다. 그들은 돈을 벌고 돌아가는 사람들답지 않게 궁색한 얼굴을 하고 있다. 어쩌면 도시라는 곳이 가르쳐준 부의 의미를 깨닫고 더욱 가난해져서 돌아가는지도 모르겠다. 우리가 탄 중간층에는 사람이 더 많았다. 공간이 얼마나 비좁은지, 해먹과 해먹 사이에는 거의 빈틈이 없다. 지나갈 때마다 사람들은 서로 접촉해야 한다. 옆 사람이 움직일 때마다 잠에서 깰 정도다. 그래서 브라질 중부에서 만난 많은 외국인들이 배로 아마존을 건너는 것이 매우 불쾌한 여정이라고 했나 보다.

항구에 닿을 때마다 내리는 사람보다 타는 사람들이 더 많다. 가끔 다혈질의 브라질 사람들이 말다툼을 하곤 했는데 대부분 자기 공간에 대한 침입이 원인이다.

아마존을 거슬러가는 배 안에서 바라보는 풍경은 단조롭다. 황토 빛의 강물과 나무들이 계속 이어지고, 중간 중간 집이 나타났다가 사라졌다가 강이 좁아졌다가 넓어졌다가 할 뿐 그 외엔 아무 변화가 없다.

배가 지나가는 작은 마을의 인디언 아이들은 그 시간을 미리 알고 강가에 나와 있었다. 배에 탄 몇몇 사람들이 작아진 아이들 옷가지들을 비닐봉지에 담아 그들에게 던져주었다. 물자를 구하기 힘든 그들을 먼 곳에 사는 이웃들이 돌보는 것이다. 이 작은 걸음이 세상을 바꾸는 힘이라는 것, 세상을 바꾸는 일은 작은 것에서부터 시작된다는 사실에 3박 4일을 타고 온 배에서 내리며 우리는 수면 부족 상태에서도 희망적이었다.

8년째
가출중?

산타렝에서 내리자마자 버스를 타고 '아마존의 카리브해'로 알려진 알테도샤오 Alter do chao로 향했다. 하얀 백사장과 투명한 강물은 이제껏 배 위에서 본 황토색의 아마존 강이 아니다.

발길이 닿는 대로, 눈에 보이지 않는 우주의 에너지가 이끄는 대로 걷다 보니 어느덧 그 이름도 아름다운 '사랑의 섬 Ilha do amor'에 도착했다. 섬의 비하인드 스토리를 듣는 순간 아마존판 견우와 직녀가 연상되었다. (물론 까치도 까마귀도 이야기엔 등장하지 않는다.) 아마존 강은 건기에 들어서면서 급속히 마르기 시작하는데, 강이 마르고 땅이 드러나면 섬은 더 이상 섬이 아니라 육지와 하나가 된다. 그 모습을 오랜 시간 서로 떨어져 있다가 만나는 연인의 러브스토리에 비유했다는 사실에 왠지 모르게 애틋한 감정까지 들었다.

영광스럽게도 우리는 아마존 연인의 재회를 지켜보았다. 건기에 접어든 아마존 강이 하루가 다르게 말라가는 모습이 마치 작은 수족관 같다가도, 길이 6800킬로미터에 이르는 도도한 강물이 도대체 어디로 사라지는 건지 궁금증에 빠지기도 했다.

작은 마을 안의 작은 섬에서 2개월을 보내는 동안 언제나 가족과 함께 있었다. 어느 곳을 가든 잠시 인생을 나누는 가족이 있고 영혼이 쉴 수 있는 집이 있어서 우리는 4년째 가방을 내려놓지 못하고 있었다. 세상에는 지구 반대편에서 온 처음 본 사람을 편견 없이 사랑해주는 사람들이 꽤 많았다. 우리는 이들을 가족이라 부르고, 잠시 지내다 떠날 수 있는 아름다운 자연을 집이라고 부른다. 월세를 내지 않는 자연의 집은 불편만 감수한다면 누구에게나 공평하게 주어진다.

사랑의 섬에 도착한 첫날부터 프레드손(아빠)과 오드리(엄마) 가족과 캠핑, 아니 노숙을 했다. 8년째 집 없이 여행 중인 프레드손과 오드리는 날마다 휴가 중이다. 8년에 걸쳐 상파울로에서 아마존까지 히치하이킹으로 오는 동안 부부는 중간에 아들 자이언(4세)과 딸 하라(1세)를 낳고, 원하는 곳에서 수개월씩 머물기도 했다.

그들의 소유물이라고는 망가진 텐트와 배낭, 그나마 값나가는 것은 섬으로 매일 가족을 실어 나를 수 있는 10만 원 정도의 중고 배가 전부다. 프레드손은 장신구를 만들어 팔아서 돈을 번다. 수입은 적지만, 쭉 지켜본 결과 그들이 전혀 부족하지 않다는 것을 알게 됐다.

가족들과 함께 하는 시간이 길어질수록 우리는 더욱 더 한패로 붙어 다녔다. 가장인 프레드손은 손재주가 뛰어나지만 게을렀다. 하루는 꽤 많이 팔았는지 돈이 생기자 며칠 동안 전혀 일을 하지 않고 놀았다. 그러다 아이들의 우유 값이 떨어질 무렵 부리나케 장신구를 만들기 시작했다. 그는 솜씨 좋은 예술가이자 이야기꾼이다. 프레드손의 이야기를 듣고 있으면 그의 인생이 수 편의 영화로 이루어져 있다는 것을 알 수 있다. 물론 그야말로 논픽션이기에 마음으로 오는 감동은 영화보다 더하다.

즐거운 나의 집.

방랑자의 운명을 타고난
프레드손

　　프레드손의 어머니는 주술사였다. 그가 열두 살쯤 됐을 때 어머니는 다가오는 죽음을 느꼈는지 가족 모두를 멀리 보내고 혼자 죽음을 맞았다. 총에 맞았는데 그 자리에 있었더라면 프레드손 역시 어머니와 같은 운명을 피해갈 수 없었을 거라며, 자신이 살아 있는 것이 어머니의 은혜라고 했다.

　　하루는 그가 매일 입고 있는 허름한 바지를 무릎 위까지 걷어 올리더니 손가락마디만 하게 튀어나온 부분을 만져보라고 한다. 분명 무언가가 있다. 내가 잘 모르겠다고 하자 그는 그것이 총알이라고 말해주었다. 그의 몸에는 적어도 세 개의 총알이 박혀 있다. 그 총알을 몸에 박아준 사람이 누구냐고 묻자 다름 아닌 옛 여자친구의 오빠란다. 이 황당한 시추에이션을 아무 일도 아닌 양 태연하게 전하는 그의 대범함에 놀랐다. 그는 자신의 삶이

◀ 한 달 동안 함께 캠핑, 아니 노숙을 한 프레드손 가족.
▶ 건강하게 인생을 즐기는 프레드손과 부인 오드리.

끊임없는 기적임을 반복해서 이야기했다.

"나는 죽을 운명을 계속해서 피해왔어. 죽음의 신은 나를 계속해서 따라오는데 나도 그동안 터득한 게 있지. 한곳에 머물지 않는다는 것! 계속 움직여 다니는 거야! 죽음의 신과 숨바꼭질을 하는 것처럼……."

어쩌면 프레드손의 어머니는 그의 운명의 시계 초침을 살짝 돌려놓았는지도 모르겠다. 죽음의 신이 찾아올 수 없도록 그는 거의 10년째 주소도 없이 옮겨 다니며, 오늘과 똑같은 내일이 존재하지 않는 세계에서 살고 있다. 프레드손이 심히 강제적인 여행자, 아니 방랑자의 운명을 타고났다는 생각이 들었다. 그야말로 한곳에 머물 수 없는 철저한 이유를 가지고 있는 것이다. 여하튼 그는 그날도 건강하게 살아서 우리와 맥주 한 병을 사이좋게 나눠 마셨다. 잔을 비우며 나는 그가 방랑을 멈추지 않고 죽음의 신을 계속 피해가기를 기도했다.

네 살 아이의
무소유적 삶

　자이언을 처음 보자마자 나는 사랑에 빠졌다. 태어난 지 4년째 접어들지만 한 번도 머리를 자른 적이 없는 아이는 꼬마 '밥 말리'를 연상시키는 드레드 록(흔히 레게 머리라고 불리는 스타일)을 하고 있었다. 처음 보는 나의 손을 스스럼없이 잡으며 강에 들어가서 놀자고 말하던 자이언은 내가 아는 아이 중 가장 사랑스러웠다.

　장난감을 많이 가져본 적이 없는 아이는 언제나 자연에서 많은 장난감을 찾았다. 주로 나무 조각, 돌, 가끔 잡히는 아마존의 작은 물고기들이다. 그것으로도 충분히 재미있게 놀았다. 자연이 최고의 장난감이 될 수 있다는 것을 이 아이를 보고 깨달았다. 한번은 코바늘로 뜨개질한 어설픈 인형을 만들어주었는데 아이가 주물럭거리며 물속에서 가지고 노는 동안 이내 몸의 부위들이 스스로 해체되었다. 그리고 아이는 망가질 염려가 없는 자연의 장난감으로 다시 돌아갔다.

　자이언은 우리와 함께 식료품을 사러 동네 구멍가게에 가는 것을 좋아했는데 그렇다고 무언가를 사달라고 조른 적은 한 번도 없다. 그런 자이언이 예뻐서 나는 오히려 간식거리를 사주곤 했다. 한번은 아이스크림 하나를 사주었는데 신이 난 자이언은 마을 중앙에 있는 공터에서 만난 히피들에게 모두 한 입씩 주었다. 아이에게는 나누는 것이 아이스크림을 가장 맛있게 먹는 방법이었다. 나는 작고 보잘것없는 것이라도 나누는 아이의 모습에 감동받았다. 네 살짜리 자이언은 우리에게 '나누면 더 즐겁다'는 삶의 작은 지혜를 가르쳐준 선생님이기도 하다.

　네 살쯤 되는 여느 아이들이 쉴 새 없이 반복하는 "내 꺼"라는 말은 자이언이 알고 있는 사전에는 없다. 내 것이 네 것이고, 네 것이 내 것인 세상에 사는 자이언은 얼마나 풍족할까. 아무리 많은 것을 축적한다 해도 그만큼 부자로 사는 사람은 별로 없을 것이다.

◀ 물놀이하는 자이언.　▶ 아빠가 만들어준 활을 가지고 노는 자이언.

누가 봐도 거리의 가족인 그들이 입버릇처럼 하는 말이 있다.

"부에나 비다Buena vida."

'인생 참 좋다'는 뜻인데 세상 사람들이 이 말을 이해할 수 있을지는 의문이다. 처음에는 나 역시 그들의 삶이 신기하기만 했다. 하지만 함께 시간을 보내고 며칠이 지나자 그들이 느끼는 행복감이 내게도 자연스럽게 전해졌다. 그들의 행복은 많은 것을 소유한 데서 오는 것이 아니라 삶에 대한 순수하고 무한한 감사에서 오는 것이다. 매일 아침 떠오르는 태양의 아름다움을 찬양하고, 날이 더우면 나무 그늘 밑에 해먹을 내걸고 얼굴 가득 행복한 미소를 담고 한나절을 누워 있다. 값싸고 질 나쁜 고기 한 점을 먹는 것도, 여윳돈이 생겨 맥주를 넉넉히 마시는 것도, 그 모든 것이 그들이 말하는 좋은 인생이다.

사랑의 섬에서 지낸 지 며칠이 지나자 마치 내 집처럼 편해졌다. 해먹에 누워 있으면 태양이 강에서 솟아올라 한동안 내 머리 위에 머물다가 다른 한쪽으로 떠나는 모습을 볼 수 있다. 태양이 마실 나왔다가 돌아가는 것이라고 생각했다. 태양이 가는 길을 이렇게 정확히 느낄 수 있는 곳에 있다는 것이 좋았다. 천장 없는 집에 사는 사람들의 특권일 것이다. 태양이 집으로 돌아가면 달이 마실을 나왔다. 달이 뚱뚱해졌다가 다시 홀쭉하게 살을 빼는 것을 지켜보았다. 은하수가 흐르는 것도 보았고 별똥별도 수없이 보았다.

그들과 삶을 나누는 동안 나는 많은 것을 배웠다. 여럿이 함께 지내면서도 개인의 공간과 시간을 찾는 법, 그것이 이기적인 일이 아니라 당연한 일이라는 것, 아이들과 노는 법과 자연을 사랑하는 법, 더러워짐에 익숙해지는 법, 사람들과 나누는 법, 나만의 장신구를 만드는 법, 정글 화장실을 쓰는 법, 바나나 하나로 배고픔을 잊는 법, 해먹에서 자는 법, 신발 없이 다

프레드손과 자이언, 하라의 진정한 부에나 비다.

니는 법까지(누군가가 신발을 훔쳐갔다). 하지만 새벽 추위에는 익숙해지는 법이 없었다.

자연에서의 생활이 익숙해짐에 따라 나의 겉모습도 자연과 하나가 되었다. 강물을 더럽히고 싶지 않아 비누와 샴푸를 쓰지 않자 머리는 자연 드레드로 변했고 피부도 거칠어졌다. 그런데 무엇이 더러운지 모를 딜레마에 빠졌다. 나의 겉모습이 더러워질수록 강물은 덜 오염되고, 강물이 오염될수록 나의 겉모습은 깨끗해 보였다. 무엇이 옳을까 곰곰이 생각하다가…… 비누와 샴푸를 쓰지 않는 쪽으로 마음을 굳혔다. 나의 겉모습보다 강물이 내게 더 가치 있기 때문이다.

일상생활에 필요한 것들이 하나둘 줄어들어 그 어떤 것도 필요치 않았던 그때를 생각한다. 정말이지 "부에나 비다"다.

After − 이제 도시에 사는 엄연한 도시인으로서 강물이 오염되는 것이 싫어서 겉모습을 포기하지는 않는다. 아니 조금 더 멋지게 치장하려고 노력한다. 그런데 우리만큼은 자연을 더럽히는 데 공헌하지 말자며 처절하게 궁상을 떨었던 사랑의 섬에서의 우리가 더 빛나는 이유는 왜일까?

‘사랑의 섬’은 주말이 지나면 사람들의 발길이 거의 닿지 않는 고요한 곳으로 변한다. 카리브해의 해변 같은 아마존 백사장의 작은 코코넛 지붕 레스토랑들도 문을 닫는다. 그러면 우리는 친구들을 데려와 파티를 했다. 브라질의 값싼 술 카챠사^{사탕수수로 만든 40도의 브라질 술} 한 병과 고무를 뜯는 것 같은 형편없는 고기 몇 점을 불에 올리면 파티는 저절로 따라왔다. 그 누구도 MP3나 스피커는 가지고 있지 않았으나 자기 앞에 있는 잡동사니로 엉터리 연주를 하고 노래를 했다. 가끔 기타를 잘 치는 친구가 하나 있으면 분위기는 최고조로 향한다. 걱정이나 스트레스라는 단어는 존재하지 않았다. 우리는 사소한 일에도 크게 소리 내어 웃었고 쉽게 행복해했다.

그곳에서 만난 친구들은 보통 몇 년째 남미 대륙을 방랑하는 히피들이다. 개중에는 상파울로에서 대학까지 나왔지만 현대 사회가 만들어놓은 질서에 순응하길 거부하는 무정부주의자들도 있고, 파벨라^{Favela, 빈민지역} 출신의 글 못 읽는 이들도 있다. 그런 건 아무 상관없었다. 여행자라는 공통점이 우리를 하나로 묶었으니까.

하루는 배로 노를 저어 두 시간 거리의 ‘마카코’ 섬에 살고 있는 콜롬비아 친구의 초대를 받았다. 마카코는 포르투갈어로 원숭이라는 뜻인데, 정글 섬에 빨간 얼굴의 작은 원숭이들이 살고 있다.

떠나는 날 아침부터 프레드손은 자신이 ‘선장’이라며 거드름을 피웠지만 누구도 그의 심기를 건드리지 않았다. 나와 다리오까지 여섯 명이 탄 작은 배의 노를 꼬박 두 시간 동안 혼자서 저어야 했던 그는 마른 체구지만 힘은 장사다. 하지만 이 여행 이후 모터를 간절히 원했다. 꽤나 힘들었던 모양이다. 진정으로 원하면 이루어진다는 요즘 유행하는 ‘끌어당김의 법칙^{Law of}

’대로 한 달 후 그는 모터를 갖게 된다. 도시에서 온 부자 노인이 선물한 것이다. 그러고 보면 '우주의 에너지'는 진정 사실이다.

그 어떤 여행 가이드 책에도 나오지 않는, 아는 사람만 찾아갈 수 있는 마카코 섬에는 신선한 샘과 친구의 작은 코코넛잎 집이 있다. 배에서 내리자마자 우리는 이곳에 도착한 것을 기념이라도 하듯 불을 지피고 요리를 했다. 고기 몇 점과 떠나오기 전 마을의 낚시꾼에게 산 가시 많은 민물고기 몇 마리를 숯불에 구운 게 다지만, 배고픈 우리에겐 왕의 밥상이 따로 없다. 고기가 익기를 기다리는 동안 다리오와 하라는 야생에서 노느라 금세 온몸이 흙으로 더러워졌다. 자이언은 이곳에 사는 고양이들과 노느라 정신이 없었다.

내가 할 수 있는 일은 한정되어 있었다. 전기도 가스도 없이 생활하는 것은 이미 익숙하지만 그야말로 혼자 나갈 수도 없는 정글 안에서 지내는 것은 편안함과 불안감을 동시에 안겨주었다. 오기 전 얻은 책을 몇 페이지 읽고 다시 덮었다. 철저한 자연 속에서 책을 읽은들 그다지 흥미롭지 않았다. 심심해지면 샌들을 신고 정글을 걸었다. 독성 벌레가 있다는 것을 알지만 아무도 조심하는 기미가 없었다.

불개미들의 극성에도 네 살배기 자이언조차 언제나 맨발이다. 프레드손과 오드리는 한 번도 주의를 주지 않았는데 이유는 자이언이 야생에서 강하게 자라길 바라기 때문이다. 불개미에 물리면 약 30초간 따가움이 진행되는데 최악은 나중에 찾아온다. 다음날이면 불개미가 문 자리마다 작은 물집이 올라오는데 모기에 물렸을 때보다 몇 배나 가렵다. 자이언은 맨발로 놀다가 불개미에 물리면 금방이라도 울 것 같은 표정을 지었지만 그렇다고 진짜 운 적은 없다. 어른인 나도 아파서 울고 싶을 때가 있는데, 이 세상에 태어난 지 4년밖에 안 된 아이는 아픔을 참는 법을 터득하고 있었다.

프레드손과 오드리는 아이를 하나의 완성된 인격체로 대하고 언제나 자연에 노출시킨다. 물론 자연에는 위험이 도사리고 있지만, 또한 자연은 사랑하는 법을 가르쳐주는 좋은 선생이기도 하다. 교육철학을 논할 만큼 지적인 사람들은 아니지만, 그들은 내가 만난 부모 중에 가장 멋지게 아이들을 키웠다. 누구보다 멋진 아나키스트이고, 풍부한 이야기꾼이고, 아름다움을 창조하는 예술가지만 정작 자신들은 몰랐다. 아무것도 의식하지 않고 살아가는 그들이야말로 진정한 삶의 주인으로 보였다. 어쩌면 인생을 잘 살아가는 방법은 이들처럼 그냥 흘러가는 것이 아닐까. 정해진 게 하나도 없는 여행을 하면서 나는 어느덧 삶의 다른 면을 바라보고 있었다.

세상 사람들에게는 어리석고 대책 없어 보이는 방랑의 삶은 오히려 인생을 잘 살아보기 위한 선택이 되었다. 그리고 여행에서 만난 무수한 사람들 중 (프레드손과 오드리처럼) 우리가 '가족'이라고 부르는 이들에게 배우고 그들과 삶을 나눈다. 그들이 가족이 되는 이유는 그들의 존재가 절대 잊히지 않는 우리 영혼의 한 부분이기 때문이다.

마카코에 있는 며칠 동안 불개미들을 모조리 태워 죽이고 싶을 정도로 시달렸다. 그래도 우리는 맨발을 고수했다. 어차피 가지고 있는 샌들로는 불개미의 공격을 피할 수 없다. 타파조 국립공원에 네 번이나 명상을 하러 왔다는 달라이라마도 정글에서 맨발이었을까 하는 생각을 했다. 실제로 전용기를 타고 알테도샤오에 휴가를 왔었다는 빌 게이츠가 맨발의 히피가 된 모습을 상상하면 너무 웃긴다.

하루에 한 번 비밀의 샘에 가서 목욕을 했다. 돌아와서 함께 밥을 짓고 저녁에는 모닥불 곁에 앉아서 이야기를 나눴다. 나의 불완전한 스페인어는 점점 포르투갈어로 변했다. 여전히 내가 스페인어로 말하고 있다고 생각했지만 그들이 내 말을 잘 알아들었으니 말이다.

마카코 섬에서의 생활이 지겨워질 무렵, 타파조 국립공원 안의 인디언 마을로 갈 채비를 하기 위해 다시 사랑의 섬으로 돌아왔다.

국립공원 안에서 살아가기

길이 1미터 정도의 악어를
바로 곁에 눕히고 함께 자야 하는 상황,
긴장감으로 쉽사리 잠이 오지 않았다.
뚫린 천장 너머 깜깜한 밤하늘에서는
별들이 쏟아질 듯했다.
어느 순간 갑자기 '타타타' 소리가 났다.

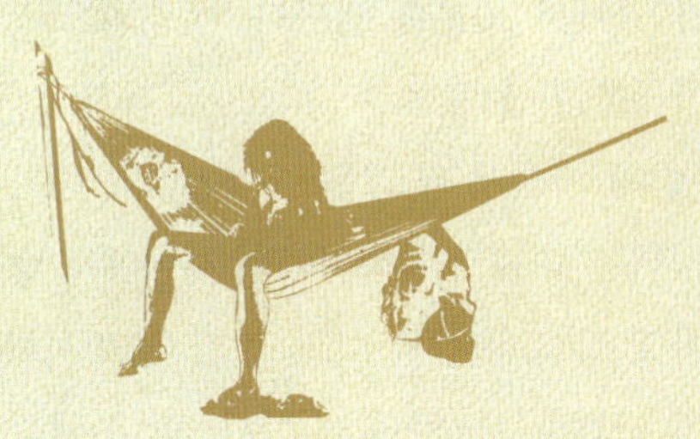

출산과 TV의
상관관계

　　광활한 천혜의 원시림으로 이루어진 아마존의 타파조 국립공원은 나무
와 야생동물과 인간이 더불어 살아가는 자연공동체다. 인간으로는 유일하
게 국립공원 안에 지붕을 얹고 살 수 있는 권리가 그곳 인디언들에게 주어
졌다. 그들만이 자연을 죽이지 않고 공존할 수 있는 능력을 갖고 있기 때문
이다.

　　산타렝에서 하루에 한 번 있는 버스를 타고 두어 시간을 달리면 인디언
들의 공동체마을이 나온다. 버스는 낡고 냄새가 나지만 창밖으로 펼쳐지는
빽빽한 밀림 숲을 감상하느라 불편함을 느낄 겨를도 없다. 몸통이 온통 초
록색 이끼로 덮여 있는 나무들의 모습을 그림으로 그린다면 전체를 녹색으
로 칠해야 할 것이다.

　　몽골계처럼 보이는 승객들은 가는 내내 호기심 가득한 눈으로 우리를
쳐다보았다. 마음 내키는 대로 한 마을에서 내렸다. 여섯 가구가 사는 자마
라쿠아Jamaracua 마을이다. 동네를 한 바퀴 돌며 사람들과 눈인사를 나누는데
집들이 띄엄띄엄 있어서 20분쯤 걸렸다. 마지막으로 들른 집에서 드디어
소코로 아줌마 가족을 만났다.

　　천막집에서 함께 지내게 된 그들은 그야말로 대가족이다. 그녀의 남편
인 일라실다 아저씨는 48세로 아줌마와의 사이에서 낳은 자식만 13명이다.
위로는 모두 출가했고, 스무 살의 시집 안 간 딸 이사나와 아직 학교에 다니
는 연년생 아들딸 6명이 부모와 함께 산다. 막내 셀리아는 네 살이고 큰딸
은 28세로 (당시) 나와 동갑이었다. 옆 마을에 사는 큰딸은 벌써 6명의 자녀
를 출산했다. 전통처럼 대대로 이어진 다산의 이유는 마을 사람들이 입버릇
처럼 하는 농담으로 설명된다.

"이 동네는 전기가 안 들어와서 텔레비전이 없어."

그래도 요즘에는 덜 낳는다고 애써 말하는 소코로 아줌마⋯⋯. 그녀의 할아버지는 두 명의 부인을 두었는데 슬하에 자식이 32명이었다고 한다. 그때는 라디오도 없었던 모양이다.

이의 알을 제거하기 위해
머리카락을 제거한 다리오.

타파조 국립공원 안의 인디언 커뮤니티 자마라쿠아에 도착한 지 10일이 넘어갈 무렵부터 머릿속이 간지러웠다. 결국 내 예상이 적중한 순간이 와버렸다. 머릿속에서 다른 생명체들이 자손을 번창시키며 살아가고 있었던 것이다. 간지러움이 단순히 더러움과 열기의 복합작용이기를 그렇게 바랐건만……. '이' 사실을 받아들이는 것이 힘들었다.

이를 제거하기 위해 일주일 동안 매일 다섯 번씩 독한 비누로 머리를 감았다. 머리카락은 어느새 뻣뻣한 빗자루가 되었다. 머릿속을 방황하며 돌아다니는 생명체의 움직임이 줄어들 거라 믿고 싶었다. 일생에 한 번 삭발을 하는 것도 나쁘지 않을 것이라는 생각까지 했다.

소코로 아줌마는 한눈에 내가 이 소유자임을 알아차렸다. 알고 보니 그녀의 딸들이 우리에게 이를 옮긴 것이다. 아침부터 아줌마는 내 머리를 붙들고 '이 퇴치 작전'에 돌입했다. 우선 머리 전체에 아마존에서 자라는 '안디로바'라는 식물의 천연기름을 바르고 식칼로 한꺼번에 알들을 빼내며 '이' 제거에 '장인'다운 면모를 보여주었다.

나의 인생동무 다리오를 위해서는 좀 더 강력한 방식이 준비되어 있었다. 그날 오후 소코로 아줌마는 대뜸 그의 머리에 휘발유를 뿌리기 시작했고, 그의 머리에서 자라던 생명체들은 우수수 떨어지며 투신자살을 했다. 하지만 알을 전부 죽이지는 못했다. 할 수 없이 다리오는 유난히 알이 많은 귀 뒷부분의 머리카락을 다 밀어버렸다. 패셔너블해 보이는 그의 헤어스타일은 사실 알들을 제거하기 위한 최후의 수단이었던 것이다. 이것이 첫 번째 휘발유 체험이다.

다음날 아마존이라고는 믿기 힘든 백사장이 있는 강가에서 플라스틱

원반을 던지며 놀던 다리오는 드디어 그렇게 기다리던 라야^{Raya, 촉수에 독을 가진}
^{민물 가오리}를 느꼈다(?). 엄살 제로의 다리오는 태연하게 라야에 발바닥을 찔
렸다고 말하면서, 걱정 말라고 오히려 나를 안심시켰다. 열 걸음이나 걸었
을까, 신경을 타고 올라오는 독을 느끼며 다리오가 주저앉았다. 때마침 강
을 지나가던 다른 부락 인디언 가족의 배를 발견한 나는 요란을 떨며 불러
세웠다. 여덟 살이나 먹었을 선주의 아들은 배가 닿기도 전에 헤엄쳐 가서
소코로 아줌마의 가족들에게 다리오의 상황을 전했다.

라야에 물렸을 때 대처법

1. 아마존식: 신선한 닭똥을 붙인다. 간 양파에 휘발유를 섞어 상처에 바른다.

2. 미국 캘리포니아식: 따뜻한 물에 레몬즙을 타서 상처 부위를 담근다.

3. 한국식: 된장을 바른다.(아마존에선 불가능)

이곳은 아마존이므로 아마존 식대로 했다. 개똥도 약에 쓰려면 없다고,
평소 그렇게 신경을 건드리며 싸돌아다니던 닭들은 눈에 띄지도 않는다. 닭
을 잡고 똥을 싸길 기다려야 할까, 고민하는 사이 아줌마는 대뜸 휘발유를
그의 상처 부위에 뿌렸다. 다리오는 이 상황에서 비장의 4번, 스페인식 대
처법을 제시했다. 바로 술에 취해 현실을 잊는 것!

"가서 카챠사 한 병만 가져와!" 카챠사 반 리터를 숨도 안 쉬고 들이부
은 다리오에게 동네 아저씨는 정글에서 귀하게 전해지는 나무껍질 가루를
담배와 섞어 피우게 했다. 아마존식 천연 마취제다. 그 마을 인디언들은 어
릴 적부터 몸이 아플 때 이것을 담배와 함께 피웠다고 한다. 다리오는 혼자
술에 취해, 나무껍질에 취해 행복해했다. 라야에 찔린 것도 잊은 채 두 시간
후 그는 동네 아이들과 맨발로 축구를 했다.

찌는 듯한 더위가 계속되었다. 거의 매일 동네 아이들과 차가운 샘이 흐르는 곳까지 한 시간을 걸어가 시원하게 즐기고 다시 한 시간을 걸어 돌아왔다. 돌아오면 더운 것은 그대로이고 오히려 젖은 발에 먼지가 잔뜩 쌓여 더 지저분해졌다. 그런데도 아이들은 우리와 물놀이를 가기 위해 학교가 끝나면 서둘러 집으로 돌아왔다.

소코로 아줌마의 어린 딸들은 언제나 우리 주위를 맴돌았다. 나는 그들과 최대한 놀아주려고 했지만 관심을 표현할수록 그들은 나에게 더 많은 관심을 요구했다. 함께 그림을 그리고 내가 칭찬을 해주면 그 달콤한 칭찬이 더 듣고 싶은지 하루 종일 따라다니며 그림을 보여주었다. 대가족의 자식으로 태어난 아이들은 육체노동으로 바쁜 부모에게 많은 관심을 받지 못한다. 그런데 그들의 낙서 하나하나에 과잉반응으로 답하는 사람이 나타나니 처음으로 인정받는 쾌감을 느낀 것이다. 졸지에 우리는 자마라쿠아 마을의 풀타임 베이비시터가 되었다.

하루는 열두 살짜리 셋째아들 이구가 강물이 말라 생긴 길을 따라 섬에 갔다가 거북이알을 열댓 개 주워왔다. 나는 그것을 당장 제자리에 돌려놓으러 가자고 설득했지만 아이는 내 말을 듣지 않을 뿐더러 나를 이해하지 못하는 눈치였다. 동네 아이들은 이구에게 메추리알만큼 작은 알을 하나 얻어먹으려고 별짓을 다했다. 아이들이 얼마나 맛나게 먹는지 바라보던 내가 넋을 잃을 정도다. 눈치 빠른 막내 셸리아가 한 숟가락 떠서 내 입에 대며 먹으라고 했지만 거절했다. 나중에야 내가 그들을 문명이라는 잣대로 평가하고 있었음을 깨달았다.

그들에게는 분명 그들만의 삶의 방식이 있는데, 고작 이방인 주제에 내가 무엇이 더 친환경적이라고 말할 자격이 있을까? 오히려 지구온난화와 환경오염 때문에 자연의 먹거리가 사라질 위기에 있는 그들이 문명인에게 화를 내야 하지 않나……. 창을 가지고 낚시를 하는 그들이 바다의 밑바닥까지 긁어내는 커다란 원양어선의 존재를 알면 얼마나 화가 날까? 최소한의 단백질을 구하기 위해 자연의 은혜로 동물의 피를 보는 그들이 동물의 털을 입기 위해 수많은 동물들을 처참히 죽이는 사람들도 있다는 사실을 알면 얼마나 화가 날까? 자연과 더불어 살아가는 방식에 관한 한 그들은 결코 미개하지 않은데도 부자 나라 사람들은 오히려 그들을 가르치려 든다. 그들의 아버지, 아버지의 아버지가 그랬던 것처럼 자연을 최대한 존중하며 살아가는 그들에게 동물의 멸종위기 운운한다는 게 얼마나 어불성설인가.

잠시나마 아이들을 훈계하려고 했던 내 모습이 오히려 부끄러웠다. 나는 못된 이방인이었다.

휴지 한 장 쓰기가 무서워졌다. 그러고 보니 우리가 지내는 천막에서 15미터 떨어진 뒷간에는 휴지가 없다. 물 한 바가지로 휴지를 대신하는 인도 사람들, 넙적한 잎사귀로 휴지를 대신하는 아마존 사람들, 그것이 더럽다고 하는 이방인들……. 무엇이 더러운지 잘 모르는 이방인들은 자기 손만 깨끗하면 된다.

휴지를 쓰지 않는 민족(?)은 치질에 안 걸린다는 말도 심심찮게 들었는데 뒷간을 방문하는 가족들을 관찰한 결과 대개 쾌변을 보는 모양이었다. 그들은 뒷간에 갈 때 키가 무릎만치 자라난 풀 중 부드럽고 꽤 두꺼운 잎사귀를 하나씩 챙겨갔다. 환경오염과 동물의 멸종위기라는 심각한 문제를 고민하던 못된 이방인은 남의 가족 대변 습관까지 주의 깊게 관찰하기에 이르렀다.

더 이상 아이들이 자연에서 구해온 먹을거리를 가지고 시비 걸지 않았다. 하루는 아이들이 마당에 있는 구아버 나무에서 아직 익으려면 몇 달은

있어야 할 어린 열매들을 따고 있었다. 꽤 키가 큰 나무 위에 올라간 왈가닥 딸들에게 아빠는 과일이 다 익을 때까지 기다리라고 소리쳤지만, 아이들은 이미 주머니 가득 설익은 구아버를 채운 후다. 아빠가 집 안으로 들어간 후 이번에도 눈치 빠른 셀리아는 주머니에 숨긴 대추알만 한 구아버 열매를 꺼내 나에게 건넨다. 시고 떫은 맛에 얼굴이 일그러졌다. 이게 맛있냐고 묻자 아이는 눈을 크게 하고 고개를 끄덕인다.

아이들은 하루 종일 배가 고픈지 먹을 것에 집착했다. 어쩌면 단순히 배를 채우기 위한 것이 아니라 그들에게는 놀이일지 모른다. 그 흔한 텔레비전도 없는 오지마을 아이들은 오늘도 못된 이방인과 놀기 위해 학교가 끝나자마자 달려왔다.

나는 모기에 물려도 한두 시간 지나면 자국이 사라지는 면역력을 가졌다. 모기에 많이 물릴수록 나의 면역력은 더 강해지고 그만큼 오지여행을 하는 데 강점으로 작용한다고 여겼기에 그동안 나를 물어준 모기들에게 감사하는 마음도 있었다. 하지만 아마존에 온 후로 나의 면역력은 힘을 잃었다. 아마존에 들어올 때 말라리아 예방약을 먹을까 망설였지만, 결국 100% 예방은 불가능하다고 쓰인 약봉지를 다시 배낭 깊숙이 넣고 운에 맡기기로 했다. 평생 (종류가 다른) 말라리아에 세 번 걸렸다는 일라실다 아저씨에 따르면, 말라리아는 우기 때 오는 모기들이 옮기기 때문에 건기에는 걱정하지 않아도 된다고 한다. (말라리아 약을 먹지 않기로 결정한 데는 경험자인 아저씨의 설명도 한몫 했다.)

그런데 걱정하던 뎅기열이나 말라리아 대신 상상도 못했던 다른 고통이 기다리고 있었다. 온갖 종류의 벌레와 모기 물린 부위의 가려움을 참느라 너무 힘들었다. 나중에는 결국 피를 보았는데 다음날이면 그 부분이 곪아 노란 진물이 쉬지 않고 흘렀다. 부위는 점점 커지고 발은 통통 부어올랐다. 가루약을 뿌려 상처를 말려보려고 했지만 계속해서 흐르는 농이 약과 섞여 상처 부위만 더욱 더러워졌다. 동네에서 들은 전설 하나, 30년 전 뱀에 물린 상처가 아직 아물지 않은 남자도 있다고 한다. 어쩌면 아마존에서는 있을 수 있는 이야기라는 생각도 든다.

내 모습을 보고 소코로 아줌마가 아이들에게 카주나무 껍질을 가져오라고 했다. 나무껍질과 구아버 나뭇잎을 빻은 물을 상처 부위에 바르자 거짓말처럼 진물이 말랐다. 그들만의 의학이 분명 존재했다.

그날 저녁 나는 불빛이라곤 희미한 촛불밖에 없는 천막 안에서 숨어 있던 벌레의 공격을 받았다. 어두워서 눈에 보이지도 않는 상황에서 엄지손가락이 얼얼해왔는데 무엇에 물렸는지도 모른다는 사실이 두렵기만 했다. 다리오는 해먹 안에서 날개 달린 검은 왕개미를 발견하고 나에게 걱정 말라고 했다. 그날 밤 발의 종기도, 백 군데가 넘는 가려운 모기자국도 두 배로 부어버린 엄지손가락의 고통이 전부 덮어버렸다. 그리고 나는 자마라쿠아에 와서 처음으로 한 번도 깨지 않고 깊은 잠에 빠졌다. 때때로 더 큰 고통이 약이 될 수도 있다.

악어의
운명

　일라실다 아저씨가 새벽에 악어 한 마리를 등에 짊어지고 왔다. 열두 자식을 둔 인디언 마을의 아버지는 아직도 맨손으로 악어 한 마리를 거뜬히 사냥할 만큼 건재하다는 것을 증명했다. 악어 목에 꽂혀 있던 쇠 후크를 빼자 약간의 피가 보였다. 목덜미에 상처가 있었지만 그것 때문에 악어가 죽을 것 같진 않았다. 엄청난 생명 에너지가 느껴졌다. 아저씨는 악어가 더 이상 반항하지 않자 입 주위를 두른 밧줄을 풀고 우리가 자는 천막에 두고 갔다. 이유는 잘 모르겠지만 아마도 악어가 손님인 우리를 위한 것이라는 의미였던 듯하다. (아니면 밤새 겁먹고 떨 우리를 놀리기 위해?)

　길이 1미터 정도의 악어를 바로 곁에 눕히고 함께 자야 하는 상황, 긴장감으로 쉽사리 잠이 오지 않았다. 뚫린 천장 너머 깜깜한 밤하늘에서는 별들이 쏟아질 듯했다. 어느 순간 갑자기 '타타타' 소리가 났다. 손전등으로 악어가 있던 자리를 비추어보았다. 악어는 온데간데없고 악어 피를 쫓던 개미떼만 있다. 악어는 목을 쳐야지만 죽는다는 현지인들의 말이 옳았다. 악어가 멀리 가지 못하고 근처에 있을 거라 생각하니 아마존의 악어 괴담 등이 머릿속에 떠올라 좀처럼 잠을 이룰 수 없었다. 그날 밤 나는 악어 꿈을 꾸었다. 돼지 꿈이나 뱀 꿈처럼 의미가 있는지는 모르지만 악어의 입에 뽀뽀를 하는 꿈이다.

아침에 일어나 커피를 마시러 부엌에 갔는데 부지런한 아저씨는 새벽 낚시에서 이미 돌아와 만디오카감자과인 유카의 녹말가루로 만든 쫄깃한 빵을 먹고 있었다. 아저씨에게 악어가 도망친 얘기를 하며 가족들이 기대했을 텐데 악

어고기를 못 먹게 돼서 안타깝다고 말했다. 부엌에서 일하던 소코로 아줌마와 학교 갈 준비를 하던 아이들은 연신 큰소리로 웃으며 나의 이야기를 들었다. 나중에야 아저씨가 일부러 놓아주었다는 것을 알았다. 악어에게 살수 있는 기회를 준 것이다. 도망가지 않고 아침까지 그 자리에 있으면 잡아먹고, 아니면 아직 명이 남아 있으니 가서 살아야 한다는 것이다.

아마존의 인디언들 중에는 원숭이, 악어 등을 잡아먹는 부족들이 있다. 사냥에는 엄격한 자연과의 약속이 존재한다. 아저씨는 가족의 유일한 사냥꾼으로 일주일에 한 번 혼자 정글로 가서 사냥을 한다. 우리가 자마라쿠아에서 지낸 한 달 동안 언제나 아저씨는 잡아오겠다는 동물을 잡아왔다. 타투큰 쥐를 닮은 동물, 사슴, 하발리멧돼지 등. 사냥이 쇼핑도 아닌데 신기하다. 아저씨가 사슴을 잡겠다고 하면 어김없이 다음날 식탁에 사슴 요리가 올라온다. 어떻게 그런 일이 가능할까?

"나는 언제나 혼자 정글로 가지. 손전등 없이 달빛과 별빛에 의지해서. 이 정글은 내 손바닥 같아서 어디에서 사냥을 해야 하는지 훤히 알아. 자리를 잡고 조용히 앉아서 담배 하나를 말아 피우다 보면 발자국 소리가 들리는데, 그 소리만으로도 무슨 동물인지 알지. 그리고 가까이 오기를 기다리지. 만약 내가 정해놓은 동물이 아닌 다른 동물을 죽이면 다음날 내 몸이 아파오는 거야."

그들은 자연과의 일치감을 여전히 간직하고 있다. 자연이 병들면 자신이 병든다는 것을 알고 꼭 필요한 것만을 바라며 축적하지도 않으며 모든 것을 감사히 받는다. 자연은 그들의 신이고 삶의 젖줄이다. 오히려 많은 것을 소유하지 않은 그들이야말로 세상에서 가장 풍족한 사람들이 아닐까? 자연은 그들을 먹이고 그들은 대신 욕심을 버린다.

막내딸 셀리아는 아침부터 집이 떠나가라 울고 있었다. 아니 그들의 천막을 둘러싼 숲이 떠나가라 울었다. 아침밥을 먹으러 들른 나는 소코로 아줌마에게 이유를 물었다.

"아 글쎄, 새로 사준 분홍색 슬리퍼를 안 신겠다는 거야. 할로 키티인지 뭔지로 바꿔오라는데……."

텔레비전도 없는 이 마을에서도 키티는 유명인사다. 버스를 타고 두어 시간만 나가면 산타렝 읍내지만 이곳에는 전기가 들어올 생각을 안 한다. 정부에서는 여러 번 전기선을 깔아주겠다고 제의했지만 동네 사람들은 평생 텔레비전 없이 전기 없이 잘 살았고, 굳이 필요성을 느끼지 못하겠다며 거절했다. 더군다나 한 번도 세금을 내본 적이 없는 이들은 매달 일정금액이 나간다는 것이 부담스러워 정부와의 계약을 심히 꺼린다.

대자연의 어머니가 먹여주고 재워주고 입혀주는 그들이 너무 자랑스럽고, 한편으론 부럽기도 했다. 그런데 아침부터 대성통곡을 하는 셀리아의 눈물을 보고, 더 이상 자연의 어머니에게 기대는 삶이 지속 불가능할지 모른다는 생각이 들었다. 아이는 소유하고 싶어서 울고 있었고 갖지 못하는 (혹은 가질 수 없다는) 현실에 엄청난 절망감을 느끼는 듯했다. 헬로 키티 신발을 신고 싶어하는 아이, 이미 소비문화에 물든 아마존의 어린아이들이 과연 자신들의 부모처럼 살고 싶어할까?

한참 울고 나서 풀이 죽고 기운 빠진 셀리아에게 다가가 물었다. 도대체 헬로 키티를 어디서 보았는지 궁금했다.

"동네 여자아이들이 모두 갖고 싶어해."

셀리아의 마음을 풀어주려고 언니오빠들이 공부하고 있는 학교까지 나란히 손을 잡고 걸었다. 자마라쿠아를 비롯해 근방 세 개의 공동체 부락 아이들이 공부하는 학교다. 학교 앞에서 놀고 있는 몇몇 아이들의 신발을 주시했다. '키티 쓰레빠'를 발견하긴 했는데 전부 키티와 비슷한 짝퉁이다. 물론 그들은 키티가 어디서 온지도 모르고 그 뒤에 숨겨진 엄청난 소비 에너지에는 더더욱 관심이 없다. 그러고 보면 키티는 전세계 아이들이 반해버릴 정도로 잘 만든 것은 확실하다. 하지만 이 오지마을 아이들까지 열광할 줄은 예상하지 못했다.

셀리아의 손을 잡고 돌아오는 길에 나는 한참 키티 흉을 보았다.

"내가 볼 때 키티는 너무 못생겼어. 뚱뚱하고 입도 없어. 입이 없으면 맛있는 것도 못 먹는데도 키티가 좋아?"

셀리아는 내 말을 주의 깊게 듣는 것 같았다. 그리고 집에 도착하자마자 엄마에게 아침까지 싫다던 새로 사온 슬리퍼가 어디 있냐고 물었다. 아이는 두 번 다시 키티를 사달라고 조르지 않았다.

　아이들뿐만 아니라 어른들도 설레기는 마찬가지였다. 떠나기 전 마지막으로 좋은 추억을 나누기 위해 소코로 아줌마 가족과 강변의 백사장에서 하룻밤 캠핑을 하는 날이다.

　가족으로만 구성된 소수정예 인원은 모두 18명. (소코로 아줌마, 일라실다 아저씨, 아들 셋과 딸 넷 그리고 첫째 딸과 그녀의 여섯 자녀와 우리 둘까지.) 하룻밤의 캠핑을 위해 가족들은 아침부터 분주했다. 아이들은 자신들이 아끼는 머리털이 반쯤 빠진 낡고 흉측한 인형을 챙기고 아줌마와 이사나는 서둘러 집안일을 마치고 캠핑 준비를 했다. 가져갈 것은 모래 위에서 잘 때 덮을 얇은 담요와 식기도구뿐이지만 대가족이 한꺼번에 움직이는 일은 언제나 큰 행사다. 아저씨는 아침부터 낚시도구를 손보고 아이들은 온 숲을 뛰어다니며 "피라카이, 피라카이(캠핑 바비큐)"라고 외쳤다. 그날만은 아저씨도 아줌마도 아이들을 말리지 않았다. 그들 역시 아이들과 같은 심정으로 피라카이를 손꼽아 기다렸기 때문이리라.

　해질 무렵 대이동이 시작되었다. 일라실다 아저씨와 장차 가족의 사냥꾼이 될 열네 살짜리 아들은 낚시를 하러 가까운 곳으로 배를 몰고 떠나고, 우리는 남아서 불을 지폈다. 아이들은 모랫바닥에서 뒹굴며 자기들 세상을 만난 듯 신이 났다. 아저씨가 아들보다 일찍 낚시에서 돌아왔다. 물고기가 별로 없다며 그는 이 많은 식구들이 배불리 먹을 수 있는 양이 안 될까봐 걱정스러운 눈치다. 그도 그럴 것이 저녁 메뉴는 '생선 바비큐' 외에 아무것도 없다. 나중에 돌아온 아들은 아버지보다 훨씬 많은 물고기를 잡아왔다. 아저씨는 갑자기 자존심이 상한 듯 굳은 얼굴로 다시 낚시를 하러 갔다. 아마도 가족을 책임지는 가장으로서의 위신을 잃고 싶지 않기 때문일 것이다.

그 모습을 보니 그들에게 낚시와 사냥의 기술은 재미가 아닌 치열한 생존이라는 생각이 들었다. 가족의 생계를 책임져야 하는 가장에게 사냥의 결과는 더욱더 중요하다. 아저씨는 얼마 후 한결 편안한 얼굴로 물고기를 나뭇가지에 주렁주렁 매달고 왔다. 우리는 덕분에 포식을 했다.

아이들은 하루 종일 흥분해서 돌아다니다 금세 잠이 들고, 우리는 소코로 아줌마와 일라실다 아저씨와 불이 꺼질 때까지 이야기를 나눴다. 차지 않은 강바람을 기분 좋게 맞았다. 아름다운 밤하늘의 별들은 화려하게 빛났다.

다음날 아침 우리의 잠을 깨운 것은 아직 떠오르지 않은 태양을 머금은 하늘과 강이 속닥거리는 소리였다. 나는 저편에서 이미 깨어나 조용히 아침을 느끼는 아줌마와 아저씨의 모습을 한동안 바라보았다. 그들은 아무 말 없이 강과 하늘을 바라보며 가만히 앉아 있었다. 순간 그들이야말로 이 세상에서 가장 행복한 사람들이라는 생각을 했다. 그들에게는 자연과 소통할 수 있는 능력이 있다. 우리가 바빠서 잊어버린 그 능력……

그들이 갖는 그 고요한 시간은 우리가 말하는 명상일 것이다. 명상은 거창한 것이 아님을 깨달았다. 그저 나 자신과 시간을 잠시 잊어버리는 것. 그들이 평생 했던 것처럼, 전 인류가 그래왔던 것처럼 말이다. 우리의 근본은 그런 것이다. 그들의 모습을 보며 바람이 말하는 것을 듣고, 태양이 웃는 것을 보고, 강이 이동하는 소리를 듣는 능력을 우리도 되돌릴 수 있다고 믿게 되었다.

창조 에너지 만땅인
'가이아의 정원'

2개월 동안의 아마존 생활이 그랬듯이
'가이아의 정원' 역시 지붕이 없다.
밤에 잘 때 해먹에 누워 모기장 사이로 보이는 별들이 좋다.
뻥 뚫린 천장은 은하수가 어떻게 움직이는지 보여주고
달의 위치로 시간을 알아내는 법도 가르쳐주었다.

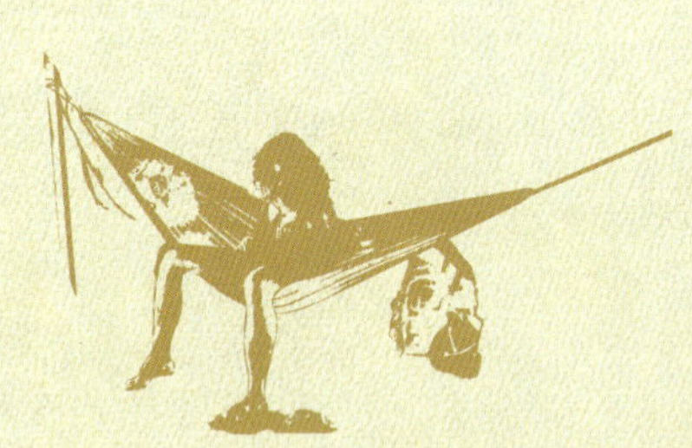

자마라쿠아에서 보낸 한 달을 뒤로 하고 알테도샤오로 돌아왔다. 1년에 한 번 있는 최대의 축제 '사이레'를 구경하기 위해서다. 사이레는 아마존 강 핑크 돌고래의 전설과 가톨릭종교가 결합하여 생긴 신기한 축제다.

밤하늘에 커다란 보름달이 뜨면 핑크 돌고래는 아주 잘생긴 남자로 변신해 마을 처녀들을 유혹한다. 한눈에 사랑에 빠진 처녀들은 그에게 아름답고 성스러운 '처녀성'을 선물로 준다. 그 결과 마을의 처녀들은 돌고래에게 임신을 당했(?)다. 아마존 사람들은 결혼하지 않은 처녀가 근거 없는 임신을 하면 그녀가 핑크 돌고래의 유혹을 뿌리치지 못했다고 생각한다. 나름 아름다운 이 전설은 사실 그다지 아름답지 않은 진실을 숨기기 위한 장치다. 부족공동체인 인디언들은 거의 피를 나눈 가족이다. 그러니 자연스럽게 근친상간이나 강간이 빈번히 발생하고, 그 추잡함을 감추기 위해 신비스런 이야기를 만들어낸 것이다.

아마존의 핑크 돌고래는 신비의 상징이다. 워낙 수가 적은데다 사람들의 눈에 잘 띄지 않는다. 바다 돌고래와 달리 아마존의 민물 돌고래는 무리를 이루지 않고 철저하게 독립적인 삶을 산다. 우리는 강에서 일반 돌고래의 출현을 자주 목격했지만 핑크 돌고래는 한 번도 보지 못했다. 다행인지도 모른다. 동네 사람들이 말하길, 핑크 돌고래와 눈이 마주치면 평생 악몽에 시달린다고 했다.

며칠 전부터 알테도샤오는 축제 준비로 분주했다. 동네 벽에 핑크 돌고래의 그림을 그리는 무명화가들의 모습도 보였다. 동네에서 유일한 호텔의 높고 커다란 벽에 그려진 벽화가 특히 사람들의 시선을 끌었다. 핑크 돌고래가 나체의 아름다운 여인과 서로 몸을 감고 있는 모습이다. 판타지 영화

사이레 축제에서 전통 춤을 추는 아마존 부족 훈남들과 찰칵.

의 한 장면 같지만 다분히 성적인 내용을 담고 있어서 서른이 다 된 내가 보기에도 약간 낯 뜨겁다. 그런데 축제를 즐기러 온 아이들은 아무렇지도 않게 그 벽화를 배경으로 사진을 찍으며 놀았다. 새삼 내가 개방적인 나라 브라질에 와 있다는 것을 떠올렸다.

사이레 축제와 더불어 평소 조용한 마을에 활기가 돌기 시작했다. 하지만 그 활기는 곧 심하게 무르익었고, 파티광이라는 브라질 사람들의 면모를 그대로 보여주기라도 하듯 밤낮 가리지 않고 최대 볼륨의 시끄러운 음악이 온 마을을 뒤덮었다.

축제 기간 동안 조용히 캠핑할 곳을 찾다가 하르딩 데 가이아Jardin De Gaia, 가이아의 정원. 가이아는 신화에 등장하는 자연의 여신이다로 갔다. 원래 뇨넬이라는 프랑스 남자가 살던 곳인데 그가 볼일을 보러 프랑스로 돌아간 몇 달 동안 자칭 "아나키스트"인 스물두 살의 베네가 자리를 잡았다.

마을에서 땡볕을 맞으며 30분을 걸어 도착한 하르딩 데 가이아는 그야말로 정글 숲속의 작은 파라다이스다. 잘 지어놓은 오두막집과 황토로 만든 아궁이가 설치예술인 양 멋진 자태를 뽐낸다. 빗물을 모아 사용할 수 있도록 처마가 온 집을 둘러싸고, 우리나라 재래시장에서나 볼 수 있는 빨간 고무대야를 물받이로 쓴다. 마실 물은 황토로 빚은 통에 넣어두는데, 벌레들의 침입을 막고 태양이 뜨거운 대낮에도 차가운 물을 마실 수 있도록 고안한 지혜로운 아이디어다. 나름대로 친환경적인 화장실은 '푸세식'이고 나뭇가지로 얼기설기 만든 3면의 벽은 내가 이 집에서 제일 좋아하는 '샤워실'이다. 나무들에 둘러싸여 새소리를 들으며 샤워를 하는, 그야말로 야생생활의 특권을 누릴 수 있다.

가이아의 정원에 와서 나는 강한 데자부를 보았다. 마치 내가 이곳에 머물게 될 것이라는 예견을 꿈에서 본 듯하다. 함께 지내는 사람들 역시 전에 어디선가 만난 것처럼 낯설지 않았다.

베네는 나에게 창조적인 에너지를 주는 친구다. 그녀는 서아프리카의 작은 섬나라 '카보베르데'에서 브라질까지 두 달에 걸쳐 여든 살의 뉴질랜드 선장과 단 둘이서 돛단배를 타고 대서양을 건넜다. 대서양을 히치하이킹한 것이다.

그녀와 나는 만나자마자 절친이 되었다. 우리는 곧잘 길거리를 쏘다니며 쓰레기를 뒤졌고 가끔 쓰레기더미에서 보물을 찾아냈다. 동네 슈퍼 근처에서 아직 먹을 만한 파파야를 한 봉지 주운 날은 무지 뿌듯했다. 파파야의 껍질과 씨앗까지도 버리기 아까워 차를 끓여 마셨다. 사이레 축제가 끝나고 거리에 뒹구는 조형물을 뜯어오거나 누군가가 버린 옷감으로 옷을 만들었다. 간혹 주워오는 것들에 그림을 그려서 예술창작품으로 둔갑(?)시켰다. 하루는 빨갛게 녹슨 철판을 주웠는데, 베네는 그 위에 나의 모습을 그리고, 나는 한글로 "누구나 길에서 일한다. 먹는다. 배운다"라는 글귀를 적어 넣었다.

베네는 아침 내내 직접 지은 말도 안 되는 시를 어설픈 포르투뇰^{포르투갈어+스페인어}로 번역해 읽어주면서 자기 공책에다 한국어로 써달라고 졸랐다. 그녀가 본 한글은 이국적이고 아름다운 선의 그림일 것이다.

그녀는 남미에 오기 전 2년간 프랑스 남부에 있는 스콰하우스^{Squat house}에서 생활했다. 스콰하우스는 히피, 펑크, 아나키스트 등 사회제도에 속하기를 거부하는 온갖 이름의 젊은이들이 빈집을 점거해 지내면서 다양한 문화예술적 소통을 하는 일종의 공동체다. 불법이라서 찾기가 쉽지 않고 소개 없이는 들어갈 수 없는 비밀 소굴 같은 곳이다. 그들은 어떤 사회적 계약도 맺고 싶어하지 않으며 은행을 혐오한다는 공통점이 있다. 우리 역시 스콰하우스에서 지낸 적이 있다. 그곳은 돈 없이 여행하는 우리에게 더러운 공짜 안식처이자 이상을 나누는 공간이었다.

그리고 아마존에서 숙명처럼 모인 '스콰터'들의 동거가 시작되었다. 나중에 상파울로에서 온 루시아노가 가이아의 정원에 합류했다. 그는 대학원까지 졸업한 인재지만 현재는 자신이 만든 장신구를 팔아서 근근이 살아가는 히피다.

아침에 눈을 뜨면 언제나 나무 위에 작은 원숭이들이 있다. 얼굴을 빨갛고 몸은 하얀, 강아지만큼 작은 녀석들이다. 루시아노는 일어나자마자

정원에 물을 주고, 다리오는 불을 지펴 커피를 끓이고, 베네와 나는 인도식 밀가루 빵 짜파티를 만드는 것으로 하루를 시작한다. 서로 알게 모르게 자신의 역할이 정해져 있다.

루시아노는 말을 아끼는 과묵한 사람이다. 반면 베네는 언제나 흥분하며 정치적인 이야기를 하기를 좋아한다. 이 스물둘의 패기 왕성한 아나키스트는 언제나 자신이 알고 있는 것이 전부인 양 떠든다. 자신이 프랑스인이라고 생각하지 않으며 프랑스는 자기와 아무 상관없다고 말하다가도, 금세 프랑스의 음식과 전통에 대한 칭찬을 줄줄이 쏟아내며, 프랑스인인 것이 자랑스럽다고 말한다. 그녀는 프랑스인이 확실하다.

다리오와 베네는 남매처럼 사이가 좋지만 '마요네즈'가 어디에서 온 것인지 주장할 때만큼은 적으로 변한다. 그러면 나와 루시아노는 스페인이건 프랑스건 그게 무슨 상관이냐고 무마시켰다. 하지만 그들에게는 꽤 민감한 사안이다. 간장의 종주국이 일본인지 한국인지 따지는 것과 같은 심오한 문제인 듯했다. 왜간장과 조선간장이 따로 있는 것처럼 그들도 하루빨리 차이를 두어 국가 간의 갈등을 해결해야지 원……

관광객을 피하는 젊은 부부와 관광객을 기다리는 노인

알테도샤오는 브라질에서 꽤 유명한 휴양지다. 아마존의 지류인 투명하고 아름다운 타파조 강은 해가 갈수록 더 유명해졌다. 그나마 아마존 강의 중간에 위치한데다 이곳을 연결하는 교통편의 난해함이 관광객들의 폭주를 막았다. 시간이 많은 여행객이 아니고선 아직까지 찾아오는 이가 별로 없다.

작은 마을 사람들은 관광 개발이 되어 돈을 많이 벌길 내심 바라는 사람들과 그냥 예전처럼 평화로운 생활을 원하는 욕심 없는 사람들, 이렇게 두 부류로 나뉜다. 식당 역시 주민을 상대로 장사하는 간판도 없는 저렴한 식당과 관광객을 위한 비싼 식당으로 나뉜다. 우리는 당연히 지역 주민들이 다니는 저렴한 식당에만 다녔다. 허름한 식당에선 점심 메뉴로 쌀밥에 콩, 작은 생선이나 고기 한 조각과 샐러드를 4헤알Real, 브라질의 화폐 단위, 당시 환율로 1달러가 1.5헤알이었다에 팔고, 관광객을 위한 식당에서는 똑같은 메뉴가 10헤알이다.

마을의 한 모퉁이에 테이블이 두 개밖에 없는 우리의 단골식당이 있다. 그곳 메뉴 중에 아사이açaí라는 쓰고 텁텁한 열매즙을 나는 그리도 사랑했다. 아사이를 먹는 방법은 설탕을 넣을 수 있을 만큼 넣어 먹는 것이다. 아마존에서 이 음식은 우리의 새로운 로망이 되었고, 브라질을 떠난 후 가장 생각나는 것 중 하나다. 나중에 안 사실은 아사이가 세계적으로 새롭게 각광받는 건강음식이라는 것이다. 하지만 그 쓴맛을 감추기 위해 두 숟가락 이상 넣는 설탕은 웰빙과는 거리가 있는 듯하다.

단골식당의 주인은 언제나 느긋하게 일한다. 하루에 정해진 양의 음식을 만들고 그 이상은 무리해서 팔지 않는다. 이 식당의 유일한 저녁 메뉴는 숯불에 구운 쇠고기 꼬치다. 하루 세 끼 고기를 빠뜨리지 않는 이 나라 사람들은 잠을 자기 전에도 이 값싼 꼬치를 몇 개씩 먹어 치운다.

1년 중 가장 바쁜 사이레 축제를 앞두고 식당의 젊은 주인 부부는 몰려 드는 관광객들을 감당하기 싫은지, 가게를 아예 다른 사람에게 일주일간 임 대할 계획이라고 했다. 그들이 보통 하루에 버는 만큼을 하루 임대료로 제 시하자 대목을 바라던 사람들은 얼씨구나 그 기회를 놓치지 않았다.

사이레는 이 세상 대부분의 축제가 그렇듯 먹고 마시고 돈 쓰는 축제다. 광장은 장사꾼들로 넘쳐나고 골목마다 음식 냄새가 코끝을 맴돌았다. 평소 공짜로 받을 수 있는 코코넛이 한 통에 밥 한 끼 값이고, 맥주 값도 배로 올 랐다. 모두에게 대목은 대목인 모양이다. 단골식당 부부가 이해가 갔다.

사이레가 끝나자 마을은 다시 평온을 되찾았다. 한낮에는 동네 개들조 차 더위를 피해 숨었는지 거리는 텅 비었다. 모두 뜨거운 태양을 피해 늘어 져 있을 시간, 열심히 일하는 노인을 만났다. 물론 브라질에서 늘 그렇듯 노 인이라고 하기엔 난감할 만큼 그의 몸은 근육으로 단련되어 있었고 검은 피 부는 땀으로 반질거렸다. 그는 갓 지은 벽돌집을 시멘트로 덮고 있었다.

우리는 칸칸이 연결된 회색 건물을 보고 깜짝 놀랐다. 감옥이 연상되었 기 때문이다.

"이렇게 큰 집을 혼자서 지으세요?"

"관광객을 받을 숙소야."

"창문이 없잖아요!"

"외국인들은 벽돌집을 좋아해!"

그는 계속해서 벽돌집이라는 것을 강조했다. 그 건물 옆에는 딱 우리 취향의 너무나 멋진 방갈로가 있다.

"이 천막은 정말 멋있어요. 직접 지으신 거예요?"

"그렇지, 하지만 작고 촌스러워! 외국인은 현대적인 것을 좋아해."

한참 집 짓는 모습을 구경하다 그에게 인사를 하고 돌아왔다. 그리고 그가 짓고 있는 외국인 관광객들을 위한 감옥이 자연재해로 부서져버리기를 기도했다. 그는 알지 못한다. 나무 기둥에 야자 잎으로 지붕을 얹은 그 작은 방갈로야말로 진짜 멋지다는 것을.

창문이 없는 회색의 벽돌집에 머무는 것을 생각만 해도 가슴이 답답해졌다.

그린망고 수프

유난히 더워서 하루 종일 '가이아의 정원'에 숨어 있던 어느 날 먹을거리가 떨어졌다. 허기와 게으름은 가끔 '창의적 발상'이라는 나무의 자양분이 되기도 한다. 배를 채우려면 뙤약볕을 그대로 머리에 맞으며 왕복 한 시간 반을 걸어야 한다. 잔머리를 굴리다가 집 앞의 망고나무를 떠올렸다. 초록색 나무에 주렁주렁 달려 있는 망고들이 익으려면 몇 달은 걸릴 텐데……. 그럼 다른 식으로 먹으면 되지! 실망이란 있을 수 없다. 우리에게 먹을 것과 못 먹을 것의 구분 따위는 사라진 지 오래다.

1. 설익은 망고를 재주껏 따온다.

2. 망고를 감자라고 생각하고 깍둑썰기를 한다.
   남아 있는 모든 야채를 잘게 썰고 망고와 함께 기름에 볶는다.

3. 어느 정도 익으면 물을 붓고 한 주먹 남은 소야 프로틴대두로 만든 채식주의자용 고기과
   가든에서 잘 자라고 있는 이름 모를 여러 향기 좋은 허브들을 넣고 끓인다.

4. 마지막으로 계란탕처럼 달걀 하나를 깨뜨려 넣고 휘~ 저어준다.

하르딩 데 가이아표 '그린망고 수프'가 탄생하는 감동의 순간이다. 익지 않은 망고는 얼추 감자 같은 맛을 내는데 과일 특유의 향이 오래도록 코끝을 맴돈다. 우리는 결국 망고나무의 열매들이 노르스름해지는 모습을 보지 못한 채 가이아의 정원을 떠났다. 그 아쉬움은 나중에 마나우스브라질 아마존에서 원 없이 채우게 된다. 엄청나게 넓은 고급 리조트에 멋모르고 들어가 지천에 깔린 예쁘고 잘 익은 망고를 20개 정도 따서 봉지에 담았다. 베네수엘라 국경까지 이틀간의 버스 여행길에 주식으로 먹었다. 이렇게 맛있는 과일이 관상용이라니! 물체를 다른 곳으로 보내는 '순간 공간이동' 초능력이 있다면 주저 없이 이 노란 망고를 하르딩 데 가이아의 배고픈 친구들에게 보낼 텐데…….

낮에 동네를 한 바퀴 돌며 카주caju 열매를 엄청 따왔다. 아몬드처럼 생긴 그 열매가 주먹만 한 주황색 과실의 씨앗이라는 것을 처음 알았다. 집집마다, 아니 거리마다 주렁주렁 달린 카주를 동네 사람들은 쳐다보지도 않는다. 너무 흔한 게 문제라면 문제다. 카주 열매를 따다 씨앗만 볶아 먹는 사람들은 가끔 있지만 과일 자체는 관심 밖이다. 왜 이리 인기가 없을까? 카주를 한입 베어 물었다. 순간의 달콤함 뒤에 혀끝에서부터 찾아오는 떫음의 전율이란! 잔머리를 살짝 굴리면 멋진 요리로 재탄생할 수 있을 것 같다.

1. 동네에 널린 카주를 있는 대로 주워온다.

2. 씨앗을 따고 손으로 꽉 짜서 과즙을 내어 마시고 과육요리의 핵심은 한입 크기로 자른다.

3. 과육과 양파, 마늘, 토마토를 섞어 달달 볶다가 코코넛밀크를 넣어 걸쭉한 소스를 만든다.

4. 커민이나 카레가루를 더하면 카주의 시고 달고 떫은맛과 결합해 한입 한입 새로운 맛이 다가온다.

5. 작은 나무에서 자라는 진한 빨간색의 우루쿰Urucum 씨앗을 몇 개 넣어서
    먹음직한 붉은색을 음식에 가미한다.

6. 마지막 남은 초에 불을 켠다.

7. 접시 하나에 음식을 담고 수저 하나로 서로 번갈아가며 먹여준다.

볶은 카주 과육은 쫄깃한 질감이 고기를 씹는 느낌이다. '립스틱 씨앗'으로 불리는 우루쿰은 남미의 인디언 부족들이 얼굴과 몸에 그림을 그려 넣을 때 사용하는데 입술에 바르면 며칠이 지나도 잘 지워지지 않는다. 천연의 빨간색은 가난한 자들의 사프란이라는 별명답게 우리의 음식에 색과 흥을 더해준다.

남은 카주 씨앗은 불씨가 남아 있는 아궁이에 올려두었다가 나중에 후식으로 먹는다. 따뜻하고 고소한 쌀밥 위에 카주 코코넛 커리를 얹어먹는 맛은 최고다. 반쯤 남은 촛불은 로맨틱한 분위기를 고조시킨다. 신토불이身土不二, 일물전체一物全体, 자연생활自然生活, 음양조화陰陽調和의 '마이크로바이오틱' 레시피를 엉겁결에 성공시킨 셈이다. 지천에 널린 식용 가능한 공짜 열매는 언제나 최고의 요리 재료다.

아마존을
떠나며

2개월 동안의 아마존 생활이 그랬듯이 '가이아의 정원' 역시 지붕이 없다. 밤에 잘 때 해먹에 누워 모기장 사이로 보이는 별들이 좋다. 뻥 뚫린 우리의 천장은 은하수가 어떻게 움직이는지 보여주고 달의 위치로 시간을 알아내는 법도 가르쳐주었다. 우리는 매일 밤 보이는 별자리를 공책에 그려 넣어 손수 별자리 책을 만들었다. 밤하늘은 또 다른 새로운 세계와 나를 연결시켜주는 매개체다. 이곳을 떠나 제대로 만든 집의 막힌 천장 아래에서 지낼 것을 생각하니 벌써부터 답답해지는 느낌이 들었다.

간만에 아주 풍족한 아침식사를 했다. 커피 두 잔, 쿠스쿠스^{으깬 밀} 케이크, 비스킷과 과바젤리(머리가 띵할 정도로 달콤한 설탕 덩어리에 중독된 나와 친구들)……. 루시아노의 기타 소리를 들으며 나는 글을 쓰고, 베네는 그림을 그리고, 다리오는 명상을 한다. 뜨거워야 할 아침햇살은 구름에 가려지고 시원한 바람마저 불어오는 것이 비가 올 듯했다. 식수로 쓸 빗물을 받기 위해 커다란 고무대야의 뚜껑을 활짝 열어두었다. 아니나 다를까 아침식사 후 비가 오기 시작했다. 빗방울이 고무대야에 똑똑 떨어지는 소리를 듣고 있으니, 오랫동안 머릿속에 묻어두었던 생각들이 다시금 떠오른다.

사회와 개인, 예술과 차별, 빈곤과 음식, 자아와 타인에 대해……. 그리고 사회가 우리에게 요구하는 삶이 얼마나 자본주의적 발상인지 생각한다. 사람들은 저마다 행복을 말한다. 우리의 행복은 '가이아의 정원에 사는 것'이다. 평화로운 아침과 풍족하지 않지만 나눌 수 있는 음식과 서로 오가는 이야기들…… 이것으로 족하다. 세상에는 더 넓은 아파트로 이사하고 더 좋은 차로 바꾸는 걸 행복으로 여기는 사람들도 있지만, 우리의 행복은 전혀 다르다. 하루하루 감정에 충실하고 노동력 착취를 당하지 않으며 창의성을 맘껏 발휘하는 생활이 궁극적으로 우리가 원하는 삶이다. 그런 삶은 돈으로 살 수 있는 것이 아니다. 그래서 우리에겐 돈이 그다지 중요하지 않다. 우리가 얼마나 필요한지, 얼마나 최소한의 것들로 살아갈 수 있는지 아는 데는 연습이 필요하다. 재화가 넘쳐나는 바빌로니아에서는 돈 없이 사는 것이 힘들 수 있으나 우리는 지금 아마존에 있다. 내가 먹는 것은 하루 두 장의 밀가루 빵 짜파티와 한 주먹의 쌀, 약간의 야채와 과일, 몇 조각의 비스킷이다. 강물로 샤워를 하고, 빗물을 모아두었다가 마시고, 불을 지펴 요리를 한다. 그 외에 밤을 환하게 비출 한 자루의 초와 성냥……. 나에게 달마다 돌아오는 세금은 없다.

소비를 하지 않기로 작정한 것은 아니지만 여행을 계속할수록 내 삶에서 소비가 그다지 중요한 요소가 아님을 깨닫는다. 자연스럽게 우리의 여행은 소비에 대한 반항이 된다. 부족한 것은 언제나 사람에 의해, 자연에 의해 채워졌다. 아니, 부족함이야말로 축복이라는 것을 여행을 통해 무수히 경험했다. 만약 전혀 부족하지 않은 여행을 했다면 우리는 부족함이 자연스레

촛불만으로도 충분히 밝았던 우리의 시간들.

채워지는 그 귀한 경험들을 놓치고 말았을 것이다.

이 세상에는 부족한 사람들이 더 많은데 사회는 언제나 완벽한 사람들을 모델로 보여준다. 그런 완벽한 사람이 되려고 애쓰는 과정에서 나는 절대 행복할 수 없다. 왜냐하면 그런 사회적 옷은 나에게 어울리지 않는다는 것을 알기 때문이다. 조금은 지저분한 듯, 불완전한 듯한 나의 옷이 더 편한 이유다. 왜 모두 원하는 것이 같아야 할까? 다르면 틀린 것이니까? 다른 사람처럼 되기 위해 용쓰지 않고 나만의 색을 내며 사는 것이 당연하다. 다르다는 것은 틀린 것이 아니라 재미있는 것이다. 모두가 저마다 아름다운 색을 낼 때 우리는 그림 같은 사회를 만들 수 있을 것이다.

이곳 아마존에서 나를 둘러싸고 있던 모든 물질적인 것들과 결별하고, 나를 꾸몄던 모든 것에서 탈피하고, 소비 위주의 사회에서 탈출한 나는 진정한 자유를 느낀다. 내가 사는 이곳에는 좋은 회사에 입사해서 높은 연봉을 받는 것보다 더 재미있는 일이 무궁무진하다.

필요를 확장시키고 키우는 것은
지혜를 죽이는 지름길이다.
이는 또한 자유와 평화의 반대말이다.
필요한 것이 많아질수록 자신이 통제하기 어려운
외부의 힘에 많이 의존하게 되고,
이는 결국 존재론적 공포를 증가시킨다.
— E. F. 슈마허

쌩야생 캠핑 법칙 2
추울 때는 있는 옷을 모조리 입고 신발도 신고 새우처럼 몸을 쭈그려본다. 그래도 추우면 숙면은 물 건너갔으니 추위를 추위로 받아들이고 텐트 밖으로 나가 밤하늘을 보며 별자리 책을 만든다.

VENEZUELA

chapter 2. 베네수엘라
혁명의 나라에서 우리만의 캠핑 혁명

혁명 혹은 하드코어

어딜 가든 사람들은 나뉘기 마련이다.
베네수엘라에서는 딱 두 부류로 나뉜다.
차베스를 지지하는 자와 그렇지 않은 자,
혹은 차베스를 지지하는 자와
지지하는 척하는 자.

베네수엘라 국경의 이민국 오피스에는 뚱뚱한 아줌마 두 명이 일하고 있었다. 버스와 배 안에서 꼬박 나흘 밤낮을 보내고 도착한 시간은 오후 5시 반, 아마존을 거쳐 국경을 넘는 사람들은 브라질에서 휘발유를 사러 온 트럭 운전사들뿐이다.

"이게 뭐야? 비자 체류일이 지났잖아?"

한 아줌마가 호들갑스럽게 말했다. 우린 이미 알고 있었다.

"3일이나 지났네."

그녀의 산수 실력은 여기까지였다. 엄밀히 말하자면 5일이 지났다.

우리는 아마존을 건너는 배를 놓쳤다고 핑계를 댔다. 안경을 쓴 뚱뚱한 아줌마는 안경을 쓰지 않은 뚱뚱한 아줌마에게 눈으로 사인을 보내며 '어쩌지?'라는 표정을 지었다.

"6시 넘어서까지 서류 만들고 쟤들에게 벌금 받으려면 그렇게 해. 아님 그냥 보내줘."

아줌마는 콧잔등에 얹힌 안경 너머로 우리의 얼굴을 지긋이 바라보며 (혹은 째려보며) 여권에 도장을 찍었다. 잔업이 어지간히 하기 싫은 모양이다. 밖으로 나와 손님을 기다리고 있던 택시 두어 대를 무심히 지나쳤는데 택시 기사들은 우리를 힐끗 쳐다볼 뿐 호객행위를 하지 않는다. 버스가 없으니 분명 되돌아올 수밖에 없다는 것을 미리 알고 배짱을 부렸겠지만, 그들의 기대와 달리 우리는 50미터도 안 가서 바나나 트럭을 얻어 타는 데 성공했다.

산타엘레나에서 그나마 가장 싼, 8000원이나 하는 비싸고 더러운 모텔 방에 짐을 부렸다. 지난 2개월을 자연과 더불어 살았던 터라 하늘을 막은 천장이 어색하고 벽이 답답하지만 어쩔 수 없다. 다리오는 난데없이 열이 39도 가까이 오르고 나는 아마존을 떠나기 전 다시 시작된 피부염으로 발등이 퉁퉁 부어 제대로 걷지도 못했다. 5일 동안 모텔 근방 500미터를 벗어나지 못했다. 절룩거리는 다리로 여행자라고 생색내고 다닐 수도 없고, 그냥 방구석에 처박혀 있다가 끼니때가 되면 부은 발등을 끌고 부스스한 다리오를 이끌고 식당으로 향했다.

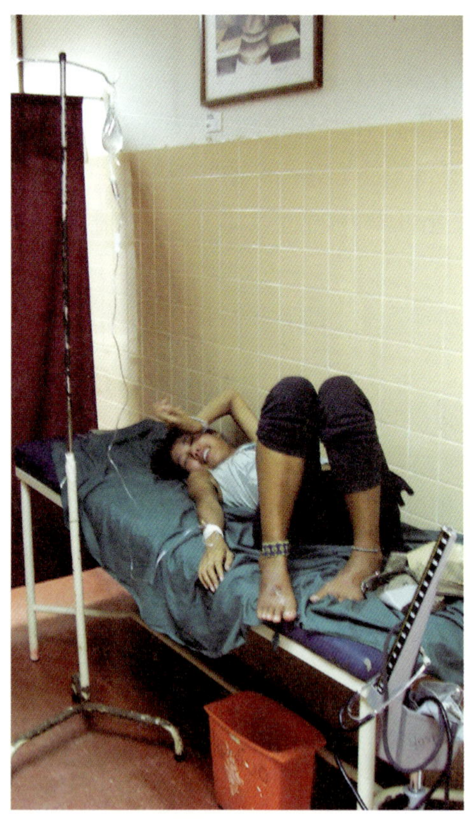

하루는 동네 사랑방 같은 허름한 식당에서 밥을 먹는데 옆에서 신문을 보던 아저씨가 내 발을 한참 쳐다보더니 파상풍이 의심된다며 다리를 잘라야 할지도 모르니 빨리 병원으로 가라고 했다. 물론 베네수엘라 사람들 특유의 '과장'과 '오버'지만, 두려운 마음에 그 길로 당장 병원으로 갔다. 의사는 내 발을 소독하고 또 소독했다. 빨간약을 두 통이나 쓰고 항생제 링거를 맞고도 약을 한 달치나 받았다. 병원비 걱정이 되었다. 그런데 주사를 다 맞고 일어나 수납창고를 찾았지만 없었다. 사회주의를 실현하고자 하는 베네수엘라의 모든 병원이 무료인 것이다. 발등의 염증이 없어지기까지 꼬박 한 달이 걸렸다.

베네수엘라.

전세계의 실망한 사회주의자들에게 조금이라도 희망을 맛볼 수 있게 한 나라에 간다는 사실에 설렜다. 그러나 이 나라에 대한 첫인상은 그다지 밝지 않다. 아니 여행을 할수록 실망감이 커졌다. 혁명의 나라에 대한 기대가 너무 컸던 걸까? 보여주기에 급급한 정부의 쇼 같은 느낌마저 들었다. 미디어에서 쏟아져 나오는 사회주의 국가 베네수엘라와 사람들의 삶에는 커다란 차이가 있어 보였다. 텔레비전에서 만난 그들은 성숙한 사회주의 국가의 국민이지만 실제 우리가 만난 사람들은 전혀 달랐다. 10년 가까운 시간 동안 무상교육과 무상의료를 이루어낸 정부는 제법 사회주의 냄새가 나지만 사람들의 정신은 아직 멀었다는 인상을 받았다.

어딜 가든 사람들은 나뉘기 마련이다. 베네수엘라에서는 딱 두 부류로 나뉜다. 차베스를 지지하는 자와 그렇지 않은 자, 혹은 차베스를 지지하는 자와 지지하는 척하는 자.

물 좀

주소

　　사람들의 이야기를 들을 걸 그랬다. 여행 중 만난 사람들은 하나같이 베네수엘라에 가더라도 그 유명한 마가리따 섬에는 가지 말라고 말했다. 일주일의 짧은 휴가를 즐기려는 서양인들이야 돈 쓰는 재미라도 있겠지만……. 마가리따 섬의 가장 큰 번화가인 포르라마르Por la mar의 시몬 볼리바르 광장에서 기념사진 한 장을 찍고 나니 더 이상 할 일이 없었다. 섬에 버스가 제대로 다니지 않아서 저렴한 스쿠터라도 빌려볼까 하고 시내를 한나절 돌아다녔지만 구할 수 없었다. 보통 호텔에서 투숙객에게 빌려주는데 호텔에 머물지 않는 우리에겐 해당되지 않는 이야기다. 헛수고를 하고 광장으로 돌아와 배차시간을 기다리며 쉬고 있던 버스 운전사와 수다를 떨었다. 그는 우리의 이야기를 듣더니 좋아할 만한 곳으로 데려다주겠단다. 그런데 돈을 받지 않는다. 남미에서는 말만 잘하면 버스도 히치하이킹할 수 있다.

　　운전사가 데려다준 해변에서 캠핑을 했다. 마가리따 섬에서 캠핑하는 데 가장 불편한 것은 바로 '샤워'다. 금세 땀으로 얼룩진 몸에 소금 결정체가 주렁주렁 달리고, 머리에는 하얀 것들이 가득 앉았다. 해변에 즐비한 레스토랑마다 샤워기가 설치돼 있지만 오직 손님들에게만 허락된다. 샤워기의 손잡이 부분을 아예 빼놓은 곳도 많다. (비싼 음식을 먹는 손님들 발에 묻은 모래를 씻어 내리기 위해 종업원들이 손잡이를 가져와 샤워기를 틀어준다.) 물에 대해서는 그렇게 짠돌이들이 아닐 수 없다. 그도 그럴 것이 마가리따 섬에는 지하수가 없어서 모든 수돗물을 본토에서 끌어다 쓴다. 아무리 그래도 물 좀 쓰겠다는데 그렇게까지 문전박대를 하다니……. 나는 별 상관없는 얘기들을 갖다 붙이며, 사회주의를 실현하겠다는 나라가 물도 공짜로 안 주냐고 괜히 신경질을 냈다. 휘발유 50리터가 1달러인 이 나라는 미네랄워

터 1.5리터가 1달러다. 석유보다 물이 더 비싼 나라는 세상에 이곳밖에 없을 것이다. 그렇다고 휘발유를 퍼 마실 수도 없고…….

베네수엘라는 이상한 나라다. 암시장에서 돈을 바꾸면 은행 환율보다 2배 이상 많다. 우리는 그 사실을 미리 알고 있었기 때문에 브라질에서부터 꼬깃꼬깃 접어둔 100달러짜리 열 장을 계속 가지고 다녔다. 둘이 베네수엘라를 3개월 동안 여행할 예산이었다. 우리로선 다행스럽게도, 선거철이라서 암시장의 달러 가격이 올라간 상태였다. 그러나 이곳에 오면 누구나 한 번씩 당한다는 환전 사기에 우리도 예외 없이 걸려들었다. 연금술사도 아닌데 분명 세어본 돈의 50BF 지폐가 전부 2BF로 바뀌어 있었다. 예산에 심각한 타격을 입었지만, 그래도 이 섬에서 가장 아름답다는 푼타아레나^{Punta arena} 마을에 가는 계획은 실행하기로 했다.

나의 마음은 사람들에 대한 불신으로 가득했기 때문에 히치하이킹이 먹힐 리 없었다. 푼타아레나는 히피들이나 찾는 마가리따 섬의 변두리 작은 동네로, 버스는 고사하고 지나가는 차들도 20분에 한 대씩이다. 무작정 기다릴 수 없어서 우선 걸었다. 나의 분노도 점점 사그라지는 것 같았다. 돈을 잃은 것은 아무것도 아니라는 생각을 했다. 그래도 긍정 에너지는 바닥을 치고 있었다. 풍선에 바람을 불어넣듯이 긍정 에너지를 불어넣는 모습을 머릿속으로 그리면서 말없이 걸었다. 땡볕에 달궈진 아스팔트의 열기 때문에 발바닥에서 불이 나는 것 같았다. 그때였다. 반대편 길에서 똥차 한 대가 우리에게 와서 섰다.

"아까 이 길을 지나면서 걷고 있는 당신들을 보았지만 차에 사람들이 많아서 세울 수 없었어요. 푼타아레나까지 갔다가 돌아오는 길이에요. 당신들을 데리러 왔어요."

그는 천사임에 틀림없다. 그의 똥차는 한국에서라면 여러 번 폐차하고도 남을 만큼 낡았다. 게다가 그는 한 손을 쓰지 못한다. 내가 손을 쳐다보자 그는 애써 미소를 지으며 말했다.

"오른손이 마비된 지 오래되었지만 나는 운전하는 것을 너무 좋아해요."

그는 캠핑하기 좋은 해변의 끝으로 우리를 데려다주고, 이 마을은 안전하니까 걱정 말라며 물이 필요하면 동네 사람 아무에게나 부탁하면 된다고 말했다. 마을의 집들은 거의 판잣집이다. 가난한 마을 사람들은 해변의 부자 레스토랑 사장도 나눠주지 않던 물을 우리에게 나눠주었다. 아름답다고 소문난 푼타아레나의 해변에는 쓰레기가 지천에 깔려 있었다. 아마도 아름답다고 소문난 이유는 해변이 아니라 그곳 사람들 때문이 아닐까.

며칠째 소금이 제대로 앉은 몸으로 캠핑을 감행하느라 제대로 잠을 이루지 못했다. 아니면 돈을 잃은 실망감 때문인지도 모른다. 아침 일찍 떠날 채비를 서둘렀다. 나무 하나 없는 푼타아레나의 해변은 해가 뜨자마자 열기가 대단하다. 우리가 도착했을 때부터 떨어질 콩고물을 바라며 곁을 맴돌던 동네 똥개 네 마리는 먹을 것을 나눠줄 수 없는 우리 처지를 이미 눈치 챘을 텐데도 텐트를 접는 내내 함께 있었다. 동물들의 의리는 인간들보다 한 수 위인 것이 분명하다.

곧바로 히치하이킹을 해서 목적지의 딱 중간까지 도착했다. 다른 차를 얻어 타야 하는 상황, 땡볕에 아스팔트는 전혀 도움이 되지 않는 요소다. 몇 번의 시도와 실패……. 카리브해의 정신에 전염된 것인지 우리 앞의 불편한 상황들이 더 이상 신경 쓰이지 않는다. 더위도 기다림도 온몸에 붙어 있는 소금 결정체도 무거운 가방도 사기 당한 150달러도 상관없었다. 드디어 트럭 하나가 섰다.

아저씨는 보카데리오 Boca de rio 라는 마을에 있는 집으로 돌아가는 길인데 거기서 차로 5분 정도만 더 가면 된다며 우리의 목적지인 라레스팅가까지 데려다주겠다고 했다. 빨간 모자에 빨간 티셔츠를 입은 뚱뚱한 아저씨는 이렇게 차베스를 지지하는 척해야 경찰이 별말 없다는 심오한 농담을 한다. 한 달 후에 있을 선거 때문인지 여기저기 빨간 옷을 입은 사람들이 보인다. 선거가 가까워질수록 베네수엘라 전체가 빨간색으로 물들었다. 빨간색 티셔츠에는 '혁명 revolución'이라는 굵은 글자가 흰색으로 쓰여 있다. (여행 기념품을 사지 않는 우리는 나중에 길거리에서 나눠주는 이 티셔츠를 하나씩 얻었다. 사람들은 농담 반 진담 반으로 베네수엘라에서 이 빨간 티셔츠를 입고 성경책을 옆에 끼

고 있으면 강도도 피해갈 수 있다고 했다. 아무리 강도라도 가톨릭신자에 차베스 지지자일 확률이 높다는 말이다.)

아저씨는 우리가 왜 이런 여행을 하는지 궁금해했다. 하긴, 그가 아는 외국인은 대부분 흥청망청 돈을 쓰다 떠나는 유럽 관광객일 것이다. 마가리따 섬은 유럽의 중년 남성들이 아름다운 베네수엘라 여인을 찾으러 오는 곳이다. 해변에선 투명한 오징어 같은 백인 남자의 등에 연신 선크림을 발라주는 현지 여성들이 자주 눈에 띈다. 차를 타고 가는 동안 여행 이야기를 들려주자 그는 우리 같은 괴짜들을 아침부터 차에 태운 것이 행운이라며 연신 즐거워했다. 물이 휘발유보다 비싼 나라에서 지하수도 못 마시는 이야기를 하자, 이 모든 것이 차베스의 탓이라고 말도 안 되는 억측에 열을 올렸다. 아저씨는 자기 집에 잠시 들렀다 가자고 하더니 냉장고에서 차가운 물 한 병을 꺼내주면서 대단한 것을 주지는 못하지만 물이라도 실컷 마시란다. 우리가 무엇보다 원했던 바로 그 차가운 물 한잔이다. 당연히 최고의 선물이다. 갈 길을 잠시 늦추고 차를 세운 아저씨는 좋은 친구가 되었다.

망그로브가 무성한 라레스팅가 국립공원. 다리오는 부모님의 35년 전 사진에서 이곳을 보았고 언젠가 와보길 꿈꾸어왔다. 긴 세월 동안 자연의 아름다움이 잘 지켜졌는지 궁금해하면서 다리오는 뱃삯을 흥정하러 갔다. 가격이 이미 정해져 있지만 한 배에 5명까지 탈 수 있으므로 다른 사람들과 합류하면 돈을 아낄 수 있다. 아침부터 기름기를 잔뜩 머금은 느끼한 베네수엘라식 튀김을 먹으며 한참을 기다렸다.

드디어 한 가족이 도착했다. 마라카이보에서 온 베네수엘라의 전형적인 중산층 가족이다. 베네수엘라 최대의 패트롤 공장에서 일하는 부부는 나중에 놀러 오면 돈 주고도 할 수 없는 패트롤 공장 구경을 시켜주겠다고 약속했다. 그들은 며칠 동안 해변에서 캠핑을 하느라 샤워가 절실히 필요했던 우리에게 편견 없이 친절했다. 나무가 짠물에 반쯤 잠긴 망그로브 사이를 배로 돌아다니며 작은 물고기들과 생물들이 나무뿌리 사이를 돌아다니는 모습을 구경했다. 그들이나 우리가 같은 처지가 아닐까 싶다. 우린 그들을 구경하고 그들은 인간인 우리를 구경한다.

배에서 내려 가족과 이메일 주소를 주고받았다. 헤어짐이 아쉬웠는지 아저씨는 버스정류장까지 차로 데려다주겠다고 제안했다. 차 안의 아이들 간식거리를 죄다 우리에게 집어주는데 일곱 살짜리 아들 윌슨의 눈에도 우리가 불쌍해 보였는지 불평 한마디 없다. 음료수와 과자를 먹으며 엄지손가락도 치켜들지 않고(히치하이킹의 부작용으로 자꾸만 차를 세우려는 본능) 한 시간에 한 번 지나갈까 말까 한 버스를 느긋하게 기다렸다.

히치하이크에서 가장 성가신 점 중 하나는 수많은 사람들과 얘기를 함으로써 나를 태운 게 실수가 아니었음을 느끼게 하고, 심지어 그들의 기분을 좋게 해주기까지 해야 한다는 것이다.

　역시 히피의 아버지 잭 케루악은 히치하이킹으로 이어가는 방랑 여행을 제대로 파악하고 있었다. 하지만 만나게 될 수많은 인연에 비하면 그 정도 성가심은 아무 문제도 아니다. 게다가 히치하이킹을 하는 길 위에서 낯선 길이 나의 길로 바뀌고, 낯선 사람들이 가족처럼 느껴지기 시작한다. 길 위에서도 두렵지 않고 외롭지 않은 나를 발견한다. 대부분의 여자들에게는 치명적인 범죄인 땡볕에 새카맣게 타버린 얼굴과 쪼글쪼글한 눈가의 주름에도 한없이 행복한 웃음이 나오는 나, 드디어 길이 나의 정체성이 되었다고 느낀다. 길에 있을 때의 내가 더 아름답고 더 빛난다는 사실을 깨달은 것이다. 그리고 그 길에서 언젠가 우리에게도 차가 생긴다면 길 위에서 만난 사람들을 반드시 태워주겠다고 맹세했다.

마가리따 섬을 떠나는 배 안에서 숙면을 취하는 지.

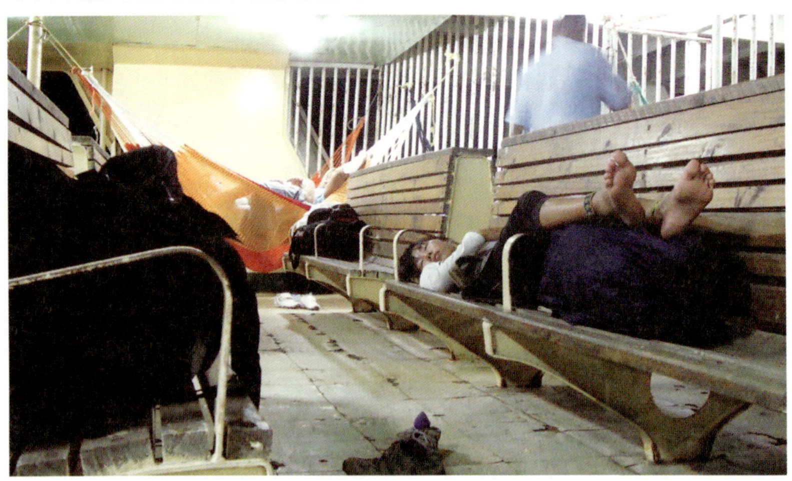

　내 친구인 똥개 카이저를 만난 곳은 유명한 과차로^{Guacharo} 동굴에서다. 긴 동굴 안에 '과차로'라는 야행성 새들이 살고 있어서 이름이 과차로 동굴이다. 원래 한 인디언 부족의 터전이었는데 개방적인 그들은 스페인 사람들이 왔을 때 아주 협조적이었고, 스페인 사람들이 가져다주는 물건 덕에 동굴에 살면서도 물질적으로 풍족했다. 그러던 어느 날 그들을 눈엣가시로 여기던 이웃 부족 인디언들의 공격을 받고 전원 몰살당했다. 물론 동거인이었던 과차로 새들은 아직도 그곳에 살고 있다.

　과차로 동굴은 나무가 빽빽한 숲속에 있다. 지금은 제법 관광객의 눈길을 받는 곳으로 신분도 상승하고 일차선 포장도로가 동굴 앞을 지나긴 하지만 주변은 여전히 형광색 이끼로 뒤덮인 열대우림이다. 해질 무렵 한꺼번에 동굴을 빠져나가는 1만 마리의 과차로 새를 보기 위해 동굴 앞에 자리를 잡았다. 아주 요란한 녀석들이다. 동굴 안에서 나올 채비를 하는 데도 귀가 아플 정도로 시끄럽다. 다리오는 몇 해 전 인도에서 산 싸구려 MP3의 기능을 체크하고 과차로의 소음(?)을 녹음했다.

　그날 밤 시냇물 옆에 텐트를 치고 오랜만에 추위를 느끼며 숙면을 취했다. 그런데 우리는 둘이 아니라 셋이었다. 이곳에 온 이후로 계속 우리의 뒤를 밟는 녀석이 있었는데 바로 웃는 입 모양이 특징인 하얀색 똥개 카이저다. 카이저는 산책을 갈 때도, 동굴 앞에서도 함께 있었고 잠도 텐트 옆에서 웅크리고 잤다. 음식도 나눠 먹었다. 오기 전에 구입한 바케트빵과 토마토 소스에 절인 양미리 통조림 4개가 며칠 동안의 일용할 양식이었다. 우리는 손가락 마디만 한 양미리 하나도 카이저와 사이좋게 나눴다.

　다음날 아침 카이저가 밖에서 짖기 시작했다. 이제 막 출근한 동굴의 경비아저씨가 텐트로 오고 있다고 알려주는 것이다. 남미에선 히피를 아르테사노Artesano라고 부르는데 스페인어로 '손으로 무언가를 만드는 사람'이라는 뜻이다. (아르테사노와 예술가Artista는 둘 다 예술Arte에서 파생된 단어다.) 아마도 대부분의 남미 히피들이 자기가 만든 것을 팔면서 근근이 여행을 이어나가기 때문일 것이다. 언제나 그렇듯 이번에도 경비아저씨는 우리가 아르테사노인지 묻는다. 그렇다고 하자 바로 가격을 깎아준다. 유명한 가이드책에 의하면 하루 캠핑에 5달러인데 아저씨는 둘이서 1달러만 내란다. 아마도 이곳을 여행한 작가는 바가지를 쓴 모양이다. 남미에서는 자주 있는 일이다. 사람의 형편에 맞춰 가격이 바뀐다.

관광객들이 몰려오기 전 이른 아침, 인상 좋은 가이드 아저씨와 작은 손전등 하나를 비추며 천천히 동굴 안 500미터까지 들어갔다. 그 너머는 죽은 자의 영혼이 쉬는 곳이라 인디언들은 넘어가지 않았다고 한다. 그때 적막 속에서 이상한 소리가 났다. 깜짝 놀라 쳐다보니 카이저다. 깜깜한 어둠 속에서도 우리의 뒤를 밟고 있었던 것이다.

다리오가 밥을 안 주면 카이저가 떠날 것 같다고 해서 우리끼리만 점심을 맛있게 먹었다. 그래도 카이저는 우리 곁을 지켰다. 어쩌면 그 개가 원하는 것은 우리가 생각하는 그런 단순한 것이 아닐지 모른다.

산길을 걸으며 노랗게 여문 카카오를 따서 먹었다. 걷다가 잠시 멈추면 카이저는 가던 길을 다시 돌아와 우리가 어디 있는지 확인했다. 좁은 산길을 따라 폭포까지 갔는데 그 많은 멈춤과 기다림에도 우리의 옆자리를 꼭 지켰다.

▶ 수세기 동안 인디언들의 터전이었던 동굴에는 동거인이던 과차로 새들만이 살고 있다.

절대 조르지 않고

불평하지 않고

자신이 가진 것을 100% 즐기고

아이처럼 뛰놀고

진흙 묻은 발에 신경 쓰지 않고

추위를 추위로 받아들이고

더위를 더위로 받아들이고

사랑을 받고 돌려주고……

득도한 개가 아닌가 싶다.

그날 밤도 마른 바게트빵과 참치 캔을 셋이 나눠 먹었다. 밤이 더욱 춥게 느껴져 쫄바지에 양말까지 신고 잠이 들었다. 카이저도 텐트 밖의 내 옆에서 잠이 들었다. 가끔 추워서 그런지 우는 소리를 냈다.

며칠 후 하루에 한 번 새벽 5시에 지나는 봉고차를 타고 다시 길을 떠나기로 했다. 동이 트기도 전에 텐트를 접어놓고 밤새 밖에서 놀던 과차로 새들이 동굴로 들어가는 것을 마지막으로 구경했다. 새들은 피곤한지 나올 때보다 서둘러 동굴 안으로 들어갔다. 카이저에게 작별인사를 하고 싶었지만 이 새벽에 어디를 갔는지 보이지 않는다. 우리를 태우고 갈 봉고차가 도착했다.

차에 막 타려고 할 때 카이저가 나타났다. 우리와 함께 가길 원하는 것 같았다. 카이저는 우리가 왜 떠나는지 모르겠다는 듯 황당한 표정이다. 그가 사람이 된다면 아마도 헤어짐이라는 것을 알겠지? 수많은 만남과 헤어짐을 경험한 나도 헤어짐이 익숙해지지 않는다. 어쩌면 사람들도 애써 태연한 척하지만 헤어짐을 이해하지 못하는 것인지도 모르겠다.

우리의 권리를
찾아서

베네수엘라에서 가장 아름답다는 천상의 낙원 메디나 해변을 찾아가던 길에 샛길로 빠졌다. 모든 관광객들이 보고 싶어하는 곳 대신에 아무도 안 가는 곳으로 가보는 게 어떨까, 라는 말도 안 되는 우리만의 논리가 고개를 든 것이다. 샛길로 빠지는 것을 유난히 좋아하는 이유는 샛길 안에 우연과 인연이 기다리고 있다는 것을 알기 때문이다.

도중에 동네의 유일한 일차선 비포장도로를 막고 있는 청소년들을 만났다. 더 늦기 전에 도착하고 싶은 마음은 조급한데, 도로는 나무와 바위로 막혀 있었다. 동네 사람들은 그들에게 욕을 해댔다. 카리브해의 사람들은 말이 빠르고 화난 사람처럼 말하기도 해서 싸움인지 아니면 그냥 대화인지 사태를 파악하는 데 시간이 조금 걸렸다. 봉고차 밖으로 나가 그들의 대화를 들었다. 사정은 이랬다.

그 동네 학생들은 학교에서 선생님들이 입버릇처럼 하는 '너희의 권리를 찾으라'는 말을 실천하고 있었다. 공공의 교통수단이 없는 시골마을에서 승합차나 승용차를 가진 사람들이 영업허가도 받지 않고 교통을 장악했다. 찻삯은 비싸고 배차시간은 운전수 마음대로다. 학생들이 생각할 때 그들이 쟁취해야 할 권리는 공짜 통학 버스인 것이다. 동네 사람들은 도로에서 서로에게 소리를 지르며 잘잘못을 가렸다. 그 와중에 어디선가 나타난 아이스크림 장수는 그날 현장에서 최고의 실속을 챙겼다. 목청껏 소리를 지르던 사람들은 너도 나도 아이스크림을 하나씩 사먹었다. 투쟁과 아이스크림, 어울리지 않지만 워낙 초현실적인 일이 많이 일어나는 남미에서는 가능한 조합이다.

동네 어른들은 학생들을 혼냈다. 그럴수록 학생들은 학교에서 배운 유

막혀버린 도로 위에서 사람들이 잘잘못을 가리고 있다.

식한 사회주의 용어들을 갖다 쓰며 그들을 설득하려 들었다. 결국 이 해프닝은 자신의 권리를 찾으라고 학생들에게 말했던 선생님들의 중간 조정으로 끝났다. 학생들의 귀가를 도운 것은 다름 아닌 길가에 몇 시간째 서 있던 불법 봉고차들이다. 집에 다 와서 돈이 없다고 그냥 내리는 학생들에게 사람들은 저마다 한마디씩 욕을 했지만 욕을 먹는 당사자도 욕을 하는 어른들도 심각하게 생각하지 않았다. 이것이 베네수엘라 스타일이다. 사람들은 금세 끓어올랐다가 차갑게 식어버렸다. 투쟁 중에 아이스크림 장수가 나타난 것은 우연이 아닐지도 모른다.

우여곡절 끝에 이름도 모를 해변에 도착했다.
정말 아무것도 없었다.
물도 없었다.

마체테로 코코넛을 깨는 다리오.

코코넛 물, 코코넛 밥,
코코넛 샤워

　　사람의 흔적도 없는 해변에는 1킬로미터 가까이 빽빽하게 들어찬 야자 수뿐이다. 나무마다 어른 머리통보다 큰 초록색 코코넛이 가득했다. 머리 위로 코코넛이 떨어지지 않은 것이 정말 다행이라는 생각이 들 만큼 주렁주렁 열려 있었다. 가져간 물은 겨우 1리터지만 우리에게는 자연이 준 코코넛 물이 있다. 금방 주변의 코코넛을 주웠는데 다섯 통이나 된다. 다리오가 마체테 _{나무를 자르는 길고 넓은 칼}로 코코넛을 탁탁 쳐서 깨면 나는 그 물을 항상 가지고 다니는 알루미늄 냄비에 넣었다.

　　그날 코코넛 물로 조리한 밥을 먹었다. 약간의 소금과 후추, 그리고 우리가 좋아하는 강황을 넣으니 아주 근사하고 이국적인 맛을 냈다.

　　코코넛 물로 샤워도 했다. 그 어떤 비싼 뷰티 살롱에서도 할 수 없는 특별 관리를 받은 셈이다. 피부가 촉촉해진 느낌이 들었다. 텐트 안에 달콤한 코코넛 냄새가 진동했다. 다음날 무사히(?) 일어나 볼일을 보러 갔다 오면서 간밤에 떨어진 코코넛을 두 통씩 주웠다. 마시고 씻고 요리하고, 며칠 동안 코코넛을 원 없이 들이켰다. 그 후 몇 달 동안 코코넛 생각이 나지 않았다.

　　바닷가에서 캠핑을 하는 동안 우리의 텐트는 녹이 슬고 많이 망가졌다. 푸에르토라크루스에서 10달러를 주고 산 파란색 텐트는 이후 우리와 1년 넘게 남미 여행을 함께했다. 안데스의 해발 4000미터에서도 안전한 집이 되어주고 비바람으로부터 우리를 지켜주었다. 물론 때때로 손을 봐주어야 한다. 그래도 새것을 살 생각을 한 번도 해본 적이 없다. 조금씩 고쳐주면 언제나 그렇듯 완벽하지는 않지만 쓸 만하다. 우리에게는 완벽한 것이 어울리지 않으니 이 텐트는 우리집이 틀림없다.

월세 없는 자연의 집

페몬 인디언들의 전설에 따르면,
사람은 절대 자연사하지 않는다.
아나콘다에게 물려 죽든지, 병에 걸려 죽든지,
모든 죽음 뒤에는 카나이마가 있다고 생각한다.
카나이마는 죽음을 부르는 악령의 이름인 것이다.
그리고 이곳은 '카나이마 국립공원'이다.

카나이마, 그 무시무시한 이름의 정체

열여섯 시간의 버스 여행 후 새벽 3시에 카라바젠으로 들어가는 유일한 비포장도로 앞에 도착했다. 버스 운전사는 정거장이 아닌 곳에 우리의 부탁으로 내려주긴 했으나 쏟아 붓는 비에 걱정스러운 눈빛을 감추지 못한다. 새벽 3시에 그 흔한 가로등 하나 없는 비포장도로……. 비는 멈출 기색이 없다.

이 허허벌판에 선 이유는 걸어서 세계에서 가장 높은 앙헬 폭포^{Salto Angel}까지 가기 위해서다. 모든 여행 책자를 찾아보았는데 유일한 방법은 비행기를 타는 것이었다. 그러나 우리는 한 사람당 200달러가 넘는 비행기 관광을 할 만큼 예산이 넉넉지 않다. 딱 한 가지, 지상으로 갈 수 있는 방법이 있다는 소문을 들었다. 카나이마 국립공원의 인디언 부족 마을 카라바젠에서 80킬로미터를 걸어가는 것. 정글을 지나야 하니까 적어도 5일은 걸릴 것이라 생각하고 배낭에 쌀이며 야채며 음식을 잔뜩 챙겼다.

하지만 버스에서 내린 곳부터 카라바젠까지 20킬로미터라고 했던 책의 내용과 달리, 실제 거리는 70킬로미터다. 게다가 장대비는 이길 자신이 없다. 길모퉁이에 한때 작은 매점으로 쓰였던 것 같은 허물어져가는 공간에 들어가 비옷을 꺼냈다. 매점 이후의 용도는 화장실이었던 것 같다. 고약한 냄새가 진동하는 그곳에서 잠시 비를 피하는 동안 1~2분이 참기 힘들 정도였다. 비옷으로 무장을 하고 다시 걷기 시작했다. 하얀색 바탕에 자잘한 빨간 땡땡이무늬가 들어간 싸구려 비닐 비옷은 몇 번 입지도 않고 겨드랑이 부분이 찢어졌지만 엔간해서는 비가 세지 않는다. 고원지대여서 새벽 공기가 쌀쌀했다. 15분이나 걸었을까, 풀이 무성하게 자란 평평한 곳을 발견하고 바로 텐트를 치고 잠을 청했다. 아침 7시 반의 알람을 듣고도 푹신한 풀

밭에서 단잠을 계속 자려고 할 때 밖에서 누가 인사를 건넨다.

"부에나스(안녕하세요)!"

인디언으로 보이는 아저씨가 멀찌감치 서 있다. 150센티 정도의 작은 키지만 손과 몸을 보니 육체노동을 하는 사람이라는 것을 알 수 있었다.

지난 새벽에 꿈이라도 꾼 것처럼 비의 흔적은 없고 하늘은 더없이 맑았다. 그에게 들은 반갑지 않은 소식, 카라바젠으로 가는 유일한 방법은 히치하이킹이라고 한다. 그 흔한 버스도 일정한 시간에 지나는 비싼 사립 택시도 없다.

그는 기다림에 익숙해 보였다. 자기를 데리러 올 사람이 있는 것도 아닌데 걷지도 않는다. 아주 천천히 서투른 스페인어로 말하는 그는 우리와 꼬박 두 시간을 한 자리에서 함께 기다렸다. 두 시간 동안 두 대의 차가 지나갔는데 모두 관광객을 태운 사륜 구동차다. 히치하이킹을 하려고 엄지손가락을 치켜든 나에게 똑같은 손가락 표시로 답을 하고 쌩 지나간다. 아마도 반갑게 인사를 건넨다고 생각한 모양이다. 하긴 관광 온 그들이 이곳에 버스가 있는지 없는지 알 리가 없다. 고맙게도 두 시간 만에 시내에서 일하는 마을 사람의 도요타 트럭을 타고 아퐁와오 폭포 Salto Aponwao가 있는 이보리보 Iboribo 마을까지 왔다. 차를 타고 진흙의 비포장도로를 거의 한 시간 달리고 두 시간 동안 20킬로미터를 걸었다.

열 가구 정도가 사는 이보리보 마을 중앙에는 텐트를 치기 딱 좋은 잔디밭이 있다. 그곳에서 빵과 참치 캔 하나로 허기를 달래며 쉬는데 마을 사람 두 명이 다가왔다. 아퐁와오 폭포까지 가이드를 해주겠다며 흥정을 시도한다. 그들은 우리가 어디서 왔는지 관심이 없다. 단지 돈에만 관심이 있는 듯했다. 안타깝게도 우리는 그들이 바라는 대박 손님과는 거리가 멀었다. 갑자기 시작된 관광 개발에 마을 사람들은 본업인 농업과 사냥을 버리고 관광업(?)에 뛰어들었지만 언제나 돈을 챙기는 쪽은 도시의 여행사 주인들이다.

다음날 아침 일찍 폭은 5미터도 안 되지만 물살이 제법 센 강을 건너는 대가로 두 다리를 못 쓰는 아저씨에게 한국 돈으로 1만 원이라는 터무니없이 비싼 돈을 지불했다. 강을 건너는 유일한 방법이어서 배짱을 부리는 아저씨와의 말다툼을 피했다. 계산이 빠른 아저씨에게 가격을 깎는 것도 불가능해 보였다. 그 상황에서 동네 아저씨 한 분은 한 패인지 이해가 안 가는 말을 하기 시작했다.

"이 어두운 강바닥에 무엇이 있는지 알아? 수영을 해서 건넜다가는 바로 '카나이마'에게 잡혀갈 거야."

우리는 페몬 인디언들(페몬은 그들의 언어로 사람이라는 뜻인데 현재는 이곳

에 사는 인디언들의 공식 이름이 되었다)의 삶과 전설의 장소에 와 있었다. '카나이마'는 인디언들이 입에 올리기조차 꺼리는 무시무시한 단어다. 페몬 인디언들이 아직도 믿고 있는 전설에 따르면, 사람들은 절대 자연사하지 않는다. 아마도 장수하는 사람들보다 그전에 사고로 죽는 사람이 더 많기 때문에 그런 전설이 생겼을 것이다. 아나콘다에게 물려 죽든지, 병에 걸려 죽든지, 모든 죽음 뒤에는 카나이마가 있다고 생각한다. 카나이마는 죽음을 부르는 악령의 이름인 것이다. 그리고 누가 붙인 이름인지는 모르지만 이곳은 '카나이마 국립공원'이다.

돈 없이도 가는
대안의 길

　매일 장대비가 한 차례씩 쏟아져서 길은 온통 진흙탕이다. 한 시간 동안 겨우 3킬로미터를 걸었다. 아퐁와오 폭포가 가까워왔을 때 나는 어디선가 모터 소리가 난다고 생각했다. 폭포 소리라고는 생각도 못했다. 100미터 정도의 폭포에서 엄청난 양의 물이 떨어지는 모습은 무서울 정도다. 이 100미터의 폭포가 나를 숨 막히게 했다면, 1000미터에 가까운 앙헬 폭포는 아마도 기절시킬지도 모르겠다.

　카라바젠 마을에 도착한 후 앙헬 폭포는 우리와 다시 멀어졌다. 사람들은 정글을 돌아서 가는 길은 150킬로미터 이상이 될 것이고 없는 길을 만들어서 가야 하기 때문에 한 달이 걸릴 수도 있다고 했다. 한마디로 그 길을 둘이서 가는 것은 자살 행위이며 지리를 잘 아는 인디언 가이드를 구한다고 해도 500달러 이상은 줘야 할 것이라며 우리 보고 미쳤다고 했다. 계획은 그렇게 굽혀졌다. 걸어서 앙헬 폭포까지 가는 것은 한마디로 불가능…… 하다.

　베네수엘라에서의 여행은 우리 같은 저가 여행자들에게 벽이 많다. 여행 책자에 나온 모든 관광지마다 가이드 필수, 여행사에서 제공하는 사륜자동차가 필요하다는 말로 끝난다. 특히나 카나이마 국립공원, 그란 사바나 지역은 공공 버스도 거의 없다. 대안의 길을 찾아야 했다.

우리의 대안: 그란 사바나에 있는 폭포 전부 보기

　앙헬 폭포가 1000미터이고, 그란 사바나에 있는 일곱 개의 폭포의 길이를 모두 합치면 얼추 그 길이는 될 것이다. '폭포 섭렵'에 나섰다. 여행사에 돈을 주고 차를 대절하면 하루에 전부 둘러볼 수 있는 일곱 개의 폭포를 보

기 위해 일주일을 걷고 길 위에서 히치하이킹을 해야 한다. 시간으로 따지면 우리의 '패'지만, 일주일 동안 만나는 길과 풍경과 사람과 그들의 이야기를 생각하면 누가 뭐래도 우리는 '승자'다.

카나이마 국립공원에 사는 인디언들은 근처에 큰 동물이나 오염될 만한 것이 없다며 강물을 정수 과정 없이 마신다. 강물은 나무뿌리에 물들었는지 갈색을 띠는데 실제 맛도 홍차 같다. 그 물을 마시고도 우리의 장은 오랜 여행 동안 면역이 생겨서인지 흔한 설사도 없다.

언제나 동행하는 바닥이 새카맣게 탄 알루미늄 냄비를 꺼내 점심을 만들어 먹고 이보리보 마을을 떠나 걷기 시작했다. 겨우 12킬로미터를 걸었는데 앞이 안 보일 정도로 비가 한바탕 쏟아진다. 두 갈래 길을 눈앞에 두고 빈집 하나를 발견했다. 지붕 아래에서 누군가가 불을 피운 흔적이 보이고 마른 장작이 쌓여 있다. 문은 굳게 잠겨 있었다. 그곳에서 마른 옷으로 갈아입고 비를 피해 텐트를 쳤다. 빗물을 받아 요리를 하고도 마실 수 있을 만큼 큰 빗줄기가 그치지 않고 새벽까지 갔다. 딱딱한 바닥 때문에 몇 번이나 깨어나 자세를 바꿔야 했다.

아침이 되자 해가 작열하고 비의 흔적은 온데간데없다. 그때 멀리서 어린 형제가 다가오는 것이 보였다. 열 살 정도의 형이 여섯 살이나 먹었을 동생을 자전거에 태우고 10킬로미터 거리의 옆 동네에서 오는 길이었다. 그들 역시 지난밤 폭우에 발이 묶여 옆 동네 친척 집에서 머물렀다고 한다. 큰 비를 피하게 해준 지붕의 주인에게 감사를 표해야겠다는 생각에서 아끼는 초콜릿 과자를 꺼내주었다.

형은 자물쇠를 열고 집으로 들어가 나무 열매를 꿰어 만든 어설픈 목걸이 하나를 가져와 내 목에 걸어보라는 시늉을 했다. 아름다운 보석 같은 작은 열매가 촘촘히 달린 목걸이에서는 소나무 같은 상쾌한 냄새가 났다.

토론 폭포Salto Toron가 시작되는 곳까지 걷기 시작했다. 걸어오는 두 시간 동안 지나는 차 한 대 보지 못했다. 비가 온 다음에 쨍쨍한 태양이 하얀 흙 도로를 비추어 눈이 아프도록 부시다. 15킬로미터를 걸어 도착한 작은 매점, 아주 가끔 오는 관광객을 상대로 하는 허름하지만 비싼 레스토랑이다. 겉모습은 귀엽지만 아주 사나운 흰 개와 중년의 두 아저씨가 가게를 보고 있었다. 마치 덤 앤 더머 같다. 그야말로 파리가 날리는 레스토랑을 지키느라 심심했던 두 아저씨에겐 우리 같은 공짜 손님도 반가운 모양이다. 자신들이 키우는 앵무새를 가져와 보여주고, 날개 달린 큰개미 튀김을 먹으라며 주었다.

"토론 폭포까지 얼마나 걸리나요?"

"17킬로미터!"

그늘 하나 없는 땡볕 아래 15킬로미터를 걸어왔는데 17킬로미터를 더 걸어야 한다니 정말 짜증이 밀려왔다. 하지만 그 누구도 강요한 길이 아니다. 돈을 내지 않으려면 걸어야 했으니 정당하다면 정당하다.

"그런데 당신들은 왜 토론 폭포까지 걸어가는 거야? 나는 이곳에서 17년을 살았는데 한 번도 가본 적 없어. 뭐 하러 걸어?"

베네수엘라 사람들은 걷는 즐거움을, 아니 그 행위 자체를 이해하지 못했다. 휘발유가 거저인 이곳에서는 차만 있으면 유지비는 공짜나 다름없다. 그야말로 기름을 길에 뿌리고 다니는 연비가 꽝인 1970년대 커다란 중고차도 환영받는다. 사람들은 걸어서 3분 거리도 1970년대 미국 영화에서나 볼 수 있는 기다란 차체의 포드를 몰고 간다. 덕분에 그 유명한 베네수엘라의 미녀들 대신 풍보들만 실컷 보았다. 국민들에게 값싼 휘발유를 제공한

토론 폭포로 가기 전 계곡에 자리를 잡고.

정부는 비만이라는 새로운 문제를 껴안게 되었다. 미디어에서는 차베스 역시 다이어트 중이라며 전국민적 다이어트를 부추기지만 먹고 놀기 좋아하는 베네수엘라 사람들은 배 둘레를 줄이는 것 따위에는 신경 쓰지 않는 듯했다.

하루 중 가장 뜨거운 해를 피하고 오후 늦게 다시 걷기 시작했다. 아저씨들은 돌아오는 길에 다시 만나자며 두 공짜 손님을 VIP라도 되는 양 식당 문 앞까지 배웅했다.

일곱 시간을 걸어서 한 계곡 앞에 도착했다. 누군가가 캠핑한 흔적이 보였다. 곳곳에 쓰레기가 있지만 계곡물도 마실 수 있을 정도로 깨끗하고 장소도 아름답다. 더 긴 여정은 무리라고 판단하고 물과 마른 장작을 구할 수 있는 그곳을 지친 몸을 쉴 수 있는 그날의 집으로 삼았다.

3일 연속 맛이 밍밍한 똑같은 음식을 먹는 것이 조금 지겨웠지만 참을 수 없는 허기가 음식 투정을 막았다. 그나마 불을 피워서 따뜻한 음식을 해 먹을 수 있는 것만으로 감사하다. 울창한 숲 안에 있어서인지 여느 날보다 더 추웠다. 그래도 추위를 막아주는 싸구려 텐트가 있어서 얼마나 다행인지.

해가 중천에 뜰 때 느지막이 일어나 불을 피워 커피를 끓이고 따뜻한 해가 비치는 큰 바위에 누우니 세상을 다 가진 듯 행복하다. 하루 종일 계곡 옆의 나무 밑에 자리를 잡고 새소리와 물소리를 들으며 간만에 자연과 하나 됨을 느꼈다.

다음날 15킬로미터를 걸어서 다시 두 아저씨가 있는 매점으로 돌아오니 점심때였다. 다행히 해가 구름에 많이 가려진 날이라서 한 번도 쉬지 않고 거뜬히 왔다. 물보다 싼 베네수엘라의 차가운 폴라 맥주를 하나 사서 둘이서 나눠 마셨다.

부탁하지도 않았는데 아저씨는 오전에 지나간 트럭 주인에게 돌아가는 길에 들러 우리를 데리고 가라고 했다며 세 시간만 기다리면 된다고 했다. 아저씨는 함께 있는 동안 수많은 맥주병을 땄다. 그때마다 조금 더 어눌한 다른 아저씨는 누나가 오면 큰일 난다며 말렸다. 그리고 그날 읍내 병원에 갔던 누나가 일주일 만에 오셨다. 아저씨는 그날 바로 쫓겨나 우리를 위해 부탁했던 그 트럭에 함께 몸을 실었다. 누나는 그동안 가게를 제대로 챙기지 않고 술만 마신 그에게 단단히 화가 나 있었다. 그는 누나를 언짢게 하려는 속셈으로 우는 시늉을 하다가 트럭 위에 올라타서는 자기보다 스무 살은 어릴 것 같은 처녀를 꼬시려고 별짓을 다했다. 걱정이 되어 그에게 어디로 갈 거냐고 물으니 어디든 갈 데는 많다며 큰 도로에서 우리보다 먼저 내렸다. 진정한 방랑자의 모습이다. 하지만 대책 없어 보였다.

　누나에게 쫓겨난 아저씨의 부탁대로, 트럭 주인은 거의 70킬로미터 떨어진 라피도스데카모이란 Rapidos de Camoiran까지 공짜로 데려다주었다. 걷는다면 며칠이 걸릴지 모를 긴 거리를 차로 단숨에 달려온 것이다. 갑자기 자동차의 발명이 가장 중요한 것이 아닐까라는 생각까지 들었지만 금세 마음이 바뀌었다. 걷는 즐거움을 빼앗아버린 자동차이기 때문이다.

　중간에 페몬 인디언들이 사는 마을을 지나다 '카치레'를 한 바가지씩 얻어 마셨는데 맛이 딱 막걸리 같다. 카치레는 감자과인 '유카'를 숙성시킨 페몬 인디언들의 전통 음료다. 한 모금 맛만 본 나에게 아줌마들은 방광염에 특히 좋다며 바가지 원샷을 권유, 아니 명령했다. 눈이 옆으로 쪽 찢어진 수줍은 동네 청년에게 사촌이 방문했다며, 같은 핏줄이라는 둥 짓궂은 농담을 했지만 악의 없는 그들에게 화를 낼 이유는 없다. 그나저나 외꺼풀의 눈을 가진 그곳 사람들을 보니 남미 원주민들이 몽골인의 후예라는 가설이 증명되는 듯했다. 어쩌면 모두 몽골인의 피를 가지고 있다는 생각을 하자 그들이 더 가깝게 느껴진다. 브라질 아마존에서는 나에게 어느 부족의 인디언이냐고 물어보는 인디언도 있었다. 피부가 점점 까맣게 그을릴수록 나의 모습은 내가 보아도 그들 중 하나로 보인다.

　라피도스데카모이란. 스페인어로 '빠르다'라는 뜻의 '라피도'는 물살이 센 계곡을 의미한다. 계곡 옆에는 페몬 인디언 공동체가 함께 만든 작은 관광지에 투숙객을 받을 목적으로 지은 오두막집들과 꽤 큰 매점과 식당이 있다. 아침부터 아무것도 먹지 않은 터라 계곡이고 뭐고 바로 식당으로 들어갔다. 점심이 한참 지난 시간 텅 빈 레스토랑은 더 커 보였다. 평소 제일 싼 것을 시켜먹지만, 오늘은 며칠째 라면만 먹은 것을 보상이라도 하듯 가격을 보지 않고 원하는 것을 한 접시씩 시키고 차가운 맥주도 한 병씩 마셨다. 나는 마늘을 듬뿍 넣어 숯불에 구운 닭고기를 먹었다. 음식을 통해 열반에 든다는 말을 실감했다. 음식 한입 한입마다 완전한 황홀경이 찾아왔다. 맥주에 피곤함에 발갛게 달아오른 얼굴로 아무 생각 없이 한참을 앉아 쾌감을 되새겼다. 계곡 구경은 뒷전이고 입 안에 감도는 닭고기와 마늘의 맛이 사라질 때까지 깊은 명상에 잠겼다. 나는 존재하지 않았다. 다만 맛을 느끼는 혀와 뇌만 존재할 뿐…….

히치하이킹에서 벗어나고파

　힘들게 도착한 카마메루 폭포는 생각보다 웅장했다. 평소 같으면 감탄을 연발했을 장관을 보고도 나의 반응은 시큰둥 그 자체다. 땡볕에 오랜 시간을 걷느라 땀으로 흠뻑 젖었다. 수영이라도 하고 싶지만 폭포에서 떨어져 흐르는 물살이 너무 세다. 체질상 땀을 많이 흘리지 않는 내가 등이 축축해질 정도이고 다리오는 등과 맞닿은 배낭까지 축축했다. 배낭을 내려두고 잠시 그늘에 앉아 있으니 땀으로 젖은 등줄기가 서늘해진다.

　며칠간 너무 많은 폭포를 봐서 그런지 어떤 감흥도 없다. 안타깝게도 우리의 눈은 폭포를 거부하기에 이르렀다. 감각은 너무 쉽게 싫증을 낸다. 아퐁와오, 토론, 카모이란, 카위, 카마메루를 보았고 파체코 협곡 폭포와 하이라이트인 쿠케난 폭포를 보면 미션 완료다.

　의무적인 폭포 구경을 끝내고 다음 마을로 이동하기 위해 그늘도 없는 뜨거운 아스팔트에서 장장 세 시간을 보냈다. 이럴 때 히치하이킹이 일종의 재미라고 말한다면 그것은 거짓말이다. 돈을 내도 좋으니 버스라도 있었으면 하고 바랐지만, 그 길을 지나는 버스는 오전에 딱 한 번, 이후로는 없다. 이 지역에 사는 페몬 인디언들은 이동의 자유도 없는 셈이다.

　세 시간 만에 폐차 직전의 차 한 대가 우리 앞에 섰다. 아무리 똥차지만 엄연한 사립 택시다. 이미 4명이 타고 있는 차 앞자리에 꾸겨져서 둘이 탔다. 1970년대 포드의 앞자리는 요즘 나오는 차보다 훨씬 넓다. 까맣게 그을린 피부에, 거친 손과 얼굴을 보니 육체노동을 하는 아저씨들 같다. 아니나 다를까 베네수엘라의 건설현장에서 몇 달 일하고 집으로 돌아가는 브라질 인디언들이다. 브라질 국경까지 가는 대중교통이 없는 것을 알고 있는 가난한 인디언들만이 우리 앞에 차를 세워주었다. 한국에서는 구식으로 통하는

세 시간 만에 멈춰준 똥차의 깨진 앞 유리 너머로 로라이마 산이 보인다.

오래된 똑딱이 사진기를 꺼내 자동차의 깨진 앞 유리 너머 보이는 '로라이마'를 찍는데 아저씨들은 디지털 카메라를 처음 보는지 신기해하며 얼마인지 물었다. 10만 원쯤 한다고 했더니 평생 이런 사진기 하나 가져보았으면 좋겠다고 한다. 마음 같아서는 이름도 모르는 인디언 아저씨에게 선물로 주고 싶지만 내 코가 석자다. 그들은 온천으로 이뤄진 파체코 협곡 폭포가 있는 마을 입구까지 우리를 데려다주었다. 히치하이킹은 돈을 내지 않지만 그들도 돈을 내고 타는 사립 택시를 얻어 탔으니 휘발유 값이라도 보태야겠다는 생각이 들었다. 내리면서 얼마냐고 물었는데 아저씨들은 이미 계산이 치러졌다며 그냥 가라고 한다. 그리고 남은 여행 잘 하라며 따뜻한 손을 내밀어 악수를 청했다. 나무껍질처럼 까칠하고 두꺼운 손이 내 손에 닿자 마음이 그냥 뭉클해진다. 값어치도 별로 없는 사진기 하나 갖는 게 소원인 아저씨에게 도리어 신세만 졌다.

　날은 어두워지고 몸은 지칠 대로 지쳤다. 갑자기 폭포 하나 보겠다고 이 고생을 하는 우리가 어리석게 느껴졌다. 집이 서너 채 있는 마을은 유령 도시처럼 텅 비어 있었다. 마냥 기다릴 수 없어서 좁은 흙길을 따라 무작정 걸었다. 금세 붉게 물들기 시작하는 아름다운 하늘 아래 짜증만 증가했다. 결국 온천을 찾지 못하고 돌아오는 길, 마을 사람들이 하루의 노동을 마치고 집으로 돌아오는 것이 보였다. 밭일을 했는지 손이고 발이고 흙으로 새까맣다.

　"온천으로 가는 길이 이 길이 아닌가요?"

　"……."

　황당한 표정이다. 관광 책자에 버젓이 온천이라고 나와 있는데 그 마을 사람들은 정작 온천이 뭔지도 몰랐다. 다시 길바닥으로 돌아왔다. 히치하이킹이고 뭐고 다 싫었다. 제발 버스라도 제대로 다니는 곳을 여행했으면 좋겠다는 것이 나의 최대 바람이었다. 그런데 기대도 하지 않고 손을 치켜든 그때 첫 번째 차가 멈춰 서는 게 아닌가. 마음을 비우니 모든 것이 가능하다. 페인트칠 도구를 가득 실은 트럭의 뒷자석에 오른 우리는 그들의 또 다른 짐이 되었다.

　"오늘이 무슨 날이죠?" 며칠 동안 폭포에 미쳐 날짜도 요일도 까먹은 내가 물었다.

　"오늘은…… 에이즈의 날이야."

　12월 1일이 에이즈의 날이라는 것을 절대 잊을 수 없다.

우리만의 로라이마 혁명

커다란 장애가 기다리고 있었다.
여행사를 통하지 않고는 로라이마에 오를 수 없다는 것이다.
출입을 막은 것은 아무 권한도 없는 여행사 직원들이다.
산에 오르는 데도 돈에 의해 계급이 정해진다는 사실이
코미디 같다. 우리는 다른 길을 찾아야 했다.

애초 로라이마에 오를 계획은 없었지만 베네수엘라의 아름다운 자연을 맛보기 위해 그들이 자랑으로 여기는 명소 하나는 꼭 보고 싶었다. 여행사들이 정해놓은 비싼 가격과 우리의 예산 사이에서 머리 터지는 싸움을 했다. 여행사를 통해 로라이마에 오르려면 한 사람당 50만 원 정도가 든다. 일생에 한 번 이런 특별한 곳을 찾는 사람들은 그 돈을 아무 거리낌 없이 내고 산에 오른다. 우린 또다시 다른 길을 찾아야 했다.

일주일치 식량을 준비하고 무작정 로라이마가 시작되는 인디언 마을 파라이테뿌이paraitepuy로 향했다. 가는 길은 힘겨웠다. 버스로 산프란시스코san Francisco라는 작은 마을까지 와서 26킬로미터를 걸었다. 대중교통 자체가 없다. 나중에 《론리 플래닛》에 마조히스트가 아니면 그 길을 시도하지 말아야 한다고 쓰여 있는 걸 보고 웃을 수밖에 없었다. 땡볕에 먼지 날리는 길이 일곱 시간 동안 이어졌다. 나무 그늘 하나 없이 뙤약볕이 따갑게 내리쬐는 하늘 아래 처절하게 한 걸음씩 옮기며 나름의 극한을 체험할 때였다.

지친 우리의 시야에 마치 모터를 단 듯 빠르게 다가오는 한 사람이 보였다. 그는 정말 가공할 만한 스피드로 순식간에 우리 앞에 도착했다.

"곧 큰 비가 올 거야. 빨리 가지 않으면 강물이 불어서 건너지 못할 수도 있어."

그의 첫인사였다. 하늘을 보니 구름 한 점 없이 땡볕이 내리쬐는데 비라니……. 그를 미친 사람쯤으로 취급할 수 없었던 단 한 가지 이유는 파라이테뿌이 출신 페몬 인디언이기 때문이다. 그는 우리를 두고 먼저 갈 수 없었는지 계속 재촉했다. 그가 말한 강은 마을 사람들만 아는 지름길을 가로지르며 흘렀다. 강이라기보다 물살이 센 넓은 계곡이 나타나자 아저씨는 신

발을 벗었다. "아가씨! 배낭을 이리 줘. 여긴 보기보다 물살이 세서 넘어질 수 있으니 내가 대신 짊어지고 건너겠어."

그가 먼저 내 배낭을 메고 강을 조심스럽게 건넜다. 그 다음은 다리오가 건넜다. 아저씨의 오래된 신사화를 강 건너로 던져줄 사람은 나뿐이다. 던지기도 전에 부담스러웠다. 나는 공을 이용한 운동을 잘 못하는데 조준 능력이 부족하기 때문이다. 다행히 첫 번째 짝은 간신히 강 건너로 넘어갔다. 문제는 다른 한 짝…… 신발은 잔인하게 강에 빠졌고 물살은 무참히 신발 한 짝을 순식간에 휩쓸어갔다.

"죄송해요, 죄송해요."

미안함에 어쩔 줄 몰랐다. 아저씨는 태연하게 나머지 신발 한 짝마저 강으로 던져버리며 괜찮다고 했다. 신발이 한 짝만 있으면 아무리 명품이라도 쓸모없다. "걱정 마! 집에 가면 신발 많아. 그나저나 서둘러야 해. 비가 내리기 전에 도착해야 해."

그의 말대로 화창하던 하늘은 잔뜩 흐려지고 곧 비가 쏟아질 것 같다. 아저씨는 졸지에 신발도 없이 맨발로 돌바닥 언덕을 올랐다. 언덕을 다 오르기도 전에 비가 내리기 시작한다. 나는 거침없이 오는 비가 시야를 가리는데도 아저씨의 맨발만 주시했다. 미안한 마음은 가시지 않았다. 첫 번째로 나온 집의 처마에서 잠시 비를 피하기로 했다. 작은 천막에 아낙네들이 오순도순 앉아서 전통 음료 '카치레'를 만들고 있었다. 아주머니들은 독이 있는 노란색 유카는 발효되기 전에 마시면 설사를 하기 때문에 맛을 보여줄 수 없어서 아쉽다며 나중에 오라는 따뜻한 말로 이방인의 추운 마음을 녹였다. 그들의 시선은 처마 밑에서 비를 피하는 외국인 둘에게 집중되었다. 나의 시선은 여전히 아저씨의 흙 묻은 검은 발에 고정되어 있었다.

아저씨는 비에 젖은 우리가 쉴 곳이 없다는 것을 직감하고 자기 집으로 가자고 제안했다. 바나나 나무가 몇 그루 있는 마당 뒤로 아저씨의 겸손

한 황토 집이 있었다. 그는 도시에서 일을 하다 3개월 만에 집으로 돌아오는 사람치고는 담담하게 부인과 인사를 하고 서둘러 음식을 좀 장만해달라고 말했다. 소나기가 그치고 맑게 갠 하늘 아래 부부의 소박한 마당에서 옥수수가루로 납작하게 구워낸 따끈한 빵 '아레파'를 먹었다. 꿀맛 중의 꿀맛이었다. 아저씨는 집에 와서야 발을 씻고 구멍 난 검은 장화를 신었다. 다리오는 내가 불편해하는 것을 보고 아저씨에게 브라질에서 산 샌들을 주고 가자고 했다. 그래야 내 마음이 편할 거라고 생각한 모양이다. 예상대로 아저씨는 거절했다. 필요 없단다. 가난하지만 공짜로 생겼다고 그저 집에 쌓아놓는 법이 없었다.

그는 작은 집을 차례차례 보여주었다. 자랑할 만한 것은 작년에 심은 바나나 나무가 잘 자라고 있다는 것뿐이다. 그 이야기를 할 때만큼은 무뚝뚝한 그의 얼굴에 행복한 미소가 번졌다. 우리가 로라이마 산을 오르겠다고 하자 그는 평생 다섯 번 가보았다며 별로 힘들지 않다고 했다. 맨발로도 우리보다 빨리 걷는 그에게 힘든 일은 아무것도 없을 것이다.

동네 공터에 텐트를 치고 하룻밤을 보내고 다음날 아침 페몬 인디언들이 신성시하는, 여전히 풀리지 않은 비밀로 가득한 로라이마에 오를 채비를 했다.

자연으로 장사하는 사람들

커다란 장애가 기다리고 있었다. 여행사를 통하지 않고는 로라이마에 오를 수 없다는 소식을 들은 것이다. 출입을 막은 것은 국립공원에 대한 아무 권한도 없는 여행사 직원들이다. 그들은 우리같이 독립적으로 산을 오르는 사람들이 늘어나는 걸 싫어한다. 그만큼 수입이 줄어들기 때문이다. 산은 한 번도 돈을 내라고 말한 적이 없는데 대자연이 자기 것인 양 주인 행세를 하는 사람들을 보며 실망감이 들었다. 게다가 트레킹을 하는 사람들은 자신들이 내는 돈이 주변 공동체를 돕는다고 생각하지만 수입의 대부분은 한 번도 로라이마에 오른 적 없는 도시에서 온 여행사 사장의 몫이다. 차라리 큰 여행사 대신 동네 사람을 짐꾼으로 직접 채용하는 것이 바람직하다. 짐꾼이 여행사로부터 받는 돈은 어처구니없이 적다. 그들은 운동화를 살 여유도 없어 고무장화를 신고 50킬로 이상의 짐을 메고 그 험한 산을 오른다.

인파르케 Inparque. 베네수엘라의 국립공원 관련 부서 완장을 차고 있는 어수룩한 경비원을 설득했다. 텐트도 있고, 6일치 식량도 있고, 무엇보다 이곳에 그 어떤 훼손도 입히고 싶지 않은 양심도 있다고 말이다. 그는 우리 편이었다.

이 모든 소동은 실속 없는 해프닝이었다. 한 달 후 베네수엘라에서 가장 높은 교육 수준과 의식 수준을 갖춘 도시 '메리다'에서 우연히 만난 인파르케의 공무원은 다음과 같이 말했다.

"베네수엘라의 국립공원은 원하는 사람 모두에게 열려 있다. 여행사에 돈을 지불하지 않았다고 산에 오르지 못하게 하는 것은 여행자의 권리를 박탈하는 것이며 인파르케의 규칙에 위반된다."

권리, 권리, 노래를 부르는 베네수엘라 사람으로부터 간만에 제대로 된 권리가 무엇인지 들었다.

여행사를 통한 사람들은 큰 짐 없이 가볍게 등산을 시작했다. 가이드는 돈을 내지 않은 우리에게 돈을 낸 사람들 뒤를 조용히 따라오라고 한다. 산에 오르는 데도 돈에 의해 계급이 정해진다는 사실이 코미디 같다.

첫날 고작 8킬로미터를 가는데도 사람들이 몇 번이나 쉬는 통에 뒤따라가는 우리는 실제로 걷는 시간보다 그들을 기다리는 데 더 많은 시간을 소비했다. 우리가 강한 체력의 소유자이거나 특별히 자랑하고 싶어서 하는 말이 아니다. 그도 그럴 것이 로라이마를 오르기 전 10일 동안 '그란 사바나' 지역의 폭포를 보느라 매일 20킬로미터 이상 걸으며 훈련을 했으니 우리의 한계에서 최고의 체력을 갖고 있었다고 해도 과언이 아니다.

함께 로라이마에 오른 사람들은 모두 유럽인이다. 안타깝게도 그들과 마주칠 기회는 별로 없었다. 우리가 아침에 일어나 땅콩 한 주먹에 물을 조금 마시고 텐트를 접고 길을 떠나는 반면 그들은 느지막이 일어나 든든하게 아침식사를 한다. 식사 때마다 가던 길을 멈춰 요리사가 요리를 하기에 빵과 햄 한 조각으로 끼니를 때우는 우리와 매번 간격 차이가 났다. 하루의 트레킹이 끝나면 돈을 내지 않은 우리는 평평한 자리를 여행사를 통한 사람들에게 양보하고 외진 곳에 텐트를 친다. 돈을 내고 산에 오르는 사람들을 위해 짐꾼은 대신 텐트를 쳐주고, 심지어 대변을 보기 전 땅을 파주는 가이드도 있다. 별 다섯 개짜리 트레킹이 아닐 수 없다. 이 정도의 서비스에 300달러는 아마 공정할지도 모르겠다. 어차피 그 누구도 우리처럼 고생스러운 방법으로 산에 오르고 싶어하지 않는다. 그렇다고 우리의 트레킹이 별 다섯 개짜리가 아니라고 말할 순 없다. 로라이마 자체가 별 다섯 개짜리 산이므로 감상하는 방식이 어떻든 별 다섯 개짜리 경험이 틀림없다.

짐꾼 친구들의 말에 의하면 로라이마
를 개인적으로 오른 외국인은 작년에 아
르헨티나 사람들 이후 우리밖에 없단다.
다리오는 다른 팀의 짐꾼들과 친구가 되
어 밤마다 그들과 아마존에서 가져온 마
른 천연 담배 잎을 말아 피웠다.

우기여서 등반자의 수가 적었다. 그
만큼 방대한 물줄기의 쿠케난 폭포680미터
의 넘치는 힘을 그대로 느낄 수 있었다.
하지만 짐꾼들 말로는 우기라 해도 요즘
은 비가 많이 내리지 않는다고 한다. 여
행을 하면서 지역 사람들이 이상기후에
대해 말하는 것을 흔하게 듣는다. 지구의
가장 오지마을에서조차 보이는 이 현상
은 지구가 심각하게 아프다는 것을 알리
는 듯해서 마음이 불편했다.

로라이마에 오르는 길에 바라본 '그
란 사바나'는 이름 한번 잘 지었다는 생각
이 든다. '사바나'는 스페인어로 침대보라

다리오가 낭떠러지 위에서 포즈를 잡고 있
다(위). 추워서 잠을 설친 다음날 아침(아
래).

는 뜻이다. 하늘과 맞닿은 지평선의 끝까지 펼쳐진 평지 위에 완만한 언덕
들이 올록볼록 솟아 있는 모습이 마치 커다란 침대보를 뒤집어씌운 듯하다.
그란 사바나가 잘 보이는 곳에 텐트를 치고 저녁을 준비했다.

트레킹 셋째 날, 경사 높고 미끄러운 난코스를 거쳐 로라이마 꼭대기에
올랐다. 사람들을 기다리는 동안 말라서 부스러기가 뚝뚝 떨어지는 빵과 치
즈로 허기를 채웠다. 로라이마 꼭대기에는 호텔이라고 불리는 동굴이 있는

로라이마 정상. 마치 달에 있는 기분이다(왼쪽 위).

데 우리가 머문 곳은 '호텔 인디오'라는 이름을 가진 최고급(?) 동굴이다.

로라이마 꼭대기에서 붉은 태양이 지는 것을 바라보았다. 밤이 되자 구름이 걷히고 하늘 가득 별들로 반짝였다. 문제는 추위였다. 그동안 따뜻한 기후에서 캠핑을 했기에 침낭도 없었다. 쫄바지 두 개를 입고 비옷에 신발까지 신고 여름용 돗자리 위에 작은 담요를 나눠 덮고 얼마나 떨었는지 모른다. 짐꾼들은 텐트도 없이 담요 하나 덮고 달빛 아래서 잠만 잘 잤다. 우리는 아직 그들의 내공을 따를 수 없다.

아침 해를 그토록 기다려본 적도 없는 것 같다. 밤새 얼마나 추웠는지 다음날 바로 내려갈 생각까지 했다. 내려가는 길로 침낭을 사리라고 마음먹었다. 가이드는 돈을 내지 않은 우리가 꼭대기의 관광지를 보는 것이 다른 손님들의 불만을 살지 모른다며 우리를 두고 먼저 떠났다. 떠나기 전 친절한 짐꾼 친구가 지형을 설명해주었다. 내 눈엔 거기가 거기 같은 꼭대기에서 다리오는 자신의 천부적인 방향감각을 다시 한 번 입증한다. 제일 높은 봉우리에 올라 지형 파악에 들어간 다리오는 한 치의 오차도 없이 짐꾼이 알려준 곳들을 차례차례 찾아냈다. 중간에 퍼붓는 소나기를 피하려다 우연히 발견한 수정 박힌 작은 돌 지붕은 우리만의 명소로 기억된다. 로라이마 위는 수정으로 덮여 있었다. 정말이지 한 개 슬쩍 하고 싶은 마음도 있었지만 수정은 그곳에 있을 때 더 의미 있고 아름다웠다.

꼭대기에서 보내는 두 번째 밤, 조금 익숙해졌는지 추위도 어느 정도 견딜 만하다. 이렇게 며칠 더 있으면 텐트 없이 담요 하나로 천장 없이 잠을 잘 수도 있겠다는 생각도 든다. 뭐든 익숙해지면 된다.

올라올 때 쓴 다리 근육은 내려갈 때 필요한 근육과 다르다는 것을 깨달았다. 이끼가 껴서 미끄럽고 축축한 길을 내려오며 넘어지지 않으려고 안간힘을 썼더니 오후가 되자 다리가 아팠다. 마지막 밤에는 마지막 남은 한 주먹의 쌀로 포식을 했다. 생각해보니 지난 5일간 우리는 언제나 배가 고팠고 추웠던 것 같다.

마지막 날 아침 캠핑 사이트에서 먼저 출발한 그룹을 재치고 얼마나 빨리 걸었는지, 그날 로라이마 트레킹을 마치고 파라이테뿌이로 돌아가는 사람들 중 우리는 첫 번째로 결승선에 도달했다. 초스피드로 내려올 수 있었던 단 한 가지 이유는, 배가 고파서다. 도착하면 동네에 딱 하나 있는 구멍가게에서 비스킷이라도 사 먹을 수 있다는 희망은 우리를 '헝그리 정신'으로 완전 무장시켰다. 한 주먹 남은 땅콩을 몇 알씩 나눠 먹으며 몇 시간을 걸은 뒤 먹는 비스킷에 맹물도 꿀맛이었다.

영양가 없는 것이라도 배가 차고 나니 어떻게 산타엘레나까지 돌아갈지 걱정되었다. 다시 26킬로미터를 걸을 생각을 하니 정말 죽을 맛이었다. 사람들이 하나둘 도착하고 여행사에서 준비한 사륜 구동차들도 산타엘레나로 떠날 채비를 했다. 국립공원 완장을 찬 경비에게 혹시 우리가 타고 갈 차가 있는지 물었다. 그는 무전기로 누군가와 통화를 하고 난 뒤 말했다.

"기다려봐요! 아마도 있을 거 같아요. 일주일에 한 번 쓰레기를 수거하러 오는 트럭이 있는데 딱 오늘이네요."

얼마나 반가운 소리인지! 우리에게는 희망이 있다. 게다가 우리와 같은 여정으로 로라이마에 오른 독일인 몸짱 커플이 마른 빵과 소시지 하나를 주고 떠나 배고픈 걱정도 덜었다. 그저 느긋하게 기다리기만 하면 된다.

로라이마 트레킹을 끝낸 것이 오전 11시고 쓰레기차가 오기로 한 시간은 오후 3시였다. 하지만 4시가 되어도 그들은 오지 않았다. 친절한 경비원은 우리보다 더 초조해 보였다. 몇 차례 무전기로 통화를 했지만 언제나 그들은 거의 다 왔다는 말만 반복했다. 5시가 되어서 도착한 용달차에는 아저씨 두 명이 타고 있었다. 알고 보니 토론 폭포에서 우리를 라피도스데카모이란까지 데려다준 사람들이다. 재활용 가능한 쓰레기를 수거하는데 일회용품 사용이 흔치 않은 이 마을에 사는 사람들에게서 나온 쓰레기는 거의 없다. 대신 로라이마에 오르는 사람들이 마신 맥주 캔으로 가득 찬 커다란 봉지 몇 개를 용달차 뒤에 싣고 우리도 자리를 잡았다.

뚱뚱하고 마음씨 좋게 생긴 아저씨는 나를 위해 앉을 자리까지 마련해주었다. 검은 비닐에 덮인 나의 의자…… 딱딱한 사각형의 이 물체는 무엇일까? 얼마 안 가 의문은 풀렸다. 아저씨 둘은 동시에 참지 못하겠다는 듯차를 세우고 길게 오줌을 누었다. 그리고 한 아저씨가 양해를 구한 뒤 내가앉아 있던 물체의 검은 비닐을 걷었다. 캔맥주가 24개씩 들어 있는 박스다. 어림잡아 박스 10개에 무려 240개의 캔맥주다. 그들은 소변을 본 뒤 다시맥주를 거침없이 마시기 시작했다. 우리에게도 선심을 쓰며 맘대로 빼 마시란다. 신이 난 다리오는 그 자리에서 미지근한 맥주를 세 캔이나 마셨다. 그들에게 맥주는 음료수였다. 아저씨 둘은 일탈의 쾌감에 사로잡힌 십대들처럼 연신 웃어댔다. 그렇게 맥주를 마셔댔는데도 굽이진 길을 잘도 운전했다. 버스가 다니는 산프란시스코까지 우리를 데려다주고 그들은 친한 친구를 배웅하듯 악수를 청하며 행운을 빌어주었다.

버스를 기다리는 산프란시스코 마을 입구에는 경찰 검문대가 있다. 모든 차량이 서야 하기 때문에 히치하이킹을 하기에 최적이지만 경찰의 눈치가 보였다. 게다가 베네수엘라의 부패한 경찰에 대한 이야기는 다른 여행객들에게 익히 들은 터라 강도보다 더 무서웠다.

"산타엘레나로 가는 버스는 언제 옵니까?"

나는 최대한 스페인어의 높임말을 쓰며 경찰에게 물었다.

"막차는 벌써 지나갔는데…… 택시를 타야 해."

택시라는 말에 우물쭈물하자 경찰은 우리에게 잠깐 저 구석에 가 있으라고 했다. 하얀색 신형 포드에 탄 사람들과 이야기를 하더니 경찰이 3미터 거리에 있는 우리를 손가락으로 가리켰다. 그날 경찰의 도움으로 평소엔 우리 앞에 절대 서지 않는 새 차를 얻어 탔다. 경찰의 부탁을 거절할 수 없었던 차 주인은 우리를 짐칸에 태우고 밤길을 달렸다. 벌써 달은 보름달이 되어 우리를 따라다닌다. 하얀색 포드는 텅 빈 이차선 도로를 전용도로라도 되는 듯 중앙선을 넘나들며 속도를 냈다. 경찰이 히치하이킹을 대신 해주다니, 베네수엘라 경찰에게 '삥'을 뜯긴 프랑스 친구 자누에게 말하면 믿지 않을 것이다.

밤공기가 차갑지만 로라이마 꼭대기에서 겪은 추위만 할까. 한계를 넘고 넘다 보면 어느덧 훨씬 강인해진 자신을 발견하게 된다. 그 무엇을 얻은 것보다 기쁘다.

브라질 국경에 근접한 산타엘레나로 가는 길, 몇 개의 군인 검문소를 거쳤다. 군인은 차에 탄 사람들의 신분증을 검사하고 우리의 얼굴을 보더니 바로 '패스'다. 사실 그 군인과는 이미 안면을 튼 사이다. 우리가 그 검문소를 지난 것이 다섯 번째였으니 군인들은 이미 우리 여권에 찍힌 도장도 구경하고 대화도 나눴다. 지나갈 땐 손까지 흔들었다.

나에게 그란 사바나는 커다란 침대보에 감춰진 선물 같은 존재로 남아 있다. 돈이 없어도 갈 수 있는 길이 있다. 밥을 차려주는 사람이 있고 차를 세워주는 사람도 있다. 이제 이곳에서 우리가 받은 사랑을 돌려주는 방법을 연구해야 한다. 우리의 '카르마' 은행 계좌에서 빠져나간 만큼 다시 채워 넣어야 한다는 것을 알고 있다.

페몬 인디언들의
나무 그늘 아래

　처음 베네수엘라 여행을 시작했을 땐 이 나라의 폭력성에 마음을 졸여야 했다. 카라카스나 푸에르토라크루스 같은 대도시의 밤거리에서 선명하게 울리는 총소리는 여행자의 마음을 두려움으로 닫게 만들었다. 값싸게 여행한다는 것은 그만큼 보호막이 떨어지는 느낌이 든다. 언제나 가장 싼 숙소를 정해야 한다. 그런 곳은 분위기가 험악하고, 동네 사람들은 자신이 가진 두려움을 내비치지 않으려는 듯 더욱 두껍게 자신을 외부와 차단시킨다. 이 나라가 짊어진 정치적인 혼란도 이방인의 불안을 고조시켰다.

　베네수엘라가 좋아지기 시작한 것은 그란 사바나 지역에서 많은 시간을 보내고 나서였다. 이 지역에 사는 페몬 인디언들은 어딘지 모르게 동양적인 가치관을 갖고 있다. 그들은 남에게 해를 입히면 자기에게 그대로 돌아온다는 '카르마'를 믿으며, 온순하고 조용하다. 요란스런 카리브해보다 그란 사바나 지역에 훨씬 애착이 가는 것도 그런 이유에서인 듯하다.

　보름 동안 페몬 인디언 지역에서 캠핑을 하면서 만난 사람들은 외지에서 온 우리에게 해가 가지 않도록 언제나 조심했다. 그런 평화로운 사람들 사이에 있으니 어느새 대도시에서 잔뜩 긴장했던 마음을 편히 쉴 수 있었다. 페몬 인디언들의 존재는 나무와 같았다. 나무 아래서 잠시 쉬었다가 다시 여행길에 오르니 그 어느 때보다 마음이 편했다.

부자 나라 사람들은 가난한 나라의 사람들이
자신들처럼 살기를 바란다.
그들은 유목민들을 '가난에 찌든 자'들로 생각해서 동정하곤 한다.
그들은 유목민들의 삶이 그들의 삶보다
더 만족스러울 수 있음을 이해하지 못한다.

_로버트 테오발드

쌩야생 캠핑 법칙 3
물이 없는 곳에서는 캠핑을 할 수 없지만 생
수가 아니라도 빗물이나 코코넛 물이 있으니
걱정 없다. 다만 빗물 마시고 배탈 나도 책임
못 짐. 나무 위의 코코넛이 머리에 떨어지는
불상사는 더더욱 책임 못 짐.

COLOMBIA

chapter 3. 콜롬비아
커피 향을 타고 온 우리집, 우리 가족

카리브해의 추억

그는 젊은 날 20년을 방랑에 쏟아 부었다.

그가 도착한 곳은 남미 대륙의 끝인

티에라델후에고, 불의 땅이다.

어쩌면 내가 그토록 동경하는

불의 땅에 살던 전설 같은 오나족의

마지막 후예일지도 모르겠다.

콜롬비아로 오는 길은 멀고도 험했다. 안데스산맥이 시작되는 베네수엘라의 메리다에서 밤버스를 타고 새벽 5시에 마라카이보^{Maracaibo}에 도착한 뒤 국경이 있는 마이카오^{Maicao}까지 100킬로미터를 오는 데 다섯 시간이나 걸렸다. 500미터마다 베네수엘라 경찰들이 버스를 막고 돈을 요구했기 때문이다. 이런 모습을 외국인에게 보이는 게 창피한지 버스의 조수는 우리에게 아예 돈을 걷지 않았다. 하지만 다른 승객들은 너무도 당연하게 경찰이 막을 때마다 손에 쥐고 있던 작은 지폐를 조수가 들고 있던 주머니 속에 넣었다. 떠날 때까지 실망스러웠던 베네수엘라의 부패한 모습이다.

콜롬비아의 첫 번째 정거장이 된 카리브해의 항구도시 산타마르타^{Santa Marta}는 예상했던 대로 푹푹 찌는 듯한 더위에 숨이 막힐 지경이었다. 해가 떨어지자 선선하게 불어오는 해양풍이 잠시나마 더위를 물러나게 했지만 해변에 더 많은 사람들을 불러들였다. 뜨거운 태양을 피해 에어컨이 빵빵하게 틀어진 실내에 숨어 있던 관광객들이며, 하루 종일 그늘에서 낮잠을 즐기던 동네 똥개까지 모조리 해변으로 기어 나왔다.

국경에서 만난 독일인 커플은 스페인어를 전혀 하지 못했는데 의사소통의 불편을 조금이나마 덜어보려는 속셈인지 계속 우리 뒤를 밟았다. 산타마르타에서 제일 싸고 후진 여인숙까지 따라왔지만 하룻밤 자더니 다음날 바로 《론리 플래닛》에 나오는 비싼 그링고^{Gringo} 전용 호스텔로 옮겼다. 우리는 이른바 그링고란디아^{Gringolandia, 외국인으로 가득 찬 도시를 일컫는 스페인 속어}에 와 있었다.

스페인어로 미국인을 의미하는 그링고에는 조롱의 뉘앙스가 들어 있다. 세상물정 모르는 어리바리한 외국인을 일컫는 이 명사는 오직 백인에게만 쓰이기에 나는 그링가^{Gringa, 그링고의 여성형}가 되지 못했다. 대신 어딜 가도 나는 치니따^{chinita}였다. 중국여자를 일컫는 이 단어를 남미에서 1만 번쯤 들은 것 같다. 초기에는 사람들에게 한국과 중국은 엄연히 다르다고 설명했지만 나중에는 화를 낼 이유도 찾지 못했다. 남미에서는 일본 출신의 후지모리 전 페루 대통령도 치노^{chino, 중국남자}다. 하긴 한국에서도 나를 외국인으로 보는 판에 이 먼 곳까지 와서 중국인이건 한국인이건 무슨 상관인가. 그렇게 생각하다가도 '치니따'라고 부르는 10명 중 한 명에게 괜히 신경질을 냈다. 지구 반대편에서 '정체성' 때문에 나름 고생했다. 애국자도 아닌데 왜 그리 민감했는지 지금으로는 알기 어렵지만 타국에선 난데없이 한국인의 피가 끓곤 했다.

다리오의 사정도 다를 건 없었다. 모국어가 스페인어인 마드리드 사람도 그들에게는 '그링고'다. 그들의 눈에 백인으로 보이는 다리오가 스페인어로 말하면 "그링고가 어찌 우리말을 그렇게 잘하느냐"고 하는 사람들도 있었다. 남미 사람들에겐 지구상의 수많은 나라가 존재하지 않는다. 백인은 그링고, 동양인은 치노, 흑인은 네그로다. 그들에게는 광대한 남미 대륙만이 존재하며 그 이상을 받아들이는 것이 무리인 듯했다.

방랑의 고수를 만나다

산타마르타는 가브리엘 가르시아 마르케스의 소설 《백년의 고독》에 등장하는 '바나나 학살'이 실제로 일어난 도시와 가깝다. 바나나 농장의 노동자들Bananeros은 더 나은 노동환경을 원하며 파업 한번 했다가 군 당국에 의해 무참히 사살되었다. 제대로 된 조사가 이루어지지 않아서 정확히 몇 명이 죽었는지는 미지수지만 수천 명에 이른다고 한다.

콜롬비아는 악명 높은 나라였다. 과거형을 쓴 이유는 우리가 있을 당시 상상했던 무시무시한 모습과 달리 치안이 안정된 상태였기 때문이다. 콜롬비아를 대표하는 단어들을 나열해보면 커피, 마약, 납치, 반정부군 정도일 것이다. 다행히 콜롬비아에 대해서 커피가 맛있다는 것만 알고 있었다. 적어도 나는 그랬다. 월드뉴스에서 분명 콜롬비아에서 일어난 안 좋은 일들을 보거나 읽었겠지만 향긋한 콜롬비아 커피 한잔에 묻혀 기사는 내 기억에서 사라졌을 것이다.

산타마르타의 뒷골목을 걷다가 만난 늙은 히피는 우리에게 마법이라도 건 듯했다. 누추한 겉모습을 보아하니 길거리에서 먹고 자는 사람이 분명했다. 사람들은 그를 거지라고 생각하겠지만 그와 5분만 대화를 나눈다면 생각을 바꿀 것이다. 길가에 앉아 있던 그는 우리가 지나가자 온화한 얼굴 가득 미소를 지으며 인사를 건넸다. 여행을 오래하면 영혼이 맑아지는지, 편견이 사라지고 선한 사람과 악한 사람의 구분이 확연해진다. 투명한 에너지에 이끌려 다 떨어진 옷을 입은 노인을 그냥 지나치지 못하고 멈췄다.

인사만 건네려던 참이었는데 짧은 대화가 오갔다. 여행에 관한 이야기다. 그는 젊은 날 20년을 방랑에 쏟아 부었다. 그가 도착한 곳은 남미 대륙의 끝인 티에라델후에고Tierra del Fuego, 불의 땅이다. 칠레 작가 루이스 세풀베

다의 책에 등장하는 불의 땅에 사는 오나ONA 인디언들이 지금도 존재한다면 늙은 히피는 그들과 함께 생애의 마지막을 보냈을 것이다. 어쩌면 내가 그토록 동경하는 불의 땅에 살던 전설 같은 오나족의 마지막 후예일지도 모르겠다. 남극이 가까운 추운 땅에서도 옷을 벗고 다니던 인류 역사상 가장 강했던 유목민족은 세상에 알려지기도 전에 금을 좇는 정착민들에게 몰살당했다.

나이가 들어 몸이 쇠약해지고 물질적으로 남은 게 없으니 세상은 그를 실패한 인생이라고 볼 수도 있겠지만 천진하게 웃는 얼굴에는 평화라는 이름만 보인다. 분명 출가하여 길 위에 선 예수나 싯다르타의 얼굴이 그랬으리라. 매일 잠자리가 다른 방랑생활을 하며 밥을 얻어먹은 그들도 겉모습은 궁색했을 것이다. 이상하게도 세상 사람들은 인류의 영적 스승이 살았던 삶을 비하하고 돈과 명예를 좇으려고 안간힘을 쓴다.

그와 함께 점심을 먹으러 길거리 레스토랑으로 향했다. 산타마르타에서 지내는 동안 매일 점심을 해결한 곳인데 아침과 저녁까지 세 끼를 모두 먹고 싶었지만 아줌마는 점심 장사만 했다. 점심시간 즈음에 부부는 그들의 일터인 간판도 없는 노점식당으로 손수레를 밀고 왔다. 아침부터 준비했을 음식들이 수레 안에 가득한데 커다란 알루미늄 통에 담긴 음식은 얼핏 동물 사료처럼 보이기도 한다. 일찍 가면 따뜻한 밥을 먹을 수 있고 어쩌다 점심시간을 놓치면 남은 음식을 떨이로 한 접시 가득 담아준다. 찬밥을 먹는 사람을 위한 보너스다.

늙은 히피와 찻길 옆에 부러진 다리를 테이프로 감은 플라스틱 의자에 나란히 앉아 탁자도 없이 손으로 접시를 받치고 점심을 먹었다. 왠지 그를 존경하는 마음이 강하게 들었다. 그는 말을 많이 하지 않았지만 지혜로움이 말투에서 느껴졌다. 내면에서 뿜어져 나오는 평화로운 에너지로 충만한 그의 모습을 보고 있자니 콜롬비아에서 도사를 만났다는 생각까지 들었다.

　그가 콜롬비아에서 꼭 가봐야 할 아름다운 곳들을 말해주는데 '밍카'라는 작은 마을에 대한 이야기를 듣는 순간 귀가 솔깃했다. 어차피 할 일도 없는 산타마르타를 벗어날 기회만 노리던 우리에겐 희소식이 아닐 수 없다. 다리오는 마지막 선물로 맥주를 권했지만 그는 미소로 거절했다.

　그의 마법이 풀리기 전에 서둘러 밍카로 갈 채비를 했다. 히치하이킹으로 가는 길이 그다지 쉽지 않았지만 도착해서 자연에 둘러싸인 그곳의 나무 냄새와 새소리가 너무 좋았다. 늙은 히피의 말을 듣기를 잘했다. 그는 우리에게 무엇이 필요한지 제대로 알고 있었다. 도사는 도사인 모양이다.

투칸의 옷으로
바꿔 입을래

얼마 전까지 콜롬비아의 반정부 게릴라들이 코카를 재배하는 분위기 험악한 동네였다는 것이 믿기지 않을 정도로 사람들은 친절하고 활기찼다. 게다가 이 아름다운 동네는 콜롬비아 최고의 유기농 커피를 생산하는 곳이기도 하다. 그것만으로도 '밍카'로 온 보람과 이유가 있었다.

한 독일인 아저씨가 5년 전 게릴라가 떠난 즈음에 수 헥타르의 넓은 땅을 사서 보금자리를 만들었다. 그의 호스텔은 숲에 둘러싸여 있었고 그동안 열심히 노동을 한 덕에 멋진 정원도 생겼다. 아저씨는 넉넉하지 않은 우리의 사정을 듣고 축구를 하는 잔디밭 끝에 텐트를 칠 수 있게 허락해주었다. 동네 아이들이 가끔 와서 축구를 할 때는 재빨리 우리집을 '철거'하는 조건이다. 잔디 위에 살면 좋은 점은 신발이 필요 없다는 것이다. 그러다 보니 신발을 엄한 곳에 두고 찾는 일이 종종 발생했다. 하루 종일 움직이지 않고 잔디밭에 누워 하늘만 보고 있어도 시간이 아깝지 않다. 아니, 이렇게 시간을 보낼 수 있다는 것이 행운이다. 짧은 여행을 하는 사람들은 누릴 수 없는, 여행 중 아무것도 하지 않기. 우리는 그것을 여행으로부터의 휴가라고 부른다.

아침마다 열대지방에 사는 주둥이가 큰 새 '투칸'들이 텐트 주위로 날아왔다. 새들의 반짝거리는 몸은 검은색인 동시에 형형색색의 깃털이 섞여 있다. 나도 투칸처럼 예쁜 옷을 입었으면 좋겠다고 생각했다. 동물들은 정말 예쁜 옷을 입는다. 다리오는 옷이 아니라고 놀렸지만 어차피 바꿔 입지 않는 것은 투칸의 깃털이나 나의 무릎 나온 촌스러운 쫄바지나 마찬가지다.

▶ 미니 축구장 끝에 텐트를 치고 평화로운 시간을 보냈다.

타강가라는 마을에 대해서는 잘 알지 못하지만 한 가지, 값싸게 스쿠버 다이빙을 할 수 있다는 것은 분명하다. 다리오는 없는 예산을 쪼개 벼르고 별러 동네에서 제일 싼 스쿠버 센터에서 다이빙 코스를 마쳤지만 싼 게 비지떡이라고, 보내주기로 한 자격증은 3년이 지난 지금도 깜깜 무소식이다.

노란집casa Amarilla이라는 레스토랑 뒤편의 울퉁불퉁한 공터에 텐트를 쳤다. 관광이 심하게 발달한 바닷가 마을에서 그나마 구할 수 있는 가장 싼 숙소다. 그곳에서 지내게 된 이유는 싼 가격 때문만이 아니다. 계속 염장을 지르며 따라다니는 미국인 하나를 떨쳐내기 위해서였다.

혼자 여행하는 B를 만난 것은 산타마르타에서다. 잠시 대화를 나눈 것뿐인데 그는 숙소에서 배낭을 가져오더니 우리와 함께 타강가로 가겠다고 나섰다. 당연히 말리지 않았다. 처음 만난 사람들과 동행하는 것은 여행에서 빠질 수 없는 즐거움이기 때문이다. 붙임성 좋은 B가 싫어지기 시작한 것은 그를 만난 당일 저녁부터다.

"이라크 파병을 반대한다고? 왜? 한국전에서 우리가 너희를 도와주었으면 갚아야 하는 거 아냐?"로 시작해서 "맥도날드는 최고의 기업이야"로 끝나는 그와의 힘든 대화는 미국 땅을 떠나선 안 되는 사람이 밖에 나와 있는 게 아닌가 하는 생각마저 들게 했다. 집시 캠프 같은 공터로 피신한 후 간신히 마음의 평정을 되찾았다. 우리와 작별한 그는 동네 끝에 있는 미국인이 운영하는 호스텔의 커다란 평면 TV 앞에서 하루 종일 ESPN 채널을 보는 다른 미국인들과 합류했다. 이제 더 이상 그의 억지를 듣지 않아도 된다는 생각에 파티라도 해야 할 상황에 딱 맞추어 새 친구를 사귀었다.

노란집의 주인 부부인 제시와 아우라는 구세주였다. 성실한 부부는 모든 콜롬비아 사람들이 그렇듯 주말에는 하늘이 두 쪽 나도 놀아야 한다는 철학을 가지고 있다. 금요일 저녁부터 어린 아들딸을 집에 두고 놀 건수를 찾아 나선다. 하루는 부부를 따라 그 이름도 유명한 마을의 유일한 미용사 '미스터 윌슨'의 파티에 갔다. 일찍 도착해서 맥주를 마시고 살사 음악을 즐기는 사이 동네 사람들이 하나둘 도착했다. 미스터 윌슨은 마을 파티의 선구자이자 최고의 춤꾼이다. 60세가 가까운 나이가 무색하게 빨간 스웨터를 입고 머리를 금색으로 물들였다. 그는 젊었을 때 언제나 여장을 했는데 가끔 다른 동네 청년들이 파티에 오면 그를 꼬시려고 안달할 만큼 예뻤다고 한다.

마을의 공식 게이 1호이자 사교계의 여왕인 미스터 윌슨의 에너지는 옆에서 춤을 춰보지 않으면 모른다. 그가 파티에 나타나자 사람들은 흥이 나서 더욱 강렬하게 춤을 추었다. 라틴의 피가 흐르는 콜롬비아 사람들은 애고 어른이고 '한 춤' 한다. 특히 현란한 발동작과 어깨 흔들기는 거의 신성해 보일 정도다. 한 멋진 청년이 나의 손을 리드하며 살사를 추자고 했다. 콜롬비아에서 선정적으로 몸을 딱 붙이고 춤을 추는 것은 문화이기에 유부녀도 잘생긴 청년과 노래 한 곡의 사랑을 나눌 수 있다. 참 좋은 나라다! 하지만 그날 밤 그에게 나를 맡기는 것조차 불가능할 정도의 몸치라는 사실을 발견했다. 청년은 최선을 다했지만 한 곡 끝나기가 무섭게 나를 제자리로 데려다주었다. 그는 미안해하는 나에게 귓속말로 달콤하게 속삭였다.

"괜찮아, 넌 그저 라틴의 피가 흐르지 않을 뿐이야."

다시 태어나면 미스터 윌슨만큼의 사교계 여왕은 아니라도 카리브해의 피를 타고난 살사 댄서이고 싶어라…….

인연을 만날 확률 100%

오스트레일리아에서 온 왕년 히피 나탈리와

브라질에서 온 르네를 만났다.

합류라는 단어가 만나서 흐른다는 뜻이라면,

그렇다. 그것이 정답이다.

모르는 사람들이 한자리에 모인 것도 기적인데

각자의 아름다운 에너지가 섞여 흐르기까지 한다.

나는 이런 인연을 우연이라고 생각하지 않는다.

코카는
마약이 아니다

　카리브해의 항구도시 카르타헤나는 콜롬비아 안의 유럽 같다. 하지만 우리가 머물던 뒷골목은 유럽 같은 분위기와 조금 거리가 있다.

　후진 여인숙의 2층 방에는 안전하게 뒷골목을 구경할 수 있는 커다란 베란다가 있었다. 그곳에서 지낸 3일 동안 우리의 취미는 새벽에 불을 끄고 맥주 한 병을 나눠 마시며 베란다를 통해 조용히 밖을 내다보는 것이었다. 어두워지고 한참이 지나야 이 골목의 진정한 색이 나타난다. 모든 관광객이 안전한 숙소로 돌아간 후 골목은 남미의 마피아 영화를 실시간으로 보는 것처럼 흥미진진해진다. 밤을 배회하는 자들은 그림자처럼 어둡고 조용해서 마치 무성영화의 주인공들 같다. 길거리의 정키들^{마약상과 중독자}이 물 만난 물고기처럼 활동을 개시하고, 가끔 경찰이 그들을 방망이로 때리며 검문을 한다. 조금만 반항하면 총이 등장하기도 하지만 모든 것이 아주 조용히 이뤄진다.

　전세계에서 유통되는 코카인의 80%가 이 나라에서 만들어진다. 가격으로 치면 마약이 술보다 싸고 술이 밥보다 더 싼 나라다. 하지만 잠시 편견의 눈을 감고 본다면 코카인은 이들의 역사 안에 있다. 휘발유로 코카 성분을 억지로 짜낸 검은 돈의 원천인 코카인이 아닌 순수한 ‘코카’를 말하는 것이다.

“코카는 하얀색도 검은색도 아닌 초록색이다. 코카잎은 영양과 치유 효과가 있다.”

콜롬비아는 황금의 나라였다. 스페인 사람들이 이 땅을 밟았을 당시 온 몸에 황금을 두른 인디언 부족들을 보자마자 '엘 도라도'라는 황금의 도시를 찾기 위한 고생길이 시작되었다. 당시에도 인디언들은 코카를 즐겼다. 황금으로 만든 두레박 모양의 통에 코카잎을 넣고 해변에 사는 인디언들과의 물물교환에서 얻은 조개껍질 가루를 섞어 코카 성분이 하얀 가루에 묻어날 때까지 황금 막대기로 으깼다. 100% 자연으로 만든 그들만의 기호품이다. 그때는 마피아도 없었고, 반정부군 때문에 억지로 코카인을 만들어야 하는 불쌍한 코카 농부도 없었다.

아름다운
합류

    플라야블랑카는 '하얀 해변'이라는 뜻으로, 콜롬비아에서 가장 아름답다고 할 정도로 완벽한 바다다. 보통 배를 타고 가는데 관광객을 상대로 하기 때문에 비싸다. 대신 우리는 그 가격의 절반도 안 되는 돈으로 갈 수 있는 루트를 동네 사람을 통해 알아냈다. 스티로폼으로 만든 요금 몇 백 원짜리 허접스러운 배를 타고 100미터가 채 안 되는 바닷길을 건넌 뒤 히치하이킹을 하면 된다. 물론 차가 많이 다니는 곳이 아니므로 운이 좋아야 한 시간

아침을 만끽하는 친구들. 캠핑 요리의 걸작, 렌틸콩과 쌀밥. 작별인사를 하는 지와 르네. 기타를 치는 르네. 아름다운 플라야블랑카. (왼쪽부터 시계방향 순으로)

안에 차를 잡아 탈 수 있다. 약간의 돈을 내고 트럭을 얻어 탄 우리는 해변과 가장 가까운 마지막 마을에서 내린 뒤 먼지가 뿌옇게 앉은 키 작은 나무들이 즐비한 비포장길을 30분 정도 걸었다. 오는 데만 거의 하루가 걸렸다. 언제나처럼 사람들이 잘 가지 않는 길을 택하는 바람에 시간이 많이 걸렸지만, 배를 타고 왔다면 보지 못했을 주변의 작은 마을들을 보았고 마을 사람들과 이야기도 나누었으니 그것으로 충분하다.

오스트레일리아에서 온 왕년의 히피 나탈리와 브라질에서 온 르네를 만났다. 합류合流라는 단어가 만나서 흐른다는 뜻이라면, 그렇다. 그것이 정답이다. 다른 곳에서 온 모르는 사람들이 한자리에 모인 것도 기적인데 각자의 아름다운 에너지가 섞여 흐르기까지 한다. 나는 이런 인연을 우연이라고 생각하지 않는다.

우리는 아름다운 해변에서 자신이 알고 있는 작은 것들을 서로에게 가르치고 배우며 시간을 보냈다. 예를 들면 나와 다리오는 손 매듭의 패턴을 르네에게 알려주고, 르네는 다리오에게 망치로 철사를 두드려서 만드는 장신구 기술을 가르쳐준다. 나는 나탈리에게 코바늘로 뜨개질하는 법을 가르쳐주고 나탈리는 북미와 알래스카의 여러 아름다운 장소에 대해 이야기를 해준다. 외부로부터 찾기 쉬운 재미가 배제된 우리만의 창조적인 놀이가 하루를 가득 채운다.

물을 구할 수 없는 이곳에서 캠핑이 가능했던 것은 매일 아침 배를 타고 도시의 지하수를 플라스틱통에 담아다 파는 아저씨 덕분이다. 그 물을 마시기도 하고 요리도 하고 샤워도 했다. 물이 부족하다는 것은 불편함을 의미하지만 하루에 꼭 필요한 최소한의 물의 양을 알게 되는 좋은 경험이다. 우리의 경우 둘이서 하루 5리터면 충분했는데 일명 고양이 샤워 덕분이다. 1리터짜리 페트병에 물을 담고 뚜껑을 덜 닫아 물이 졸졸 새게 해서 비누 없이 물로 소금기를 대충 씻어내는 것이다. 가능한 한 해변과 우리의 청결을 동시에 지켜내려고 궁리한 결과다.

맛있는 음식을 만들어 먹기 위해서도 많은 궁리를 했다. 장작불 위에 돌을 세워 만든 어설픈 부엌에서 세련된 요리를 하는 것은 무리지만 불을 지펴 만든 요리는 가스로 요리한 것과는 깊이가 다른 맛을 낸다. 우리는 두 번 불을 지피지 않아도 되도록 모든 일용할 양식을 함께 만들고 나누었다.

모두가 가장 좋아했던 음식은 렌틀 요리다. 렌틀은 한국에서는 먹지 않지만 우리가 여행한 대부분의 나라에서 아주 흔한 콩이다. 렌틀 요리는 시간이 오래 걸리지만 그 모든 수고가 보상받는다는 생각이 들 만큼 맛있다. 요리법은 렌틀을 두 시간 정도 삶는 것으로 시작해 그것으로 끝난다. 물이 없어지면 다시 물을 붓고 계속 끓여야 한다. 렌틸이 부드러워질 때까지 중간중간 저어주면서 말이다. 그 사이 장작불 고유의 구수한 향이 렌틸에 스며든다. 막바지에 프라이팬에 기름을 두르고 양파, 당근, 피망 등 있는 재료를 썰어 볶은 뒤 소금과 카레가루를 뿌려두었다가 다 익은 렌틸과 함께 섞으면 된다. 허브를 넣어서 지은 향긋한 쌀밥과 렌틸을 함께 먹으면 소박하지만 꿀맛이다.

아침식사는 저녁보다 어떤 면에서 훨씬 풍성하다. 반 킬로나 되는 밀가루로 인도식 짜파티를 만들어 꿀과 함께 먹는다. 이 많은 짜파티를 지나가는 어부들이나 가끔씩 아침 산책을 하는 해변가 숙소의 여행객들과도 나누었다. 나눌 것이 있다는 것은 친구를 사귀는 데도 아주 유리하게 작용한다.

브라질에서 온 르네는 3년째 남미를 여행 중이다. 그는 그야말로 집시다. 여권도 은행계좌도 없다. 하지만 그동안 남미의 수많은 국경을 건너다녔다. 국경을 건널 때 여권이 없다고 하면 경찰은 돈을 달라고 했다. 돈도 없다고 하면 국경의 사무실에서 몇 시간 기다리게 하고 겁을 주지만 언제나 마지막엔 그냥 꺼지라고 했다. 남미의 부패한 경찰들에게는 돈으로 해결되지 않는 일이 없다. 그런데 돈이 없다니 그들에게는 실속이 없는 것이다. 대부분의 브라질 히피들은 늘 이런 식으로 대책 없는 여행을 한다. 그 어떤 법에도 저촉되지 않는 그들의 무기는 '무소유'다. 가끔 천덕꾸러기 취급을 받고 편견을 이겨내야 하지만 인도의 방랑하는 성자 무리인 사두 같은 존재라고 (나는) 생각한다. 다만 사두들은 존경이라도 받지만 남미의 집시들은 욕을 먹는다. 사두와 집시는 모두 길거리에서 먹고 자지만 그 누구도 그들의 물건을 탐내지 않는다. 소유한 것이 없기에 잃을 것도 없다. 그 점에서 그들은 한 배를 탄 셈이다.

르네 덕분에 매일 저녁 기타 연주를 감상했다. 브라질 억양의 포르투갈어로 부르는 노래는 브라질에 대한 향수에 잠기게 했다. 콜롬비아에 도착해

서 배웠다는 새로운 애창곡을 부를 때만큼은 그의 얼굴에 가득한 장난기를
벗어 던졌다. 엘 디아 데 미 수에르떼 El Dia de mi suerte. '나의 행운의 날'이란 뜻
의 이 노래가사는 송대관의 '쨍~ 하고 해 뜰 날 돌아온단다~'와 흡사하다.
태어날 때부터 가난했던 르네는 노래를 부르다가 언젠가는 쥐구멍에도 볕
들 날이 올 거라는 대목에서 자기 최면을 거는 것처럼 지그시 눈을 감았다.

Pronto llegara el dia de mi suerte antes de mi muerte, mi suerte cambiara.
나의 행운의 날은 곧 오리라. 내 죽음이 오기 전에 나의 운은 바뀌리라.

함께 후렴구를 몇 번이나 반복해서 부르며 해변에서 긴긴 밤을 지새웠
다. 자연에서의 시간은 명상과 창조적인 에너지를 되찾아주었다. 거기에
좋은 친구들과 함께 있으니 더 이상 바랄 것이 없었다.

산힐^{Sangil}에 와서 다리오는 열이 39도 가까이 오르고 설사와 구토를 번갈아 했다. 이틀 동안 배낭 두 개와 작은 철제 침대로 가득 차버린 토끼장 같은 방과 공중화장실 사이에서 그는 가장 많은 시간을 보냈다. 얼굴이 반쪽이 된 다리오가 먹을 수 있는 것은 오직 과일뿐이었다.

어느 나라든 아침 시장에는 특별한 활기가 돈다. '사람 사는 냄새'라고 할까? 그 에너지를 느끼기 위해 이른 아침 시장에 가서 과일 샐러드를 사먹었다. 파파야, 망고, 수박, 바나나, 딸기, 석류까지 그야말로 과일들의 향유다. 과일 가게를 겸하는 아줌마는 매일 아침 샐러드를 먹으러 들르는 우리에게 서비스로 주스를 따라주곤 했다. 남미에서는 '단골'과 한 번만 찾아오는 '일회용 손님'에게 건네지는 음식의 양이 다르다. 며칠 동안 한 지역에서 지내게 되면, 우리는 쭉 늘어선 비슷한 가게 중에서 한곳을 정해놓고 그곳만 줄기차게 간다. 어차피 열 개가 넘는 가게에서 같은 것을 팔고 가격도 같다.

다리오가 다시 에너지를 되찾을 무렵 아침 일찍 일어나 히치하이킹을 준비했다. 물론 준비할 것은 아무것도 없다. 다만 찌는 듯한 날씨에 뜨거운 아스팔트를 걸을 마음의 준비가 필요하다. 주유소에 나가서 커다란 트럭을 모는 운전사들과 이야기를 나누었다. 그들은 그곳에 쉬러 왔고 그날 오후까지는 움직이지 않을 거라고 했다. 우선 지나가는 승용차를 세워보기로 했다. 승용차가 설 확률은 거의 없지만 시도는 해봐야지. 스페인에서 우리를 태워주었던 BMW를 생각하면서…….

검은색 중형차가 30미터 앞에 섰다. 웬일인지 운전수가 창문 너머로 이리 오라는 손짓을 한다. 무슨 행운인가 싶어 무거운 배낭을 어깨에 메고 전속력으로 달려갔다.

“난 소코로socoro까지 가는데 원하면 그곳까지 데려다줄 테니 타요.”

아저씨는 조기축구를 마치고 돌아가는 길인지 축구화를 신은 채 운전을 하고 있었다. 차 안에서 15분 정도 이야기를 나눴다. 그의 집이 가까워 왔을 때 그가 조심스럽게 물었다.

“괜찮으면 우리집에서 함께 점심을 먹는 게 어때요? 일요일엔 이웃들과 ‘바비큐’를 하는데…….”

바비큐라는 단어가 어쩐지 울려서 들리는 것 같았다.

며칠 동안 아파서 제대로 먹지 못한 다리오는 몸보신을 했다. 여행 중 조금씩만 먹는 훈련 아닌 훈련을 해서 그런지 고기 두 점에 나는 배가 불렀다. 그들은 어떻게 하면 이 마른 두 여행자를 먹일까, 그 생각만 하는 것 같았다. 고마워서 아저씨의 딸들에게 우리가 만든 팔찌를 꺼내서 하나씩 주었다. 점심을 먹고도 한참을 더 머물렀다. 그들은 원하면 집 앞의 공터에 텐

우연히 만난 가족들과의 바비큐.

트를 치고 자라고 했다. 하지만 아직 3시고 갈 길은 200킬로미터나 남아 있다. 떠날 채비를 하는 우리에게 아저씨가 말했다.

"난 절대 차를 세워주지 않는 사람이야. 아무리 아이들이라도……. 하지만 길에서 당신 둘을 보았을 때 나도 모르게 차를 세우고 당신들에 대해서 알고 싶었지. 그리고 우리는 친구가 되었어."

친구가 되는 방법은 아주 간단하다. 바쁘게 지나치는 것을 잠시 늦추고 새로운 인연에 귀를 기울이면 된다. 가족들은 아마도 한동안 우리 이야기를 했을 것이다. 그들이 베푼 작은 친절이 우리에게 얼마나 특별했는지 모른다. 우리가 그들을 생각할 때마다 이 아름다운 에너지는 우주를 통해서 그들에게 전달될 거라 믿는다.

주유소에서
히치하이킹하는 법

　주유소에서 히치하이킹을 하면 확률을 배로 늘릴 수 있다. 모든 차가 멈춰 있고, 운전수는 당신의 말을 들을 수 있고 당신의 에너지를 탐색할 수 있다. 그러니 주유소에서 히치하이킹을 할 때는 커다란 미소를 날려야 한다. 나름대로 터득한 기술이다.

　마을에 딱 하나 있는 주유소에서 한 시간을 기다리는 동안 세 대의 차가 지나갔다. 모두 반대 방향으로 향했다. 그때 후진 지프차 한 대가 눈에 들어왔다. 마지막이라는 마음으로 다가가 태워달라고 하자 두 청년은 서로 얼굴만 쳐다보며 망설였다. 내가 고맙다고 말하며 선수를 치자 그들은 마지못한 표정으로 뒷자리를 내주었다. 나의 얼굴은 밑바닥 여행을 하는 데 적합하게 점점 두꺼워져간다. 소심해 보이는 청년은 좁은 비포장도로에서 시속 100킬로미터로 달렸다. 난감했지만 우리도 해가 지기 전에 비야데레이바Villa de Leyva에 도착해야 하니 어쩔 수 없다. 사고만 나지 않기를 바랐다. 가는 내내 좌우로 사탕수수밭밖에 보이지 않는다. 고장 나서 닫히지 않는 창문으로 사탕수수 물을 끓이는 달콤한 냄새가 바람을 타고 왔다.

　비야데레이바에서 별로 멀지 않은 곳에서 내린 뒤 다시 도로에서 엄지손가락을 치켜든 지 10분도 안 되어 한 트럭이 우리 앞에 섰다. 얼굴을 차갑게 때리는 밤공기가 기분 좋았다. 무엇보다 그날 만난 많은 인연들로 인해 더욱 기분이 좋았다.

　비야데레이바에 도착한 우리를 기다리는 것은 다름 아닌 경찰들이었다. 캠핑할 곳을 찾고 있는데 스무 살이나 먹었을 젊은 경찰 두 명이 오더니 다짜고짜 가방을 검사하고 싶다며 경찰서로 따라오라고 했다. 경찰서에 도착한 후 가방을 열어보기는커녕 어떻게 여행을 하냐며 질문을 해댔다. 할

일 없는 조용한 마을에서 하루 종일 꽤나 심심했던 모양이다.

경찰서에서 30분 동안 수다를 떨고 제일 싼 여인숙을 알려달라고 하자 경찰서 뒤에 있는 히피 아줌마 집을 소개해주었다. 여인숙의 문을 두드리자 과잉 친절한 아줌마가 한 손에 마리화나 담배를 끼고 우리를 환영했다. 경찰들이 추천한 곳이다. 사이비종교 신자 같은 하드코어 미국 히피는 그렁고 스페인어 발음으로 인사를 했다. 하룻밤 방값이 1만 5000원이라는 말에 놀라서, 2000원짜리 허허벌판 공터 캠핑장으로 가서 쓸쓸히 텐트를 쳤다.

하루 종일 200킬로미터 거리를 히치하이킹으로 왔다. 몸은 피곤하지만 콜롬비아에서도 신비한 에너지를 갖고 있기로 유명한 비야데레이바에 도착

허허벌판의 비야데레이바 캠핑장.

했다는 사실이 너무 기뻤다. 밤하늘의 은하수는 그 어느 곳에서보다 가깝게 느껴졌다. 옛날 인디언들이 이곳에서 별을 보며 미래를 예언했다는 이야기를 떠올렸다. 쏟아질 것 같은 밤하늘의 별들을 바라보고 있자니 비야데레이바에서의 첫날밤이 나를 신비한 우주 에너지로 감싸는 듯했다.

낮에는 할 일이 없는 곳이다. 아름답기는 하지만 조금 가식적으로 느껴졌다. 말이 똥을 싼다고 마을 중앙은 말의 출입이 금지되고 사람들은 한낮의 뜨거운 태양을 피해 스페인 스타일의 집에 꽁꽁 숨어 있다. 마치 유령도시 같다. 그 와중에도 우리는 한국전에 참전한 콜롬비아 할아버지와 친구가 되었다.

심심한 할아버지는 우리와 대화를 나누는 것을 즐거워하셨다. 다리오는 나이가 들면 할아버지의 말투를 닮고 싶다고 했다. 할아버지는 말하는 시인 같아서 내뱉는 모든 말에 음이 있고, 비유적으로 표현했다. 나의 스페인어 실력으로는 할아버지의 농담을 전부 알아듣는 데 어려움이 많았지만 그는 아랑곳하지 않았다. 이미 그의 머릿속에서 충분한 시간 맴돈 듯 이야기는 청산유수처럼 쏟아져 나온다.

"내가 참전용사라고 한국정부에서 나를 초대해주었지 뭐야! 아내와 함께 2주일 동안 관광을 시켜준다는 것을 거절했어. 여편네가 '그럼 개밥은 누가 줘?' 그러는 게 아니겠어."

할아버지는 청춘의 기억이 간직된 한국 땅을 한 번 보고 싶은데 할머니는 그건 안중에도 없고 개밥 이야기를 자꾸 하자 서운한지 삐쳐 있었다. 할아버지는 나를 '같은 고향 사람'이라는 뜻의 스페인어 파이사나paisana라고 불렀다. 한국에 대한 할아버지의 애틋한 감정을 느낄 수 있었다.

할아버지와 헤어지고 오는 길에 들른 슈퍼에서 나는 '심봤다.' 한국어로 초.코.파.이.라고 쓰여 있는 진짜 오리지널이다. 다리오에게 이것만은 꼭 사먹어야겠다고 우겼다. 타국에서 맛보는 한국의 맛……. 하지만 다리오는 한 입 맛보더니 가격에 비해 별로 가치가 없다느니, 안에 마시멜로가 든 것이

DE NUESTRA COCINA
BIENVENIDOS
GUIA TURISTICO
Bachue
CERAMICAS PRECIOS DE FABRICA
VENDO
HERMOSA CASA

이상하다느니 하며 자꾸 찬물을 끼얹었다. 사실 그 말도 일리가 있다. 초코파이 하나 값이면 동네 빵집에서 방금 만든 롤케이크 한 조각을 사먹고도 남는다. 그 비싼(500원쯤 했다) 초코파이를 하나 사서 다음날 할아버지에게 드렸다. 한국에서 온 거라고……. 동네에서 산 것인데도 할아버지는 무슨 보물단지 다루듯 했다. 짐작건대 아마 아직 뜯지 않고 간직하고 계실 것 같다.

우리가 그 마을을 떠나기 전 할아버지는 마지막 부탁을 했다. 보고타에 가거든 한국의 콜롬비아 대사에게 자기를 초대해주어서 고맙다는 말을 꼭 전해달라신다. 대사가 나를 만나줄지는 의문이지만 할아버지를 안심시키기 위해 우선 그렇게 하겠다고 했다.

◀ 한국전에 참전한 할아버지와의 즐거운 대화.

"우리집 앞마당에 텐트를 치면 되는데 뭐 하러 캠핑장에 생돈을 내?"

길거리에서 만난 아저씨는 다짜고짜 우리를 자기 집 앞마당으로 초대했다. 집에 도착하니 아저씨는 한술 더 떠 자기가 오늘밤 집에 안 올 것 같으니 아예 집 안에 들어가서 자라고 한다. 열쇠를 받긴 했지만 더러운 방보다 우리의 텐트가 나을 것 같아서 마당에서 하룻밤을 보냈다. 밤새 이상하다 하면서도 "원래 콜롬비아 사람들이 과잉 친절한 면이 있지"라며 스스로를 납득시켰다.

다음날 아침 텐트를 접을 때쯤 아저씨가 돌아왔다. 방에 들어갔다 나오더니 황당한 표정으로 말했다. "지난주에 산 잔디 깎는 기계가 없어졌어. 혹시 너희가 빼돌린 거 아냐? 경찰서에 가서 진술을 해줘야겠어."

황당했다. 평소 절대 안 가는 경찰서를 이 작은 마을에 와서 두 번이나 찾아갔다. 사연을 들은 경찰들도 황당해했다. 이곳에 온 지 이틀밖에 안 된 외지인이 무슨 연고로 하루 만에 그 기계를 팔 수 있냐는 것이다. 첫날 우리를 끌고 가서 자신들의 호기심을 풀었던 젊은 경찰들은 전혀 의심하지 않았다. 오히려 모든 것이 아저씨의 자작극임을 감지하고, 신경 쓰지 말고 떠나라며 적극적으로 우리 편이 되어주었다.

아저씨는 자기가 바라는 대로 일이 전개되지 않자 이번에는 옆집에 살고 있는 죄 없는 남자를 의심했다.

"내가 그럴 줄 알았어. 바로 그 인디오의 짓이야. 빚이 많다고 소문이 났던데 아마 내 기계를 팔아 돈을 챙길 속셈이었겠지."

경찰은 아저씨의 말을 믿지 않았지만 그의 쇼는 그 후로도 계속되었다.

꿈꾸는
구두 수선 아저씨

그 길로 비야데레이바와의 인연을 끊고 다시 길바닥으로 나갔다. 한 시간 넘는 시도 끝에 감기에 제대로 걸린 아저씨의 차를 얻어 탔다. 마음이 따뜻한 아저씨는 시장 안에선 싸고 맛있는 음식을 먹을 수 있으니 배고프게 다니지 말라고 당부하며 시장 앞에 세워주었다. 시장을 한 바퀴 돌며 무엇을 먹을까 고민하다가 닭을 한 조각씩 먹는데 마치 고무를 뜯는 것처럼 질기다. 평생 알을 낳은 늙은 닭이 틀림없다. 주변을 둘러보니 사람들은 그 질긴 고기를 맛나게 뜯고 있다. 순간 그들이 먹는 닭이 우리와 다른 게 아닐까 하는, 이방인으로서 속 좁은 의문이 들었다.

시장 앞 빵집에서 막 만든 도넛을 밖에 두고 팔고 있었다. 김이 모락모락 나는 것이 맛있어 보였다. 디저트로 도넛 하나와 커피 한잔을 마시러 들어갔다. 오랜 여행에 낡고 더러워진 배낭을 가게 안으로 들이는 것이 미안해서 문 옆에 두고 배낭이 한눈에 보이는 자리에 앉았다. 그때 누추한 옷차림의 아저씨가 들어왔다. 그는 미소 띤 얼굴로 우리의 배낭을 한참 바라보았다. 아저씨는 나와 눈이 마주치자 여행을 하는 사람인지 묻는다. 그리고 도넛을 사서 다시 우리에게 오더니 도넛 두 개가 든 봉지를 건네며 말했다.

"나도 한때는 여행을 꿈꿨지. 언젠가 남미의 끝에 있는 파타고니아까지 배낭을 메고 다 돌아보겠다고 생각한 적도 있고. 하지만 이젠 결혼하고 아들이 둘이나 있어. 난 저기 길가에서 신발을 고쳐. 커피 다 마시고 내가 일하는 곳에 들러서 여행 이야기 좀 들려주면 안 될까?"

이야기 값을 미리 지불하고 아저씨는 돌아갔다.

커피를 다 마시고 돈을 내려고 빵집 아가씨에게 다가가니 수줍은 미소로 안 받겠다고 한다. 수줍어서 우리의 얼굴도 제대로 보지 못하는 아가씨 역시 우리의 여행을 지지하는 모양이다.

약속대로 신발 수선 아저씨에게 가서 한참 수다를 떨었다. 아저씨는 우리에게 용기를 얻었는지 나중에 아이들이 다 자라면 혼자서 아르헨티나까지 여행할 거라고 말했다. 아저씨의 꿈이 꼭 이뤄지길 바란다.

우연히 들른 마을의 우연한 인연으로 가슴이 아주 따뜻해졌다. 이후로 쭉 히치하이킹을 시도했다. 돈을 아끼기 위해서가 아니라 이 아름다운 사람들의 나라를 여행하는 올바른 방법이라고 생각했기 때문이다. 사람들은 느긋했고 작은 인연의 신호에 놓치지 않고 반응했다.

보고타는 생각했던 것보다 춥고 우울한 날씨가 마치 런던을 닮았다. 처음으로 카우치서핑www.couchsurfing.org, 현지인의 집에 머물게 해주는 여행자 전용 사이트에 성공했다.

보고타에 도착하기 하루 전 부랴부랴 올리버라는 대학생에게 메시지를 보냈다. 별 기대를 하지 않았는데 그는 우리를 집으로 초대해 2주 동안 가장 큰 방을 내주었다. 다정한 올리버는 여기저기 데리고 다니며 구경을 시켜주는 것으로도 모자라 친구들을 초대해서 하우스파티도 열어주었다. 덕분에 낯선 도시에서 수많은 친구들에게 둘러싸여 지냈다. 가끔 이방인들은 이런 횡재를 하기도 한다. 우중충한 하늘 아래 우울함은 온데간데없고 진정으로 즐거운 한때였다.

7개월간 집 같은 집에서 지낸 적이 한 번도 없는 우리는 드디어 때를 벗고 잠시 인간다운(?) 생활을 했다. 올리버의 집에는 남미에서 한 번도 누려보지 못한 '온수시설'이 있었다. 온수로 샤워를 한다는 자체가 특별한 것이 아니라고 여겨왔는데 따스한 물줄기가 정수리로 떨어지는 순간 전기 없이도, 가스 없이도 살 수 있다고 생각했던 마음이 조금 변하는 것을 느꼈다.

보고타에 도착한 날 밤 우리의 보고타 입성을 환영이라도 하듯 1년에 한 번 열리는 공짜 트랜스 음악파티가 시작되었다. 이름하여 보고트랙스 Bogotraxwww.bogotrax.org, 유럽에서 물 건너온 디제이들이 한자리에 모이는 대안문화 축제다. 남미 여행 7개월 만에 놀 건수가 생겨서 행복했다. 우선 카리브해의 시끄럽고 느끼한 레게톤에서 벗어나고 싶었다. 레게톤은 나의 인내심의 한계에 도전한 유일한 음악 장르다.

여행 중 만난 사람들이 보고타에서 소매치기나 강도를 당했다는 이야

보고타 시내 곳곳에서 열린 10일간의 보고트랙스(위). 올리버의 집에서 지와 다리오를
위한 환영 파티가 열렸다(아래).

기를 들었지만 나에게는 마치 서울처럼 편하게 느껴졌다. 안정된 생활에 익숙해지니 안전불감증이라는 것이 생겨 밤거리도 두렵지 않았다. 보고트랙스가 열리는 동안 올리버의 친구들과 밤부터 새벽까지 시내를 쏘다녔다. 그런데 밤거리를 활보하는 데 익숙해 보이는 친구들에게 의외의 이야기를 들었다. 밤의 도시 산책이 불과 몇 년 전까지만 해도 불가능했다는 것이다.

"너희 나라에선 어떨지 모르겠지만 적어도 여기선 혁명이나 다름없어."

무차별적 폭력과 불안한 치안 때문에 아름다운 나라 콜롬비아를 떠나 주변 나라를 떠돌고 있는 정치난민들을 떠올렸다. 보고타의 젊은이들은 혁명의 주인공이 되고자 밤거리의 주인을 자처한다. 밤거리를 맘대로 걸어 다니는 사소한 것에서부터 자유민주주의는 꽃 필 것이다. 보고타 시내를 수년간 장악했던 위험한 밤의 어두운 세력들이 자유롭게 밤 산책을 즐기는 사람들로 바뀔 때까지 젊은이들은 불안한 밤거리에 용기 내어 발을 디딜 것이다.

보고트랙스가 열리는 오래된 4층 건물에는 혁명에 가담한 젊은이들로 차고 넘쳤다. 열기도 즐거움도 차고 넘쳤다.

보고타는 정말 근사한 곳이다. 도시 여기저기에 문화가 넘친다. 문화적으로 풍족한 그들이기에 그렇게 다양한 문화를 재창조할 수 있는 것 같다. 10일간의 트랜스 파티는 며칠간의 숙취로 남았다. 그 숙취를 다 해소하기도 전에 우리는 다시 길바닥으로 나섰다. 마지막으로 샤워하는 것을 잊지 않았다. 또 언제 뜨거운 물로 샤워를 할 수 있을지 장담할 수 없기 때문이다.

아주 당연한 것이 작은 사치로 느껴질 때 필요는 줄어들고 만족은 몇 배로 늘어난다.

실비아의
붉은 방으로의 초대

안데스 자락의 실비아_{Silvia} 마을로 가는 길, 버스는 구불구불한 작은 도로를 돌며 언덕을 오르락내리락 했다. 차 안의 사람들은 멀미를 느끼는지 구토를 하거나 작은 창에 얼굴을 내놓고 한껏 바람을 맞았다. 실비아에 가까워지자 똑같이 보라색 담요를 뒤집어 쓴 사람들이 버스에 올랐다. 남녀를 가리지 않고 검은색 중절모에 검은색 군화 같은 부츠에 보라색 치마와 망토를 입고 있다. 마치 〈시계태엽 오렌지_{Clockwork orange}〉라는 영화에 나오는 펑크들 같다고 말하자, 다리오는 웃었다.

펑크적인 요소는 그들의 겉모습뿐만이 아니다. 몇몇 사람들은 돈을 내라는 운전수의 말을 무시했다. 한 아저씨는 화가 난 운전수에게 무언가를 건넸는데 돈처럼 꼬깃꼬깃 접은 종이쪼가리다. 자본주의를 개똥으로 보는 진정한 펑크였다. 물론 대부분의 사람들은 정직하게 차비를 냈다.

실비아에 도착하자 비가 쏟아지기 시작했다. 감기에서 해방된 지 얼마 되지 않은 나는 일종의 몸조리가 필요했다. 평소처럼 비를 맞고 쏘다니지 않기로 했다. 로쿠토리오_{Locutorio, 일종의 전화방. 전화가 흔치 않은 남미에는 몇 대의 전화기를 두고 분당 돈을 받는 전화방이 곳곳에 있다} 안에 들어가서 콜롬비아식 엠파나다_{Empanada, 안에 고기와 밥이 든 파이}를 하나씩 먹으며 비가 그치길 기다렸다.

거기서 카르멘 아줌마를 만났다. 그녀 역시 비를 피하려고 전화방에 들어와 있었다. 조심스럽게 다가와서 이 마을에서 오늘 밤을 보낼 거냐고 묻는다. 집에 방이 하나 비어 있는데 여인숙보다 싸게 지낼 수 있다고 했다. 빗속을 헤매며 방을 구하지 않아도 된다고 생각하니 마음이 놓여서 엠파나다를 하나 더 사먹었다.

아줌마는 버스정류장 앞에서 복권을 판다. 그 돈으로 열다섯 살 외동아

들의 뒷바라지를 하는데 이 작은 마을에서 복권의 수요는 뻔하다. 아줌마와
아들의 겉모습은 이곳에 속하지 않는다. 실비아는 99%의 사람들이 인디언
이다. 그들의 이름은 괌비아노Guambiano. 똑같은 옷에 모두 비슷한 얼굴이어
서 외지인들은 더욱 도드라져 보인다. 아줌마는 흑인이다. 콜롬비아의 흑
인들은 여느 남미 지역의 흑인들과 마찬가지로 식민지시대에 노예로 끌려
온 사람들의 자손이다. 그녀는 실비아에서 멀리 떨어진 해안가에서 왔다.
그녀의 큼직한 이목구비는 그 마을에서 정말 이국적으로 보였다.

아줌마의 집에 도착해 작지만 아늑한 방으로 안내를 받았다. 벽이 온통
오렌지 빛이고 불을 켜면 그 빛이 더욱 강렬해 보였다. 야수파 화가 마티즈
가 그린 〈붉은 방〉을 실제로 옮겨놓은 것 같은 착각이 들었다.

카르멘 아줌마는 우리를 위해 장롱 깊이 보관하던 깨끗한 침대보와 여
분의 담요를 내주었다. 가끔 때려줘야 나오는 20년은 됐음직한 텔레비전도
덤으로 따라왔다. 아줌마는 우리가 편안한지 몇 번이나 묻고 나서야 방을
떠났다.

괌비아노 인디언들의 수도라고 하기에는 규모가 작은 실비아에는 일주일에 한 번 큰 장이 선다. 카르멘 아줌마는 좋은 물건을 사기 위해서는 새벽 동이 트기 전에 가야 한다고 했지만 우리에게 좋은 물건은 별로 중요하지 않았다. 여기서 좋은 물건이란 싸고 싱싱한 야채를 말한다. 장날에는 멀리 사는 괌비아노들까지 시장에 모이는데 그들이 두른 보라색 담요 때문에 시장은 온통 보라색으로 물든다. 괌비아노 인디언들이 타고 온 치바^{Chiva}라는 코끼리열차 같은 트럭이 마을 뒤 광장을 가득 메웠다. 치바는 스페인어로 염소라는 뜻인데 아마도 이전에는 염소를 싣고 다녀서 그런 이름이 붙은 것 같다. 영국에 이층버스가 있듯이 콜롬비아에는 치바가 있다.

괌비아노 사람들에게는 자기들만의 끈끈한 무언가가 있었다. 타지인들에게는 미소 짓는 것조차 아까워했다. 스페인의 식민지배 이후 지금까지 자신들의 전통을 끔찍하게 고수하고 있는 점만 보아도 어떤 사람들인지 눈치 챌 수 있다. 시장을 한 바퀴 돌며 사진을 한 방 찍으려고 하면 모두 크게 화를 냈다. 아직도 사진기가 자신의 영혼을 빼앗아간다고 생각하는 모양이다. 물론 모두가 외지인에게 삭막하게 구는 건 아니다. 괌비아노 전통의상을 파는 아줌마는 내가 그들의 옷을 입어보고 싶어한다는 사실에 웃음을 멈추지 못했다. 사지 않아도 상관없다며 내 어깨에 보라색 망토를 둘러주며 사람들에게 구경거리를 제공했다.

대부분의 괌비아노 사람들이 외지인을 믿지 못하는 이유는 그들의 고생스러운 역사가 뒷받침한다. 오래전부터 척박한 땅에서 농사를 짓고 살았는데 추위와 높은 고도의 마른 땅은 그들에게 엄청난 노동을 요구하는 반면 언제나 적은 수확을 주었다. 하지만 적은 것에 익숙한 사람들이라서 파차마마^{땅의 어머니}가 그들에게 허락한 대로 대대로 힘든 삶을 살았다. 외부와 단절된 삶이었지만 그들 역시 자본주의의 물결을 피해갈 수 없었다. 물물교환은 사라졌고 돈이 필요했다. 안데스 고산지대에 사는 그들도 돈이 없으면 살 수 없는 시대가 와버린 것이다. 그들은 콜롬비아 정부에 도움을 청했다. 콜롬비아 정부는 그들의 애원을 들어주기는커녕 미국 기업을 등에 업고 그들의 척박한 땅에 헬리콥터로 엄청난 양의 제초제를 뿌렸다. 그 지역에서 자라는 양귀비^{아편을 만드는 재료}를 죽인다는 명목이었지만 결국 꽘비아노들을 죽였다. 그들이 몇 세대에 걸쳐 가꾼 땅은 더 이상 성스러운 노동에 답하지 않았고 유일한 단백질 공급원이던 강의 송어들은 떼죽음을 당했다. 사람들은 더 멀리 더 높은 땅으로 떠났고 스스로를 외부로부터 단절시켰다.

대체 왜 운명은 한 번도 그들의 편에 서주지 않은 것일까? 그들에게 죄가 있다면 신이 유산으로 준 커다란 땅을 소유하고 세금을 내지 않는 것 외에는 없을 것이다. 어쩌면 그것이 그들이 사라져야 할 이유가 될지도 모른다고 생각하니 공포심으로 치가 떨렸다.

꽘비아노 아줌마에게 눈깔사탕만큼 작은 감자 1킬로와 시금치 한 단을 사서 맛있는 요리를 했다. 음식을 먹는 동안 조그만 감자를 키워내는 데 들어간 노동을 생각하니 그 맛이 너무 슬퍼 우리는 아무 말 없이 묵묵히 먹기만 했다.

남미에 온 이유 중의 하나는 바로 '산' 때문이다. 안데스산맥을 타고 남쪽으로 내려오는 경로를 택한 것도 산이 좋아서다. '산'을 알아가는 것은 '신'을 알아가는 것과 같다. 운동보다는 도를 닦으러 가는 우리에게는 최고급 장비나 기능성 등산화가 필요치 않다.

베네수엘라에서 시작하는 프레 안드레스^{Pre Andes}에서 처음으로 해발 4000미터를 맛보았다. 콜롬비아로 넘어온 후 산보다 바다와 더 가까이 있었으니 어떻게든 콜롬비아를 떠나기 전에 안데스에 오르고 싶었다. 콜롬비아 남부의 유명한 화산산에서 트레킹을 시작하려고 계획을 세웠는데 때마침 작은 화산폭발이 나서 마을 사람들이 모두 대피했다는 소식을 들었다. 어디로 갈까 생각하다가 유황이 나오는 화산산이 있는 푸라세 국립공원으로 향했다.

남미에서는 언제나 그렇지만 이곳은 유난히 교통이 불편하다. 차를 타고 구불구불 산을 타는 도로를 지나 중간에 내려서는 또 한참을 걸어야 했다. 도착한 대피소에는 아무나 잘 따르는 개 두 마리뿐 아무도 없었다. 한참을 기다렸다. 학교에서 돌아온 소년은 우리를 발견하고 모처럼의 방문객(?)에 놀라는 눈치였다. 어른들을 찾았지만 모두 밭일을 간 모양이었다. 여덟 살이나 먹었을 꼬마는 텐트를 칠 수 있는 곳으로 안내해주고 우리가 쉴 수 있도록 놀고 싶어하는 개들을 쫓다시피 하며 돌아갔다. 쌓아놓은 마른 장작을 보아하니 오랜 시간 사람들이 방문하지 않았다는 것을 알 수 있었다. 해질 무렵 불을 피워 야채를 넣은 밥을 대충 해먹었다. 하늘이 온통 어두워질

◀ 강풍에 머리카락이 미친 듯이 흩날린다.

무렵 꼬마는 다시 대피소 소장인 아빠와 함께 우리가 있는 곳으로 왔다.

원래 관광객이 많이 찾는 유황온천이 있었는데 몇 해 전부터 온천이 나오지 않는다고 한다. 자연히 사람들의 발길도 끊겼다. 아저씨의 직업은 자연스레 대피소장에서 농부로 다시 돌아갔다.

아저씨는 푸라세 화산산의 꼭대기에 오르려면 새벽 5시에 출발해야 한다고 했다. 안데스의 높은 산들은 대부분 오전에는 맑다가 오후가 되면 안개와 구름에 덮인다. 아저씨는 안개에 길을 잃을지도 모르니 되도록 빨리 출발해야 한다고 몇 번이나 당부하고 돌아갔다.

다음날 일어나니 텐트 주변에서 방목하는 소들이 풀을 뜯고 있다. 우리가 산에 오를 것이라고 알고 있는 영리한 개 한 마리는 함께 오르기로 약속이나 한 듯 텐트 앞에서 우리를 기다리고 있었다. 새벽의 추운 공기가 안개처럼 뿌옇게 보였지만 해가 뜨자 이내 맑게 개었다. 가방에 빵 한 덩어리와 햄 한 덩어리, 오렌지 두 개와 물병을 넣었다. 우리 딴에는 최대한 부지런을 떨었는데도 농부들은 이미 밭에 나와 일을 하고 있었다. 방목하는 소들은 하나같이 건장했지만 그 큰 몸으로도 우리가 지날 때마다 쫄아서 줄행랑을 쳤다. 초록색의 풀밭과 울창한 나무들을 지나고 곧 풀 한 포기 없는 돌산이 나왔다. 작은 돌멩이들 때문에 가파른 경사에서 자꾸만 발이 미끄러졌다. 고도가 높아지고 경사가 더욱 급해지면서 멈추는 횟수가 늘어났다. 멈추는 짧은 시간 동안 바람은 또 얼마나 부는지 추위 때문에 바로 몸을 움직여야 했다. 처음 출발할 때 그렇게 활발하게 날뛰던 개 역시 힘든지 자갈밭에 대자로 누워버렸고, 나도 그만두고 싶은 마음이 들었다. 반면 다리오는 고도에 그다지 힘들어하지 않았다. (나중에 볼리비아에서 해발 5400미터의 산을 거의 뛰어 오르다시피 했던 다리오다.)

출발한 지 여섯 시간 만에 해발 4646미터의 푸라세 화산산 꼭대기에 도착했다. 가지 말라는 나의 윽박지름에도 다리오는 기어코 유황가스가 노랗게 뿜어져 나오는 분화구 가까이까지 갔다. 미친 듯이 불어대는 바람을 피해 큰 바위에 몸을 숨긴 후 가방 안의 점심을 나눠 먹었다. 동행한 개도 우리와 같은 양을 먹었다. 그런데 그 개를 가까이서 보니 배가 볼록한 게 임신을 한 모양이었다. 만삭의 배로 우리와 함께 이 고생을 한 이유가 무엇일까? 가방 속의 '햄 덩어리'라는 결론을 내렸다. 햄을 크게 잘라 개에게 주었다. 눈을 지그시 감고 맛을 음미하며 먹는 모습에서 개의 마음을 엿들을 수 있었다.

"음…… 이 맛이야."

그때까지도 피로와 추위 때문에 아름다운 자연이 만들어낸 작품을 감상할 겨를이 없었다. 내려오는 길에 여유를 찾고 내가 얼마나 높이 있는지 실감했다. 비로소 아름다운 안데스의 얼굴과 만났다. 용맹스럽게 안데스 하늘을 가로지르며 날고 있는 '콘도르'도 보았다. 이 커다란 새는 안데스를 끼고 있는 모든 나라의 상징이자 신화에 등장하는 신성한 동물이다. 배에 하얀 무늬가 있는 것으로 봐서 안데스 콘도르가 분명하다.

산에서 내려와 이틀을 더 머물렀다. 할 일은 그다지 많지 않았다. 주변의 풀밭에서 뛰놀거나 한낮에 잠깐 따뜻한 태양의 온기를 받는 것, 산길을 어슬렁거리는 것, 밤에 요리를 하기 위해 피워놓은 불을 죽이지 않고 둘만의 오붓한 캠프파이어를 하는 것…… 그뿐이다. (사실 너무나 많은 것이다.)

떠나는 날 아침 한 시간은 족히 걸어 드물게 버스가 지나가는 비포장도로까지 나왔다. 버스가 온다는 믿음은 버리지 않았지만 한 시간이 넘도록 지나는 차는 한 대도 없었다. 그러던 중 차가 한 대 도착했다.

빵을 실어 나르는
아름다운 청년

그의 이름은 디에고다. 포파얀Popayan에 사는 대학생인데 작은 트럭에 빵을 잔뜩 싣고 가게가 없는 오지마을을 돌며 빵을 팔아서 학비를 댄다.

"저 끝에 있는 마을에 들러야 하는데 돌아올 때까지 당신들이 이곳에 있다면 차로 시내까지 데려다줄게요."

30분 후 그의 차가 돌아왔다. 디에고는 우리를 보고 반갑게 웃으며 차를 세웠다. "여행하는 사람들인가 봐요. 밥은 먹었어요?"

우리가 원하는 걸 정확히 알아맞힌 그는 팔을 뒤로 뻗어 빵 한 봉지를 집어서 건넸다.

다음 마을에서 디에고가 빵을 팔기 위해 마을을 한 바퀴 도는 동안 작은 식당에서 커피를 한잔 마셨다. 오지마을 사람들은 우리를 구경하느라 바빴다. 사람뿐 아니라 마을의 개들도 뛰놀던 것을 멈추고 우리를 쳐다본다. 우리의 출현은 아마도 며칠 동안 마을의 톱뉴스가 되었을 것이다. 새로울 것이 하나도 없는 평화로운 시골마을에 나타난 외국인들……. 그들은 단체 영화 관람을 하듯 멀찌감치서 우리를 관찰했다. 디에고가 돌아와 그 모습을 보고 웃음을 빵 터트리자 동네 사람들이 디에고에게 우리가 누군지 물었다. 호기심이 사라지자 모두 점심을 먹으러 각자의 집으로 돌아갔다.

디에고는 이 오지마을에서 유명한 빵 장수다. 그가 구상중인 여러 사업 아이디어를 들려주었다. 대부분 오지마을 사람들을 상대로 하는 것이다. 영리하고 아이디어가 풍부한 그가 부자가 되는 것은 시간문제일 것이다.

그는 우리의 다음 행선지인 산아구스틴행 버스가 다니는 마을까지 데려다주었다. 조금 더 돌아가야 하지만 상관없단다. 그러고는 가는 길에 먹으라며 빵을 한 봉지 더 쥐어주었다. 우리는 그의 앞길에 행복만 가득하도록 축복해주고 우리가 만든 팔찌를 그의 손목에 매주었다.

자신의 삶을 스스로 개척하며 노동을 즐기는 멋진 청년이다. 기꺼이 남에게 베풀 줄 아는 그가 부자가 되기를 바란다. 그는 부자 될 자격이 있다.

콜롬비아
찬양

콜롬비아는 FARC^Fuerzas Armadas Revolucionarias de Colombia라는 반정부군과 파라밀리타레스^Paramilitares라는 불법 정부군(?)의 싸움으로 오랜 시간 고통을 당했다. FARC는 전세계에 코카인을 팔아 남긴 엄청난 수입으로 강력한 군대를 꾸리고 국가와 국민을 상대로 폭력을 행사했다. 모든 것을 인권적이고 합법적으로 해결하는 데 골머리를 앓던 정부는 잔인한 방법으로 문제를 해결하는 파라밀리타레스를 알게 모르게 지지하기 시작했다. 파라밀리타레스는 반정부군을 쫓아내는 데 성공했지만 인권유린이라는 엄청난 죄를 지었다.

반정부군들은 평화로운 시골마을의 농부들에게 총을 겨누며 코카 재배를 강요했다. 그 후 파라밀리타레스들이 찾아와 반정부군을 위해 일했다며 힘없는 농부들을 무참히 죽였다. 반정부군이건 정부군이건 가난한 농민들의 아군은 없었다. 보고된 학살사건은 거의 고문을 동반했으며, 울부짖으며 도움을 청하는 마을 사람들을 콜롬비아 군대나 경찰들이 보고도 못 본 척, 듣고도 못 들은 척했다는 사실이 드러났다. 이 아름다운 나라에 납치와 폭력이라는 불명예스러운 이름이 붙게 한 장본인들이다. 그 외에 아프리카계 콜롬비아인들과 인디언들을 학살했으며, 1993년에만 최소 2190명의 길거리의 아이들이 불법 정부군에게 살해당했다. 노숙자와 마약중독자, 거리의 고아들까지 죄 없는 영혼들이 죽어나갔다. 이것을 일명 사회청소작업이라고 불렀다. 콜롬비아의 현대 정치사를 캘수록 세상에 이런 망할 놈의 나라가 있을까 하는 생각이 들었다. 그러나 우리가 본 콜롬비아의 얼굴은 전

▶ 보테로의 모나리자를 감상하는 지.

혀 잔인해 보이지 않았다. 어딜 가도 미소 짓는 사람들과 아름다운 자연이 있는, 우리가 가본 나라 중 최고라는 찬사가 아깝지 않은 나라다. 폭력을 피해 콜롬비아를 떠난 정치난민들의 이야기를 들으면서도 내가 아는 콜롬비아와 그들이 말하는 나라가 과연 같은 나라일까 하는 의문이 들었다.

이러한 비극이 불과 몇 년 전까지 콜롬비아 사람들의 삶의 일부였다는 말인데, 어쩌면 하나같이 세상에서 가장 행복한 얼굴을 하고 있는지 제정신으로는 이해가 가지 않는다. 세계 행복지수 랭킹에서 당당히 2위를 차지한 콜롬비아다. 행복의 조건은 우리가 생각하는 것보다 훨씬 다양하게 설명될 수 있다. 비록 내일 비극이 찾아올지라도 오늘을 최대한 즐기자는 정신이 그들의 DNA에 깊게 자리하고 있다. 내일 울어야 할 일이 생길지라도 오늘밤 살사 스텝에 영혼을 100% 실을 수 있는 이들이 바로 콜롬비아 사람들이다.

이 나라에서 우리는 평생 사귈 수 있는 친구들보다 더 많은 친구를 만났다. 저 모퉁이를 지나면 또 누가 우리를 맞이해줄까? 콜롬비아가 그립다. 커피 한잔을 함께 나누던 정겨운 사람들이 그립다. 바제나토 음악이 귓가에 흐르면 나는 어느덧 콜롬비아에 와 있다.

일단 집에 대한 걱정과
옷에 대한 걱정을 버리기 시작하면,
우리가 어리석은 재생산을 단념하기만 하면
그 대가로 값을 매길 수 없는
시간을 얻게 될 것이다.
―도로시 데이

쌩야생 캠핑 법칙 4

자연에서의 캠핑은 자연과 하나되는 것이 유
일한 목적. 나무들이 더럽다고 비누칠해서 닦
지 않듯이 나도 빗물만으로 닦는다. 옆에서 자
는 사람이 냄새 난다고 뭐라 하면 소울메이트
가 아닐지도. 사랑하는 사람의 체취는 강할수
록 코끝에 더 오래 남는다. 그것은 행복이다.
(팁: 신발을 안 신으면 발 냄새도 나지 않는다.)

ECUADOR

chapter 4. 에콰도르
'레알' 유기농이 살아 있는 친환경 명품 집

길 위의 우리집

T군은 우리와 2주 동안 함께 지내면서
그 잘생긴 얼굴을 땟국이 줄줄 흐르는
빈곤한 상으로 바꾸는 데 성공했다.
그는 우리에게 고마움을 표시했는데,
이유인즉 드디어 남미에 어울리는 모습이 되었다는 것이다.
그후로 더 이상 그를 상대로 사기 치는 사람은
나타나지 않았다.

외롭지 않은
여행자들

남미를 방랑하는 모든 영혼들이 키토에 도착하면 으레 들른다는 곳에 우리도 짐을 부렸다. 방 값이 싸서 괴짜들이 모여드는 것인지 아니면 괴짜들이 모이는 곳이라 가격이 싼 것인지는 아직도 의문이다. 운이 나빠 방을 잘못 고르면 침대 매트리스에 촘촘히 살고 있는 빈대들의 공격을 받을 수도 있고, 공동으로 쓰는 더러운 냉장고 안에 음식을 놔두면 인간 빈대들의 공격을 받고 모조리 없어지는 수도 있다. 밤새 시끄럽게 놀자판이 벌어지는 환경에서 숙면을 취할 수도 없지만 누구도 불평하지 않는다.

키토에 와서 가장 먼저 찾은 곳은 스페인 식민지 시절 지어진 근엄한 성당도, 언덕 위에서 시내를 굽어 살피는 자애로운 성모상도 아닌 중앙시장이다. 애기 머리통만 한 파파야가 세 통에 1000원이고 봉지가 터져라 가득 담은 토마토는 그보다 더 저렴하다. 바퀴벌레가 활개 치는 주방이지만 요리를 할 수 있다는 것이 유일한 장점인 소굴에서 지낸 덕분에 매끼니 풍부한 재료로 새로운 요리에 도전했다.

남미에 와서 정확히 9개월 만에 처음으로 한국인 무리들을 만났다. 타국에서 모국어로 떠드는 것이 얼마나 즐거운 일인지 새삼 깨달았다. 그들은 모두 좋은 친구가 되어주었고 지금도 그렇다. 남미에 온 첫날부터 제대로 털린 T군은 무소유의 참뜻을 배웠다. 처음 만났을 때부터 고급 향수냄새를 풀풀 날리던 Q군 역시 여행을 위해 거금 50만 원에 장만한 점퍼와 2년 약정의 최신형 로밍 핸드폰을 비롯해 가방의 반 이상을 털리고 나서 가볍게 세계여행을 성공적으로 마칠 수 있었다. 왠지 모르지만 남미 땅에서 동양인은 유난히 뽀얗고 있어 보인다. T군은 우리와 2주 동안 함께 지내면서 그 잘생긴 얼굴을 땟국이 줄줄 흐르는 빈곤한 상으로 바꾸는 데 성공했다. 그는 우리에게 오히려 고마움을 표시했는데, 이유인즉 드디어 남미에 어울리는 모습이 되었다는 것이다. 그 후로 더 이상 그를 상대로 사기 치는 사람은 나타나지 않았다.

하루는 곱창이 먹고 싶다는 우리의 한마디에 T군이 정육점에 가서 핏덩이 곱창을 사왔다. 한 번도 생 곱창을 본 적이 없는 우리는 물컹하고 징그러운 모습에 조금 놀라긴 했지만, 쫄깃한 곱창을 맛본다는 생각에 옷을 걷어 부치고 작업에 착수했다. 저녁시간, 모두가 요리 삼매경에 빠져 붐비는 주방에서 곱창을 본 다른 나라 친구들의 혐오스러운 눈빛에도 아랑곳하지 않고 얼마나 맛있게 먹었는지 모른다. 그곳에 있던 채식주의자들은 우리를 괴물이라도 되는 양 노려보았지만 상관없었다. 우리는 한국인이라서 용감했다.

산후안이라는 시골마을로 가는 길, 버스에서 만난 꼬부랑 할머니는 내 판초Poncho, 담요 형태의 남미 전통의상를 손으로 귀하게 어루만지면서 이것 하나만 있으면 평생 절대 춥지 않을 거라고 했다. 남미에서 제일 큰 인디언 시장인 오타발로에서 관광객들에게 싸구려 폴리에스테르 판초를 파는 아저씨는 내가 입은 판초를 보고 감탄에 감탄을 더하며 현재는 만들지도 않는 골동품이라고 말했다. 콜롬비아에서 다리오가 선물로 받은 더러운 판초는 사실 명품 중의 명품이었던 것이다. 여행길에 만난 콜롬비아 청년 카를로스는 그의 할아버지가 직접 키우는 양의 털을 가지고 한 땀 한 땀 손으로 만든 귀한 것을 그만큼 귀한 다리오와의 인연을 기념해 선뜻 선물로 주었다. 그런 가치를 알 리 없는 한국인들은 내가 항상 뒤집어쓰고 있는 판초가 오래된 싸구려 담요 같다고 놀렸다. 그때마다 나는 얼마나 귀한 물건인지 설명했지만, 그들은 어릴 적 집에서 쓰던 담요도 명품인지 모르겠다며 우스갯소리를 했다. 명품은 알아주는 사람이 없으면 빛을 잃는다.

그런데 시골마을로 향하는 버스 안에서 명품을 알아보는 사람들을 만난 것이다. 할머니뿐 아니라 키 작은 아낙네들도 내가 두른 판초를 힐끔힐끔 쳐다보았다. 값비싼 이태리 핸드백을 갖다 줘도 그들에게는 아무런 필요도 가치도 없다. 명품의 가치 역시 때와 장소에 따라 달라진다.

사람들이 하나둘 내리고, 우리는 마지막 정거장에서 운전수와 함께 내렸다. 버스가 지나는 마지막 마을, 산후안이다. 우리의 목적지는 해발 6310미터의 '침보라소.' 원주민의 언어로 '저 건너편의 눈'이라는 아름다운 이름을 가진 산이다. 이쪽이 아닌 건너편이라, 인간이 감히 넘볼 수 없는 멀리 신들의 세계라는 느낌을 주었다. 침보라소는 오랫동안 원주민들에게 아

버지^{Taita}로 불려왔다. 형용할 수 없는 위용을 보이며 당당히 서 있는 '성스러운 아버지'는 인간이 결코 이 산의 주인이 될 수 없다고 말하는 듯하다.

침보라소를 참으로 무모하게 올랐다. 여름용 텐트를 짊어지고, 그 흔한 오리털 파카도 없이 '명품' 판초 하나에 의지해 산에 오르겠다는 우리를 만류하는 동네 사람은 아무도 없었다. 하긴, 맨발이 그대로 드러나는 폐타이어 신발_{안데스 인디언들의 고무신 격인 민속화}을 신고 산에 오르는 그들에 비하면 우리는 완전 무장을 했다 해도 과언이 아니다.

'아버지가 지켜주겠지…….' 그들의 아버지가 우리의 아버지가 되어줄지는 의문이었다.

버스에서 내려 비교적 경사가 완만한 길을 10킬로미터 정도 걸어 올라가는데 여기저기 모두 잉카길이다.

잘 보존된 잉카길을 걷는 조건으로 여행사에서는 100달러 이상을 요구한다. 그러나 잉카제국이 남미의 곳곳을 정복했으니 조금만 주의 깊게 살펴보면 시골마을 곳곳에 작고 허술한 팻말로 '잉카냔'이라고 쓰여 있다. 우리가 걸은 잉카길의 전체 거리를 가격으로 따진다면 도대체 견적이 얼마나 나올지 모르겠다. 비록 관광객들의 눈길을 받지 못하는 보잘것없는 유적이지만 침보라소로 가는 잉카길은 동네 사람들에겐 최고의 자랑거리이자 영광스러운 선조들의 흔적이다. 한때 전 남미를 정복했던 잉카길은 이제 농부들이 밭일 가는 길이 되었다. 만나는 농부마다 우리를 불러 세우며 한 사람이 간신히 지나갈 수 있는 그 좁은 흙 길의 화려했던 과거를 알려주고 싶어했다. 우리는 이미 알고 있었지만 그들의 기분을 맞춰주기 위해 과장해서 놀라움을 표시하곤 했다. 그러면 그들의 얼굴에 자랑스러움이 급속도로 퍼져나갔고 우리도 덩달아 기분이 좋아졌다.

◀ **정상이 눈앞인 듯 착각이 들었다(위). 주저앉아버리다(아래).**

두 발로 걷다 보면 어느새 풍경은 새로운 세계로 나를 초대한다. 3~4일치 식량과 텐트가 든 무거운 배낭을 어깨에 메고 복사본 지도를 손에 쥐고 한 걸음, 반 걸음 앞으로 나갔다. 그러나 얼마 못 가서 길 위의 최대 불청객인 비가 내리고 사방이 뿌연 안개로 가득 차 더 이상 걸을 수 없었다. 대충 평평한 곳에 우리의 파란 집텐트를 세우고 까맣게 그을린 양은 냄비와 컵을 텐트 밖에 내놓고 기다렸다. 빗물이 충분히 받아졌으니 빗속에 나가 마실 물을 구해와야 하는 걱정을 덜었다.

그칠 줄 모르고 내리는 비에 발이 묶여 일찍 자고 일어난 다음날 아침, 화창하게 밝아오는 새 하늘의 배웅을 받으며 길을 나섰다. 산페드로San pedro라는 마을을 지나는데 쉬는 시간인지 학교 놀이터에 아이들이 모두 나와 놀고 있었다. 하나같이 고무장화를 신었고 머리는 우리만큼이나 헝클어져 있다. 안 씻어서 빨갛게 튼 두 볼은 그곳의 격한 날씨와 궁색한 삶을 그대로 보여주는 듯했다. 호기심이 발동한 아이들은 수업 종도 무시하고 우리 주위를 계속 맴돌았다. 한참 후 나타난 선생님의 호통에도 아랑곳하지 않고 아이들의 눈길은 우리에게서 떨어지지 않았다. 빨리 학교 앞을 벗어나는 것이 상책이었다. 공부하기 싫은 아이들 편이라면 계속 그 자리를 지켜야겠지만 수업을 방해하고 싶지 않았다. 우리가 떠나는 모습을 지켜보던 아이들이 손을 흔들며 "아디오스Adios"라고 외쳤다. 선생님이 창문 너머로 우리를 째려보았다.

동네를 한 바퀴 돌며 사람들과 이야기를 나눴다. 고립된 마을 주민들 같지 않게 웃는 얼굴로 스스럼없이 먼저 말을 걸어왔다. 그들과 대화를 하다 침보라소에 오르는 다른 길이 있다는 것을 알아냈다. 말 그대로 동네 사람들이 가는 길이다. 그 길로 가면 10달러의 입장료를 내지 않는다고 했다. 우리의 주머니를 꿰뚫어본 듯 돈을 내지 말고 자신들이 가르쳐준 길로 가라고 몇 번이나 강조했다.

침보라소 오르는 길에 만난 동네 사람들(위).
이방인의 출현에 환호하는 동네 아이들(아래).

　　침보라소를 오르는 길의 마지막 마을 초레라 communidad de chorerra에는 집이 서너 채밖에 없었다. 외부인의 출입이 거의 없는 마을에서 양떼를 돌보던 아저씨는 자기 집 마당에서 나는 지하수를 맘껏 마시도록 허락해주었다. 그런데 자세히 보니 양 열네 마리와 말 한 마리, 알파카 한 마리, 당나귀 세 마리를 가진 아저씨의 앞니가 금니다. 가난한 시골마을에 금니가 다섯 개나 되는 아저씨의 정체가 궁금했다. (어쩌면 진짜 금이 아닐지도 모른다.)

　　오후가 되니 언덕을 타고 올라오는 찬바람과 구름 때문에 더욱 오르기 힘들었다. 동네 사람들이 알려준 길로 오긴 했지만 사람의 발자국은 어디에도 없었다. 가끔 동물의 발자국이 보였는데 우리가 길을 잃은 것인지, 아니면 사람들이 실제로 다니는 길인지 알 길이 없었다. 마지막 경사는 정말 살인적이었다. 육체적인 한계는 나의 눈물까지 쏙 빼놓았다. 추위와 산소부족으로 나의 근육은 열 걸음에 한 번씩 고통을 호소했지만 멈추지 않았다. 두 다리와 두 손을 이용하여 다섯 시간을 기어올랐다. 등에 무거운 짐을 지고 네 발로 다니는 당나귀가 된 기분이었다. 더 이상 올라갈 엄두가 나지 않아 그 자리에 멈춰 섰다. 비쿠냐(야마과의 작은 사슴 같은 동물)들이 바람을 피해 머문 흔적이 보였다. 그들도 화장실의 개념이 있는지 한곳에 똥을 싸서 똥 무덤을 만들어놓았다. 비쿠냐들이 편안하게 배설을 하는 그곳은 큰 바위로 바람을 막을 수 있는 명당자리고, 우리에게도 생존을 위한 자리였다. 똥 무덤 바로 옆에 텐트를 치고 바람과 추위를 피했다.

체온을 높이기 위해 따뜻한 국물을 먹어야 했다. 그야말로 생존을 위한 몸부림이다. 빈 참치 캔에 면으로 된 천을 길게 잘라 넣고 케로센(등유)을 부어 불을 붙이면 화력은 세지 않지만 그럭저럭 쓸 만한 비상 주방이 된다. 풀 한 포기 없는 산 위에서 따뜻한 물이라도 먹으려고 나름 고안해낸 방법이다. 라면을 끓였는데 먹다 보니 금세 차가워졌다. 그나마 든든한 뱃속으로 침낭에 누울 수 있는 게 다행이었다. 깊은 잠을 못 이룬 채 몇 번씩 깨며 기나긴 밤을 보냈다.

다음날 아침, 텐트 사이로 느껴지는 햇빛을 따라 텐트 문을 빼꼼히 열자 바로 눈앞에 신성하기 그지없는 침보라소의 정상이 나타났다. 텐트 주위의 야생 비쿠냐들이 우리의 모습을 지켜보고 있었다. 비쿠냐는 야마나 알파카 같은 동물에 비해 작고 연약해 보이지만 오랜 기간 인간에 의해 길들여지지 않았다. 야생의 습성을 쉽게 버리지 않았기에 더욱 신성한 동물로 여겨진다. 안데스 고산지대의 인디언들은 비쿠냐들이 진정 아름다울 수 있는 야생에 그냥 둠으로써 그들의 영역을 존중했다. 우리 역시 최대한 그들을 존중해줄 것을 다짐했지만 우리의 존재 자체가 어쩌면 그들에게 방해가 될 터였다. 그들의 똥 무덤 옆에 자리 잡은 불청객을 자연은 너그럽게 받아주었다.

산은 정녕 신성했다. 아무 소리도 없고 티끌의 흠도 없다. 완벽함의 극치다. 1만 년 전에 마지막으로 화산폭발이 있었다고 하는데 그 흔적이 내 눈에 보인다는 것 자체가 경이로웠다. 손에 잡힐 듯 가까운 밤하늘의 별들…… 내 평생 그런 밤하늘을 본 적이 없다. 그야말로 하늘이 바로 머리맡에 있다는 착각이 들 정도다. 침보라소 정상은 지구 중심으로부터의 거리로 따지면 지구상에서 가장 먼 지점이다. 밤하늘의 별이 유난히 가깝게 보이는 것도 당연하다. 세상에서 제일 반짝이는 별들을 목격한 내 눈에 다이아몬드가 무슨 명품이겠는가. 잭 케루악이 "나의 증인은 텅 빈 하늘이다"라고 말했다면, 몇 만 캐럿의 다이아몬드가 반짝이는 밤하늘이 우리의 증인이다.

이토록 아름다운 하늘을 뒤로 하고 내려와야 했던 이유는 그동안 없던 고산병 증세가 나타나기 시작했기 때문이다. 산에서 내려와 인터넷을 통해서 비쿠냐들과 함께 캠핑한 곳이 해발 4800미터였다는 사실을 알았다. 생각보다 너무 멀리 가버렸다. 퉁퉁 부어버린 얼굴과 불면증에는 모두 이유가 있었다.

히피 리조트 스페셜 메뉴

토마토 바질 아무거나 야채 스파게티

'히피 리조트'란 자연과의 일체감과 채식요리를 팔아 돈을 버는 곳으로 우리가 농담 삼아 만든 단어다. 남미에는 이런 곳이 꽤 많다. 전기도 없는 불편하고 원시적인 생활을 제공하는 대가로 돈을 받는다. 주 고객은 미국이나 유럽에서 온 부유한 히피들이다.

우연히 '히피 리조트'를 둘러보고 돌아오는 길, 자연과 하나되는 것은 스스로 하기 나름이고 채식요리도 더 풍성하게 할 수 있다고 생각하고 시장으로 가서 양파, 브로콜리, 피망, 당근, 토마토와 바질을 한 무더기 샀다.

1. 스파게티를 삶는다. 더 싸고 더 쫄깃한 칼국수도 좋다.

2. 있는 야채(양파, 당근, 피망, 브로콜리, 애호박 등등)를 큼직하게 한입 크기로 자른다.

3. 팬에 기름을 두르고 마늘을 볶다가 노르스름해지면 야채를 넣고 볶는다.

4. 여문 토마토 3개를 믹서에 갈아 토마토 주스를 준비한다.

5. 야채가 익으면 토마토 주스를 넣고 신선하고 향긋한 바질을 한 주먹 넣는다.

6. 손바닥에서 나는 향긋한 바질 향을 맡아본다.

7. 소금과 후추 약간과 타바스코 핫소스와 설탕을 약간 넣고 달달 끓인다.

8. 면을 건져내고 찬물에 살짝 샤워시켜 소스와 함께 2분간 센 불에 둔다.

9. 눈을 감고 먹는다. 자연과의 일치를 시도하면서…….

자연에 둘러싸여 맛있는 채식음식으로 나날을 보낸 우리가 머문 모든 곳이 히피 리조트지만 돈을 내라는 사람은 없었다.

침보라소에서 내려와서 며칠이 지나도 오한이 가시지 않았다. 뼛속까지 얼어버린 게 분명했다. 간절하게 따뜻한 곳으로 떠나고 싶었다. 다행히 산과 바다 모두를 가진 에콰도르에서는 원하면 1년 내내 춥게 지낼 수도 있고, 덥게 지낼 수도 있다.

버스를 몇 번이나 갈아타고 따뜻한 바닷가 마을 '몬타니따'에 도착했다. 야생 비쿠냐가 눈앞에서 어슬렁거리는 완벽한 자연에 둘러싸여 지내다가 관광객들이 활개 치는 정신없는 동네에 오니 모든 것이 낯설고 얼떨떨했다. 도착하자마자 에콰도르의 매콤하고 시원한 생선 매운탕 엔세보야다 Encebollada 한 그릇을 먹어 치웠다. 그제야 침보라소에서 얼었던 속이 풀리는 듯했다. 한국인에게는 역시 얼큰한 국물이 보약이다.

애초 따뜻한 곳을 찾아왔지만, 습하고 더운 날씨가 참기 힘들었다. 다시 안데스산맥으로 돌아가고 싶은 생각이 들었다. 이 고약한 심보는 나를 세상에서 제일가는 변덕쟁이로 만든 지 오래다. 하지만 몬타니따에 와야 했던 진짜 이유를 며칠 후 알게 된다. 우리는 거기서 아마존에서 동고동락하던 베네와 재회를 했다. 몇 분 동안 소리를 지르며 부둥켜안았다. 서로 다른 길로 떠난 지 거의 1년 만에 이 작은 마을의 좁은 길에서 만났으니 호들갑을 떨 만했다.

베네는 음악을 연주하며 여행을 이어나가는 프랑스 친구들과 함께 몬타니따 해변에서 30분 거리에 있는 숙소에서 지내고 있었다. 그 길로 베네와 친구들의 보금자리로 이사를 했다. 꽤 넓은 곳인데 방을 쓰지 않고 한 사람당 1달러에 아무데나 텐트를 치는 특별 조건이다. 우리에게는 아주 합리적인 가격이다. 하루 종일 물이 나오지 않을 때도 있었지만 아무도 상관하

지 않았다. 어차피 물이 나와도 씻을 인물들이 아니다.

그곳에는 브라질에서 만난 마리도 있었다. 마리와 대화를 하는데 신기할 수밖에 없었다. 브라질에서는 포르투갈어로 대화를 했는데 다시 만난 에콰도르에서 스페인어로 소통하고 있었다. 이렇게 말하면 천재라도 되는 것 같지만, 우리의 포르투갈어는 그야말로 엉터리다. 대화가 가능했던 것은 언어를 뛰어 넘은 에너지 덕분이다. 상대방이 무슨 말을 하고 있는지, 무엇을 생각하는지는 '인내'와 '시간'만 있으면 어렵지 않게 알아낼 수 있다. 같은 언어를 말한다 해도 들으려 하지 않으면 이해할 수 없다. 어학 실력은 대화하는 데 절대 장애가 되지 않는다.

가끔 맘이 맞으면 프랑스 친구들은 하루 종일 원두막에 앉아 합주를 했다. 색소폰, 아코디언, 클라리넷, 기타와 목소리…… 그리고 몸짓. 그 어떤 규칙도 악보도 없지만 그들이 만들어내는 음악은 아주 특별하게 들렸다. 바다가 한눈에 보이는 평화로운 에너지로 가득한 그곳에서 무슨 음악이든 아름답지 않겠는가마는, 특히 아코디언이 만들어내는 애절하거나 혹은 흥겨운 리듬이 너무 좋았다. 영화 〈아멜리에〉의 배경음악 '아멜리에의 왈츠La Valse d'Amelie'를 연주할 땐 그들이 프랑스인이라는 사실에 감사하기까지 했다.

하지만 그건 기분이 좋을 때 이야기다. 프랑스인 중에서도 유별난 괴짜들이라서 대부분의 경우 합의하는 일은 거의 없다. 그렇다고 싸우는 것도 아니지만 그냥 서로를 무시하고 각자의 세계에 빠져 있을 때가 많다. 모두가 한마음인 경우를 제외하고는 의견을 조율하려는 노력조차 하지 않는다. 아마도 프랑스 스타일인 모양이다.

우리는 24시간 파도소리를 들으며 2주 동안 철저한 휴식을 취했다. 철저한 휴식의 의미는 아무것도 하지 않는 것이다. 다리오가 입버릇처럼 말한

◀ 매일 아침 텐트를 찾아와 인사를 건네는 말(위). 합주 중인 친구들(아래).

대로 아무것도 하지 않는 것이야말로 최상의 행위이며, 아무것도 하지 않는
것이 가능한 사람들이야말로 득도한 사람들일지 모른다. 나는 아무것도 안
하면 심심해서 미칠 것 같은데……. 하긴 이 세상에 아무것도 하지 않는 상
태를 맘 편히 받아들이는 사람이 얼마나 될까. 나는 아직도 얼마나 몸을 움
직였는가를 얼마나 많은 일을 했는가의 평가잣대로 삼고 있었다. 언제쯤 아
무것도 하지 않아도 삶에 대해 죄책감이 들지 않을까. 너무 빨리 돌아가는,
내가 속해 있던 사회가 나에게 남겨준 유산이다.

에콰도르에 도착해서 별다른 계획 없이 찾아올 우연을 기다렸다. 그러다 우연히 에콰도르의 안데스산맥 트레킹 안내책자 복사본을 몇 페이지 발견했고 그것이 우리의 길이 되었다. 돌아갈 곳도 없고 돌아갈 날도 정해지지 않은 우리에게 계획된 길은 없다.

수도 키토에서 멀지 않은 곳에 세계에서 가장 완벽한 모양의 화산산이 있다. 이름은 코토팍시Cotopaxi, 잉카들의 언어인 케추아Quechua어로 '불덩어리'라는 뜻이다. 그들이 살던 때 큰 화산폭발이 있어서 그런 이름이 붙었나 보다. 또 다른 인디언 부족 언어인 카야파Cayapa어로는 '달의 목'이라 불리는데, 달에 가본 적도 없는 그들이 외계 행성을 걷는 듯한 코토팍시 위의 돌바닥을 절묘하게 표현한 것이 놀랍다.

코토팍시 여행은 아마존을 떠나 7개월 만에 우연히 에콰도르에서 다시 마주친 베네와의 재회를 기념하기 위해서다. 키토에서 버스를 타고 마차치라는 마을에서 내렸다. 이 루트는 보통 관광객들이 가는 길이 아니므로 입장료를 내는 검문소를 거치지 않아도 되고, 가는 길에 코토팍시 주변의 절경을 감상할 수 있다. 대신 하루 여섯 시간씩 이틀을 걸으면 된다. 마을에 도착하고 트럭을 히치하이킹하는 데 성공했지만 오래 가지는 못했다. 중간에 비까지 내리기 시작했다. 줄기차게 오는 빗길을 세 시간이나 걸었을까, 벌써 하늘이 어두워지고 있었다. 텐트를 칠 만한 곳을 찾아서 짐을 풀고 저녁으로 간단히 치즈 샌드위치를 만들어 먹은 뒤 깊은 잠이 들었다. 딱딱하고 축축한 바닥이지만 상관없었다.

다음날 서둘러 텐트를 접고 다시 걷기 시작했다. 전날 생각보다 많이 걷지 못했기에 마음이 급했다. 그런데 예상치 못한 큰 장애가 눈앞에 펼쳐

졌다. 짙은 안개 때문에 10미터의 시야도 확보할 수 없다. 게다가 사람들이 잘 다니지 않는 곳이라 길이라는 표시도 명확하지 않은 상태에서 다리오의 천재적인 방향감각과 허접한 지도 한 장에 의지하여 걸었다. 길을 잃을 것 같은 상황에서 '에라 모르겠다! 밥이나 먹고 보자'며 하루 만에 엄청 딱딱해 진 빵에 참치 캔 하나를 열어 나눠 먹었다. 그 사이에 안개가 걷히는 것 같았다. 간신히 길을 찾아 내려간 언덕에는 새까맣고 건강한 황소들이 있었다. 조심스럽게 그들 사이를 지나 언덕 위에 서니 안개 사이로 코토팍시의 완벽한 봉우리가 보인다. 적당한 평지를 골라 텐트를 쳤다. 전날보다 더 높은 고도에 추위가 느껴졌다. 재빨리 마른 장작을 주워다 불을 지펴 따뜻한 요리를 했다. 양파와 버섯을 넣은 라면이다. 별거 아니지만 먹는 내내 얼마나 행복했는지 모른다. 그날 7~8시간 정도 걸은 것 같다. 뱃속이 따뜻하게 차오르자 추위와 피로에 지친 나의 볼도 빨갛게 달아올랐다. 온기를 느끼며 아무 말 없이 앉아 있었다. 아무 대화가 필요 없는 완벽하고 아름다운 밤이었다. 그리고 나는 수많은 별의 신호를 받았다.

다음날 아침 우기에 잔뜩 흐려야 할 하늘의 모습이 화창했다. 코토팍시의 만년설 봉우리가 구름 사이에 수줍게 걸려 있었다. 무작정 걷기 중심의 여정이 피곤한지 베네는 남겠다고 하고 나와 다리오는 다시 길을 나섰다. 장비 없이 올라갈 수 있는 한계인 4800미터의 대피소까지 먼지를 잔뜩 뒤집어쓰고 죽기 살기로 올라간 뒤 대피소 아저씨가 공짜로 준 따뜻한 물과 마른 빵으로 점심을 먹었다. 관광차를 타고 대피소 가까이까지 올라와 피곤한 기색 없이 차를 마시던 사람들이 우리를 힐끗힐끗 쳐다보았다. 지금 생각하니 우린 꽤나 없어 보였다.

텐트와 베네가 있는 곳으로 돌아오자 해가 막 지려고 한다. 베네는 언덕 위에서 우리가 오는 것을 보고 미리 불을 피워놓았다. 마지막 만찬으로 어제와 똑같은 라면을 먹었다. 베네는 우리가 없는 사이에 강 주변에서 수영을 하다가 영역 본능이 강한 새들의 공격을 받은 이야기를 하며 씩씩거렸다. 어제보다 덜 추운 밤 날씨에 우린 불이 꺼지고도 한참 동안 그곳에 앉아 이야기를 나눴다.

밥 도둑

　남미에서 중국음식점은 치파chifa로 통한다. 키토로 돌아와 자주 가던 치파로 향했다. 그곳이 깡패 소굴이라는 건 알고 있었지만 2달러에 새우와 야채가 듬뿍 들어간 중국요리와 볶음밥을 먹을 수 있기에 험한 분위기는 기꺼이 감수했다. 늦은 점심을 먹으러 도착한 식당에는 우리밖에 없었다.

　주문한 음식이 나오고 맛있게 한술 뜨려고 할 때 일이 터졌다. 식당의 유일한 문으로 한 남자가 칼을 가지고 들어왔다. (이 식당을 깡패들이 아지트로 삼은 이유는 구조 때문이다. 들어오고 나가는 문 하나를 제외하고는 창문도 없어서 마치 굴속에 들어온 것처럼 외부와 차단된다.) 제정신이 아닌 것 같은 젊은이는 우리에게 오더니 밥을 달라고 했다. 나는 순간 배가 고픈 것도 잊었다. 내가 제일 좋아하는 새우도 맛을 잃었다. 다리오가 빈자리도 많은데 왜 여기 와서 그러냐며 간 크게 한마디를 했더니, 그가 눈을 부라리며 칼을 내보였다. 나는 순간 얼어버렸다. 그가 잠시 중국집 아줌마에게 간 사이에 재빨리 식당을 빠져 나왔다. 3일 동안 제대로 먹지 못한 것을 보충하는 데는 실패했지만 그래도 다행이다. 하마터면 바보 같은 상황에서 다칠 뻔했다.

　하루 종일 궁금증이 가시지 않았다. 돈이 아니라 밥을 달라고 한 그는 밥 도둑인가?

　밥 도둑에게 알 수 없는 연민이 일었다. 그가 세상과 소통하는 단 한 가지 방법밖에 모른다는 것이 너무 안타까웠다. 그는 부탁을 할 줄 몰랐다. 협박과 갈취만이 그가 원하는 것을 얻는 방법이었다. 그러고 보면 부탁은 자신을 낮추는 가장 겸손한 소통방식이 아닐까. 부탁할 수 있다는 것은 축복이다.

평지를 조금만 걸어도 숨이 콱콱 막히는 해발 3500미터에 위치한 작은 마을 살리나스는 이름 그대로 염전마을이다(스페인어로 소금은 Sal이고 염전은 Salina이다). 높디높은 산동네의 바위 사이에서 소금물이 솟아난다는 사실 자체만으로도 충분히 특별한 곳이지만, 정작 소금밭에서 일하는 사람은 눈에 띄지 않는다. 소금밭에서 힘들게 일하는 것보다 돈 되는 일이 무궁무진하기 때문이다.

고도가 높고 청정한 초록 언덕에서 방목하는 소젖으로 유럽식 정통 치즈를 만들고, 까다로운 일본인들의 입맛을 사로잡은 고급 초콜릿을 만든다. 습한 기후를 이용해서 소나무 향이 가득 밴 최상급 버섯을 생산하며, 농

우유를 야마에 싣고 가는 여자아이.

장에서는 알파카를 키워 양털보다 가볍고 따뜻하다는 질 좋은 알파카 실을 뽑는다. 그 실로 동네 부녀자들은 손수 스웨터를 짜서 팔아 자신의 재능을 100% 살리고 있다. 이 모든 사업은 공동체의 소유이고 거기서 나오는 이익은 모두 마을 사람들 공동의 몫이다. 살리나스는 수많은 지역단체의 주목을 받고 있다. 세상에 둘도 없는 모범사례라고 할까?

살리나스가 지금의 모습을 갖추게 된 배경에는 한 위인의 헌신이 있었다. 이 마을에서 체 게바라보다 더 존경받는 혁명가의 고향은 멀리 스위스다. 이미 고인이 되었지만 마을 곳곳에 그의 사진이 걸려 있다. 그는 고립된 산동네에 생명을 불어넣었다. 사람들을 하나로 모으고 자신이 아는 모든 것을 가르쳤다. 한 사람의 평생이 걸린 은근하고 조용한 혁명이 이 마을을 살렸고, 사람들은 그에게 배운 것을 잊지 않고 계속 실천해나간다. 아니 발전시켜나간다.

비가 부슬부슬 쉬지 않고 내리는 어느 날, 말들이 한가로이 거니는 살리나스 마을 뒷동산에 우리의 펜트하우스(텐트)를 세웠다. 매일 아침 10시쯤 꼬부랑 할머니가 화덕에서 구워내는 빵을 봉지 가득 사서 하루 종일 먹었다. 마을이 한눈에 내려다보이는 언덕 위 펜트하우스에서 즐기는 갓 구운 빵과 치즈는 그야말로 꿀맛이다.

대도시와 멀리 떨어진 작은 마을은 도시생활을 전혀 동경하지 않는 젊은이들로 생기가 돈다. 중앙광장에는 항상 젊은이들로 가득하다. 돈을 벌수 있고 일을 할 수 있게 되자 젊은이들이 대도시에서 이 산골로 다시 돌아온 것이다. 조용하지 않은 시골마을에서 우리는 희망을 보았다. 일을 벌이고 싶은 팔팔한 젊은이들이 있는 살리나스는 세상에서 가장 완벽한 지역공동체인 듯했다.

살리나스에 있는 동안 실컷 먹고서도 떠나는 날 치즈를 두 덩어리나 샀다. 배낭이 2킬로 더 무거워졌지만 불평하지 않았다.

살리나스 마을 언덕 위에서 해를 받고 있는 지.

라파엘의 창고에서

라파엘 아저씨에게 과수원 옆에
창고로 쓰는 빈집이 하나 있다.
전기도 가스도 없는 이 집은 그에겐 그냥 창고지만
우리에게는 최고의 보금자리가 될 수 있다는 것을
아저씨도 우리도 직감적으로 알고 있었다.

빌카밤바에 도착한 것은 선거일 밤이다. 원한다면 16세부터 투표할 수 있는 에콰도르에서 아직 앳된 청소년들이 그들의 첫 번째 투표를 기념하듯 술판을 벌이고, 걸어서 10분이면 다 둘러볼 수 있는 작은 마을에는 활기가 가득했다. (남미에서는 비교적 짧은) 열 시간의 버스 이동으로 지친 우리는 텐트 칠 만한 곳을 찾아 나섰다. 동네 사람들이 이곳저곳 알려주었지만 모두 강가의 자갈밭이다. 그나마 학교 옆 농구대가 있는 공터가 평평해서 그곳에 텐트를 치고 잠을 잤다. 다음날 아침 웅성웅성하는 소리에 잠에서 깨어보니 아이들이 우리 텐트 주위에 모여서 웃고 있었다. 활기차게 그들과 아침인사를 하고 헝클어진 머리 그대로 텐트를 접었다. 무엇이 그렇게 재미있는지 이번에는 전교생 수십 명이 창문으로 우리의 동작 하나하나를 주시한다. 농구를 하지 못해 화를 내는 아이들은 없다. 어쩌면 이 아침 우리 같은 사람들을 구경하는 것이 더 흥미로웠을지 모른다. 가방을 챙기고 아침식사를 하러 동네 슈퍼에 갔다. 동네 사람들은 우리가 어디서 지내는지 물었다. 학교 옆 공터라고 하자 그들의 친구인 라파엘 아저씨를 소개해주었다. 그에게는 과수원 옆에 창고로 쓰는 빈집이 하나 있다. 전기도 가스도 없는 이 집은 그에겐 그냥 창고지만 우리에게는 최고의 보금자리가 될 수 있다는 것을 아저씨들도 우리도 직감적으로 알고 있었다.

다음날 이틀간의 공터 캠핑을 접고 투미아누마(외우는 데 며칠이 걸렸다) 마을로 향했다. 15킬로미터밖에 안 되는 거리지만 비포장도로라서 거의 한 시간이 걸렸다. 울퉁불퉁한 길 때문만은 아니다. 버스정류장이 따로 없는 대신 집집마다 차를 세웠다. 500미터 정도 되는 마을의 시작부터 끝까지 버스가 열 번은 족히 섰다. 마을의 제일 끝에 라파엘의 부모님이 사는 집이 있다. 버스에서 내리니 대문 앞에서 기다리고 있던 할머니가 나를 보자마자 서슴없이 포옹해주셨다. 순간 "우리 강아지"라고 부르던 돌아가신 할머니 생각이 났다. 라파엘의 형제들도 모두 나와 인사를 나누었다. 어찌나 하나 같이 순박한 얼굴을 하고 있는지 중년의 아이들 같다는 생각을 했다. 일을 마친 라파엘 아저씨가 잠시 후 우리를 데리러 어머니 집으로 왔다.

라파엘 아저씨의 빨간색 토요타 트럭을 타고 반쯤 부서진 철교까지 와서 오솔길을 10분 정도 걸었다. 생각보다 훨씬 훌륭한 집이 나왔다. 방 안에는 20년은 족히 됐을 법한 엉성한 철제 침대와 더러운 매트리스가 있었다. '청결'과는 거리가 멀지만 동네 사람들이 준비해준 우리만의 공간이 생긴다는 것 자체가 특별했다. 그 방의 주인은 우리만이 아니었다. 초록색 눈을 가진 금발의 고양이와 나은 지 일주일도 안 되었는지 눈도 떼지 못하는 새끼 세 마리도 있었다. 불 때는 아궁이가 있는 작은 주방은 청소 후 우리가 제일 좋아하는 공간이 되었다. 집으로 통하는 오솔길을 5분 걸어 내려가면 라파엘 아저씨 가족의 자랑인 널따란 피망 밭과 과수원이 나온다. 과수원에는 오렌지, 감귤, 레몬, 바나나, 과바, 파파야, 아보카도 나무가 자라고 있었다. 바질과 오레가노, 레몬그라스 등이 잡초처럼 무성하고 잘 살피면 호박이나 감자, 옥수수와 콩도 있었으나 안타깝게도 수확 철이 아니었다. 그중 내가 특별히 좋아했던 것은 빨간 열매를 맺은 커피나무들이다.

이 낙원은 라파엘 아저씨의 가족과 그의 삼형제, 사촌들까지도 먹일 수 있지만 모두 자기 밭을 가지고 있어서 많은 과일과 야채들이 언제나 절반 이상 땅에 그대로 떨어진다. 그들은 절대 바닥에 있는 것을 먹지 않았는데 이유인즉, 떨어진 열매의 주인은 인간이 아니기 때문이다. 떨어진 열매는 벌레들이 먹거나, 그냥 그 자리에서 썩으면 더 좋은 흙을 만드는 거름이 된다.

첫날 이곳 식구들과 개인 면담을 가졌다. 고양이는 다 자란 새끼까지 합쳐서 일곱 마리였는데 엄마 고양이 외에는 우리에게 좀처럼 다가오지 않았다. 자기 공간에 대한 인식이 아주 강해 조금만 다가가도 있는 대로 화를 내는 거위가 네 마리, 특별한 캐릭터 없는 닭 두 마리, 젖은 흙 먹는 것을 좋아하는 당나귀와 잘생겼지만 마음을 열지 않는 말 한 마리까지 대식구다. 우리의 임무는 이 가족들을 돌보고 빈집에 활력을 불어 넣는 것이다. 장이 서기 전까지 5일 동안 사람들이 가져다 준 음식으로 끼니를 해결했다. 다정한 마을 사람들은 밭일 갔다 오면서 우리집을 지날 때 토마토나 양상추 등을 집 앞 탁자에 놓고 갔다. 특히 조세피나 아줌마는 올 때마다 한 주먹의 쌀이나 계란 등을 가져다주었다. 우리는 간간이 동네 사람들의 밭일을 도우며 고마움을 전했다. 우리가 가진 건 전기도 안 들어오는 빈집과 하루 세 끼 검소하게 먹을 수 있는 음식이지만 너무나 풍족했다. 빈털터리라고 산속의 별장을 갖지 못한다는 법은 없다. 우리가 집을 찾은 것이 아니라 이 집이 우리를 선택했다고 믿는다. 빈털터리들만이 가질 수 있는 행운이다.

딱딱한 농구장 바닥에서의 캠핑은 등허리가 아프다(왼쪽). 친절한 라파엘의 도움으로 에콰도르 시골마을에 우리집이 생기다(오른쪽).

레알 유기농을
살다

　맑은 공기와 깨끗한 물, 온갖 유기농 야채와 과일이 지천에 깔린 낙원
이다. 마을 사람들이 소유한 널찍한 땅에는 굳이 돌보지 않아도 풍족하게
자라나는 과실나무들이 가득하다. 땅 주인들은 자연이 공짜로 키워준 과실
에 궁색하게 가격을 붙이지 않는다. 어차피 가족들이 먹기에는 너무 많고,
너무 흔하다 보니 장에 내다 팔지도 않는다. 아이들이 뛰놀다 목이 마르면
남의 집 오렌지를 따먹었지만, 그 누구도 아이들을 침입자 혹은 도둑으로
보지 않았다.

　우리가 온 사회에서 말하는 유기농Organic의 의미를 마을 사람들은 잘 알
지 못하지만 그들의 삶 자체가 유기농이다. 동네에 제대로 된 슈퍼가 없어
서 거의 자급자족으로 살아간다. 마케팅 수단으로서의 유기농이 아닌 직접
재배한 천연 식재료, 그야말로 제대로 된 유기농이 살아 숨 쉬는 곳이다.

　올리브유 대신 버터에 잘게 썬 마늘과 마당 한켠에서 잡초처럼 자라는
바질을 넣으면 대안의 훌륭한 '페스토 소스'가 된다. 자연은 나에게 언제나
좋은 영감을 주고 선생이 되어준다.

　다리오는 이틀에 한 번 과수원을 한 바퀴 돌면서 내가 좋아하는 노르스
름한 파파야를 서너 개씩 따왔다. 높이 달린 파파야 열매를 탐내는 것은 사
람들만이 아니다. 새들도 맛있는 것을 알아서, 한발 늦으면 잘 익은 파파야
는 새들의 차지가 된다. 흔해빠진 것이 바나나였다. 미처 다 먹지 못한 바
나나는 우리가 돌보는 말 만시토mansito, 스페인어로 순둥이라는 뜻에게 주었다. 유난히
낯을 가리는 만시토도 바나나의 유혹을 뿌리칠 수 없었는지, 멀리 떨어져
있다가도 내가 있는 곳으로 조용히 다가오곤 했다. 만시토와 친해질 수 있
었던 건 전적으로 바나나 덕분이다.

바나나를 따온 다리오(왼쪽). 만시토와 마실 가다(오른쪽).

처음 라파엘 아저씨의 부탁으로 바나나를 따러 갔을 땐 하늘 높이 달린 바나나를 어떻게 따야 할지 고민스러웠다. 라파엘 아저씨는 키가 5미터 이상 되는 나무 위로 올라가야 한다고 살벌한 농담을 했지만, 바나나를 따는 방법은 생각보다 간단하다. 그냥 나무 중간을 잘라버리면 된다. 아직 푸른 색을 띨 때 따서 자루에 넣어 응달에 걸어놓으면 일주일쯤 후 노랗고 뽀얀 바나나를 맛볼 수 있다.

부엌에는 언제나 신선한 과일과 채소가 넘쳐났다. 밥을 지으려면 불을 피워야 하기 때문에 밥 한 끼 준비하는 시간이 배로 들지만 3~4일이 지나자 혼자서 거뜬히 불을 지펴 밥을 할 수 있게 되었다. 상황은 언제나 새로운 기술을 하나씩 가르쳐준다.

슬로 푸드, 슬로 라이프…… 사람들은 웰빙의 방법으로 느림을 제안한다. 이곳에선 애초에 아무것도 빨리 할 수 없다. 이곳은 결과보다 과정이 재미있는 곳이다. 밥을 하기 위해 불을 피우는 것은 재미있다. 그래서 배가 고프기 전에 천천히 과정을 즐겨야 한다. 과일을 먹기 위해 장대로 과일을 따는 과정은 먹는 것보다 즐겁다. 그 모든 과정에서 내가 소외되는 일은 없다.

이곳에 도착해서 유일하게 구입한 30자루의 초는 우리의 밤을 더욱 아름답게 밝혀주는 장식품이다. 침침한 촛불 아래서 책을 읽을 수 있을 만큼 익숙해졌다. 오솔길을 30분만 걸으면 신선한 계곡이 나온다. 가끔 일이 없는 만시토를 타고 오솔길을 산책한다. 만시토는 이름처럼 순한 말이라 아주 천천히 걷는다.

불편함에 익숙해진 다음에는 진짜 느림의 즐거움이 찾아왔다. 나는 부자였다. 맛있는 과일들은 아무리 먹어도 끝이 없고 화창한 날씨는 나를 빛나게 했다.

스페인에서 처음으로 다리오가 만들어준 에스프레소 커피는 새로운 맛의 세계로 나를 인도했다. 쓴맛에 담긴 신맛과 달콤함의 교묘한 커피의 매력에 빠져버렸다.

커피 생산지인 남미에 첫발을 디뎠을 땐 '다리오의 커피'만큼 맛있는 커피를 맛볼 생각에 설렜지만, 나의 기대감은 이내 무너지고 말았다. 좋은 커피는 죄다 유럽으로 수출한다는 사실을 알게 된 것이다. 오죽하면 커피 생산국인 에콰도르에서 더 흔한 것이 네스카페 봉지 커피다.

그런데 라파엘의 빈집에 도착하자마자 빨간 커피나무 열매를 만난 뒤

커피를 따다.

커피를 말리고 볶는다.
허브를 모으고 끓인다.
(왼쪽위부터 차례대로)

나의 실망감은 급속도로 회복되었다. 손바닥만 한 거미들이 끈끈한 줄을 치고 있는 커피나무 밭에 용감하게 들어가 가장 크고 예쁜 열매들만 골라 따다 창고에서 찾아낸 널찍한 소 등가죽 위에 조심스럽게 펼쳐놓았다. 땡볕에 14일쯤 말리고 나니 과육이 마르고 콩 같은 씨앗이 보이기 시작했다. 그 상태로 절구통에 넣고 살짝 빻아서 커피콩을 분리했다. 장작불 위에서 통통한 커피콩을 볶으니 향기로운 커피 냄새가 과수원까지 진동했다. 직접 수확하고 만든 커피를 맛보는 특별한 경험을 어떻게 설명해야 할까.

이 모든 과정을 전수해준 것은 피망을 가지러 온 라파엘의 사촌 조안나다. 그녀는 들을 수도 없고 말을 할 수도 없지만 씩씩하고 활발해서 대화를 나누는 데 아무런 무리가 없다. 느닷없는 침입자에게 꽥꽥거리는 거위들의 소리를 듣지 못하고 지나가다 공격을 받고 넘어져 그녀의 슬리퍼 한쪽이 망

가졌다. 그런데도 아랑곳하지 않고 맨발로 이리저리 다니며 야채들을 커다
란 자루 가득 주워 담았다. 그날도 우리는 숲에 가서 커피 열매를 양동이 가
득 따다 아침햇살이 좋을 때 마당 한가운데 펼쳐놓고 말렸다. 무슨 심보인
지, 거위들은 그 많은 공간을 두고도 꼭 커피 열매가 있는 곳에 단체로 똥을
쌌다.

　투미아누마에서 내가 커피만큼이나 좋아했던 것이 있다. 그들이 물처
럼 마시는 오르차타Horchata라는 차인데, 그 지역에서 나는 28가지 자연 허브
를 끓인 것이다. 빌카밤바 사람들은 장미꽃과 맨드라미가 들어가 붉은색을
띠는 오르차타에 레몬을 살짝 짜 넣어서 새콤달콤하게 마신다.

　나는 동네 아줌마들로부터 오르차타에 들어가는 모든 종류의 허브를 알
아내 직접 끓이기 시작했다. 자연이 선사한 꽃다발로 차를 만들어 마시는
듯한 마술 같은 일이 일어났다. 산봉우리를 오르면 온갖 허브가 가득하다.
허브는 따로 주인이 있는 게 아니라 자연이 제공하는 것이기에 부지런히 모
으는 사람이 주인이다.

가장 성스러운 땅에
발을 붙이고

　　매일 색다른 아침식사를 준비한다. 가격도 싸고 왠지 풍성한 느낌을 주는 밀가루는 최고의 재료다. 밀가루 반죽을 밀다가 내키는 대로 아무거나 섞어서 굽거나 튀기면 파로타라는 인도식 파이가 만들어진다. 그날 기분에 따라 치즈와 오레가노를 넣기도 하고 바나나를 넣기도 한다. 일어나자마자 불을 지피고 아침식사를 준비하는 데만 두 시간이 걸리지만 새들의 노래를 들으며 느긋하게 만끽할 수 있는 시간이다. 깨진 항아리에 심어놓은 쪽파를 거위들이 다 뜯어 먹은 것을 보기 전까지는……. 평화의 유일한 적은 거위들이다.

　　따뜻한 아침햇살을 즐기면서 식사를 하고 나면 나만의 시간이다. 언제부터인가 '심심하다'라는 단어를 모르는 나를 발견한다. 배낭 한켠에 언제나 가지고 다니는 천 쪼가리들은 남들이 보면 쓰레기일지 모르지만 나에게는 보물이다. 그것을 잘라서 나만의 옷을 만들거나 아름다운 예술품으로 둔갑시킨다. 자연에서 받은 영감을 매듭으로 재현하거나, 숲에서 주워온 나뭇가지들로 장식품을 만들기도 한다. '소비'를 지우면 '창조'가 대신 그 자리를 메운다. 창의성 없는 가난은 결핍이라는 것을 깨닫고 나자 무엇이든 직접 만들어보려는 마음이 생겼다. 손이 머리와 아주 가까운 친구가 된 듯한 느낌도 전혀 나쁘지 않다.

　　누가 공상을 시간낭비라고 했던가! 텔레비전이 없는 이곳에서 나는 작가이자 영화감독이다.

　　아주 단순한 삶이지만 할 일은 무궁무진하다. 밭일을 가다 들르는 동네 사람들과 농담을 나누는 것도 즐겁고, 성깔 더러운 거위들에게 물을 뿌리는 것도 재미있다. 가끔 주변 풀들의 향기를 맡으며 허브 잎을 모은다. 매일 보는 집 앞의 전경은 아무리 봐도 질리지 않는다. 모두가 원하는 삶을 원하지 않는 우리에게는 경쟁자가 없다. 남의 시선을 의식하지 않으면 조금 더럽거나 후져도 상관없다. 길은 나에게 학교이자 선생이며 책이다. 길 위에서 배우고 길 위에서 얻는다.

누군가에게 필요한 것은 누군가에게 불필요한 것
내게 필요한 것은 모두에게 공짜로 주어지는 것
내게 필요한 것은 누군가는 가질 수 없는 것
내게 필요한 것은, 자유

세상에서 가장 아름다운 빨래건조대.

내 안에 가진 것을 제대로 보기 시작하자 그동안 꼭 필요하다고 생각했던 물질들이 점점 가치를 잃어갔다. 나는 그것을 자유라고 부른다. 이곳을 성지라고 했던 잉카들이 옳았다. 자유를 준 이곳은 성지 중의 성지다.

투미아누마에서 쌓은 나의 스펙

-커피 열매를 따고 말려서 유기농 커피 만들기

-소젖을 짜서 치즈 만들기

-매듭 공예

-파파야 잼 만들기

-자연의 허브차 만들기

-높이 있는 과일을 장대로 따기

-안장 없이 말 타기

-불 피워 요리하기

-거위 키우기

-고양이와 놀기

-전기 안 쓰기

-자전거 타이어로 신발 만들기

-뜨개질

-오래된 가방 고치기

-팬케이크의 도사 되기

-공상

모든 것을 가져도 행복하지 못한 현대 사회를 뒤로하고 가출을 범한 나는 이곳에 있다. 경쟁 사회에 속한 사람들에게는 전혀 필요 없는 온갖 스펙으로 무장한 우리는 세상이 알아주지 않아도 행복하다.

우리집에 자주 오는 손님 중에 비센테 아저씨가 있었다. 말투와 표정에서 조금 모자란 사람이라는 것을 금방 알 수 있다. 그에게는 비하인드 스토리가 있다. 동네 사람들은 푼타punta라는 술을 만들어 마시는데 마을잔치 때 맛본 푼타는 60도가 넘는 위험한 술이지만, 사탕수수로 만들어 달착지근한 맛에 맛이 가는 것은 시간문제다. 술에 대한 자기조절이 비교적 잘 되는 다리오 역시 잔치 때 마을 아저씨들에게 업혀올 정도였다.

동네에서 알아주는 술주정뱅이였던 비센테 아저씨는 푼타에 취한 어느 날 고꾸라지면서 머리를 바닥에 부딪쳤고 그날 이후 바보가 되어버렸다. 그의 아내는 두 아들을 데리고 도망갔다. 가족들의 소식도 모른 채 그는 졸지에 부모형제들의 업보가 되어버렸다.

하지만 우리는 아저씨가 좋았다. 밭일이 끝나고 당나귀를 맡기고 갈 때면 아저씨는 항상 밭에서 캔 것들을 나눠주었다. 언제나 미소 띤 얼굴이다. 가끔 우리가 밥을 차려주면 그렇게 맛있게 먹었다. 바보가 된 후 그는 열심히 일하고 술도 마시지 않는 성실하고 다정한 사람으로 변했다.

하루는 물이 시원찮게 나왔다. 계곡의 꼭대기에서 길이가 1킬로미터도 넘는 호스로 물을 끌어다 쓰는데 탄탄한 검정색 고무 호스는 좀처럼 망가지는 일이 없기에 도무지 원인을 찾을 수 없었다. 때마침 찾아온 비센테 아저씨는 아마도 낙엽이 들어가 막힌 것 같다며 호스 놓은 길을 따라갔다. 우리도 아저씨를 따라갔다. 상황은 예상과 달랐다. 불과 집에서 3분 떨어진 곳에서 누군가가 마체테정글에서 쓰는 긴 칼로 호스를 일부러 끊어놓은 것이다. 그 흔적도 선명하게, 두 번의 시도를 했다는 것도 알 수 있었다.

"음, 누가 이런 짓을 했는지 짐작이 가는군."

다정한 친구 비센테 아저씨와 함께.

아저씨가 심각하게 말했다. 그 모습이 마치 CSI 형사 같았다.

"이곳을 지나다니는 그 노인네야!"

매일 보는 백발의 꼬부랑 할머니는 우리에게 인사를 하지 않는 유일한 동네 사람으로 가끔 마녀 같은 눈초리로 우리를 주시했다. 아저씨의 말에 의하면 할머니 밭에 물을 대는 샘은 이맘때가 되면 마르는데 1년 내내 마르지 않는 샘을 가진 우리가 부러워서 그랬으리라는 것이다.

"에이, 말도 안 돼요! 힘없는 할머니가 어떻게 마체테로 호스를 단번에 잘라놓냐고요!"

나와 다리오는 황당해하며 웃었다. 그러나 아저씨는 진지하게 말했다.

"아니야! 그 노인네, 얼마 안 먹었어. 남편이 훨씬 나이가 많아."

"도대체 몇 살이신데요?"

"아직 젊어. 85세밖에 안 됐지. 93세인 남편도 여전히 밭일을 한다고!"

황당했다. 아! 비센테 아저씨가 바보라는 사실을 잠시 잊어버렸다. 하지만 이 지역은 세계적으로 유명한 장수마을이다. 90대 할아버지가 밭일을 하는 것도 결코 놀라운 일이 아니다.

비센테 아저씨의 탐정놀이는 그 후로도 계속된다. 어느 날 우리가 잠시 집을 비운 사이 누군가가 부엌에 있던 음식을 죄다 먹어버렸다. 아껴두었던 과일 잼이고 뭐고 모조리……. 그때도 비센테 아저씨는 "누가 그랬는지 짐작이 가는군" 하며 신빙성 없는 주장을 펼쳤다. 배고픈 동네 아이들이 그랬을 것이라 생각하고 넘어가려 했으나 아저씨는 동네 사람들의 알리바이를 하나하나 추측했다. 그가 탐정이었다면 아마 평생 배고프게 살았을 것이다. 그가 농부로 태어나서 참 다행이다.

당나귀의
운명

투미아누마에 온 후로 한 번도 비가 내리지 않았다. 건기였다. 그런데도 해발 2000미터에 위치한 울창한 숲에 둘러싸인 동네는 최적의 습도를 유지했다. 하지만 마을과 우리집을 가로지르는 강은 하루가 다르게 말라갔다. 평소 보이지 않던 작은 돌섬까지 생기기 시작했다. 작은 동네의 황토 빛 강은 이래 봬도 잉카들이 성스럽게 여기던 유명한 강이다. 이름하여 빌카밤바 Vilcabamba, 케추아어로 성스러운 계곡이라는 뜻이다. 마을 사람들은 밭일을 끝내고 이 강에서 몸을 씻는데 강물에 몸을 담그면 아무리 일을 많이 해도 다음날 몸이 아프지 않다고 한다. 마을 사람들은 강에 치유 에너지가 흐른다고 굳게 믿었다.

투미아누마에 온 지 2주 만에 비가 내렸다. 아침부터 하늘이 어둡고 예사롭지 않은 소리가 나더니 하루 종일 많은 비를 뿌리고 다음날 그쳤다. 언제나처럼 쾌청한 하늘에 새소리가 들리는 아침, 창고에서 낚싯줄과 후크를 찾아낸 다리오는 과수원으로 연결된 강에서 낚시를 하겠다고 분주하게 준비했다. 기다란 장대로 엉성하게 만든 낚싯대가 완성되자 다리오는 땅을 파기 시작했다. 비옥한 땅에는 파는 곳마다 지렁이가 있었다. 전날 내린 비로 강물은 꽤 불어 있고 유난히 흙빛이 진했다.

바위에 앉아 그 많은 지렁이를 다 쓸 때까지 걸린 시간은 그다지 길지 않다. 물살이 세기도 했지만 육안으로 보일 만큼 커다란 물고기들은 우리가 미끼로 잡은 지렁이만 쏙 빼먹고 도망갔다. 물고기를 잡지 못했지만 아무렇지 않았다. 어차피 '재미 삼아' 한 일이다. 우리보다 영리한 물고기들을 구경하며 바위에 앉아 발을 담그고 '시간 늦추기 놀이'(아무것도 하지 않기)를 하다 강가를 따라 걸었다. 한참 걷다 강 한가운데 생긴 섬에 갇힌 당나귀를 발견했다. 강이 말랐을 때 생긴 길을 따라갔다가 강물이 불어나자 작은 섬에 고립된 것이다.

당나귀를 도울 방법을 찾아야 했다. 동네 사람들이 일하는 밭을 한 바퀴 돌며 당나귀의 주인을 찾으러 다녔다. 마침 피망 밭에서 일하던 조세피나 아줌마를 만나 당나귀 이야기를 하자 이미 알고 있다는 표정으로 미소만 지었다. 다른 사람들도 무슨 일인지 알겠다는 표정이었다. 아줌마는 말했다.

"아무것도 하지 않는 것이 도와주는 거야. 그 당나귀는 죽으려고 그곳에 간 거야. 자신이 이제 너무 늙어 일을 할 수 없다고 생각한 거지."

당나귀의 마지막 결정을 담담하게 지켜보던 사람들은 평생 열심히 일한 당나귀에게 작은 경의를 표하듯 잠시 하늘을 쳐다보았다.

내가 만약 동물로 태어나더라도 당나귀만 아니면 좋겠다. 평생 일하고 또 일해야 하기 때문이다.

'다음 생에는 인간들 밑에서 묶인 채 일하는 동물로 태어나지 마라! 야생에서 태어나 자유롭게 가고 싶은 곳으로 떠나라.'

감각적인
하루

나는 타고난 후각을 가졌다. 오늘은 특별한 냄새 덕분에 내 코가 호사를 누렸다. 아침부터 젖은 당이 햇살에 마르는 냄새가 났다. 방에서는 며칠 전 읍내에서 사온 병아리 냄새가 났다. 부엌문을 여는 순간 내 눈에 포착된 것은 열려 있는 버터 통 뚜껑과 엄마 고양이의 토할 것 같은 얼굴…… 버터를 퍼먹은 모양이다.

어제 저녁에 요리하다 남은 나무 재를 통에 옮기는데 맛있는 냄새가 연상됐다. 아침에 잠이 다 깨지 않았을 때 맡는 커피 냄새가 좋다. 직접 따다 말려서 볶은 커피는 향기도 특별하다. 혀에 커피 맛이 전달되면 아침이 조금 더 선명해짐을 느낀다. 불을 피울 때 켜는 첫 번째 성냥의 냄새는 오랫동안 내 코에 머문다. 거위들은 벌써 일어나 목욕을 마쳤는지 반짝이는 흰털의 날개를 펄럭인다. 해가 질 때쯤 시작된 번개 소리에 시작되지도 않은 비 냄새를 맡는다. 땅이 조금씩 젖어 드는 축축하지만 신선한 냄새…….

오붓하게 둘이서 부엌에 앉았다. 비가 올 때 듣는 보사노바 음악(특별한 순간을 위해 아껴둔 얼마 남지 않은 배터리는 노래 한 곡을 더욱 애절하게 만든다) 소리와 얇은 천장 위로 빗방울이 하나둘 떨어지는 소리를 들으며 다리오는 바질을 한 주먹 뜯어다 잘게 자르기 시작했다. 향기가 내 코에 스미고 어느새 나는 행복한 상상에 빠진다. 촛불 하나로 부엌 전체를 밝히고 음악으로 나머지 공간을 채운다. 비가 온다는 핑계로 피워놓은 불에 요리를 시작했다. 기름에 잘게 썬 마늘을 볶는다. 보이지 않는 향기의 움직임은 프라이팬에 무엇을 넣느냐에 따라 달라진다. 부엌에 있는 향기 진한 귤 하나. 다리오와 여섯 살배기 존이 언덕을 내려가서 한아름 따가지고 온 것이다. 그 마지막 귤을 까먹으면서 뜨거웠던 낮의 기억을 되짚는다.

사춘기 소년 카를로스는
나의 절친

카를로스는 아주 잘생긴 열두 살 소년이다. 우리가 아침에 팬케이크를 넉넉히 만들어 먹는다는 것을 알고 늦은 아침에 빈집에 한 번씩 들르곤 한다. 피카추가 무엇인지도 모르고, 컴퓨터 게임을 해본 적도 없는 그는 별달리 하는 일이 없다. 가끔 새총으로 아주 작은 새를 잡아 깃털을 뽑고 불에 구웠다. 병아리보다 작은 새지만 구울 때는 통닭 냄새가 났다. 아마도 그것이 재미있는 모양이다. 이쑤시개 굵기만 한 새의 뼈에는 때가 낀 것같이 살이 아주 조금 붙어 있다. 카를로스가 살점을 나에게 건넸지만, 새 한 마리를 통째로 먹는다 해도 간에 기별도 안 갈 것 같아 나는 매번 거절했다.

"카를로스, 너는 학교에 안 다녀?"

모두 학교에 갈 아침 시간에 우리집에 온 그에게 물었다.

"아빠가 다녀봤자 소용없다고 했어. 그래도 난 글을 읽을 줄 알아."

"큰 도시에 나가서 좀 더 멋지게 살고 싶지 않아? 여긴 너무 작은 마을이잖아."

"우리 형이 로하^{투미아누마에서 한 시간 반 거리의 읍내}에서 일하고 돌아왔는데 별거 없다고 했어."

그의 형 이그나시오는 열여섯 살인데 그 나이에 다리오를 당혹스럽게 할 정도의 성적 농담을 하곤 했다.

카를로스가 공부를 더 하고 싶은 생각이 없다는 것은 알지만, 그가 원하지 않는 것인지 아니면 가족들이 그렇게 만드는 것인지 잘 모르겠다. 카를로스는 또래 친구들이 학교 갈 시간에 과수원을 돌며 무료하게 시간을 죽인다.

"너의 꿈은 뭐야?" 그에게 물어보았다.

"소 한 마리를 갖는 것! 그리고 그 소로 50마리를 만들 거야."

너무나 소박한 꿈이다. 그에게는 확실한 꿈이 있기에 다른 길을 기웃거리지 않아도 된다. 모두가 더 많이 공부하고 더 나은 삶을 원할 때 이곳 아이들은 그들의 아버지가 살았던 것과 똑같은 삶을 살아간다. 그런 카를로스를 보는 게 슬펐던 것은 왜일까? 정작 자신은 삶에 만족하고 있는데 제3자인 내가 그의 인생을 평가할 자격은 없다. 그러나 어린 나이에 앞으로 무엇을 할 것인지 확실하게 보인다는 사실이 안타까웠다. 자신이 무엇을 좋아하고 무엇을 하고 싶어하는지 찾아가는 과정이 빠져 있다. 아마도 꿈을 꾸는 그 과정을 교육이라고 부르는 것이 아닐까, 나름 새로운 교육의 정의까지 내렸다.

그 후로도 카를로스의 호기심을 작동시키기 위해 내가 어디에서 왔는지, 우리가 사는 곳에서는 무엇을 먹고 내 친구들은 무엇을 하는지, 사소한 것들에 대한 이야기를 들려주었다. 그는 재미있는지 눈을 반짝이며 내 말에 귀 기울였다. 그의 아버지는 내가 아들에게 쓸데없는 이야기를 한다고 화를 낼 수도 있겠지만 카를로스에게 가장 중요한 것은 꿈을 꾸게 도와주는 것이라고 생각했다. 물론 착한 카를로스가 꼭 소 50마리의 주인이 되었으면 좋겠다.

카를로스의
일터로 가다

　카를로스와 그의 형 이그나시오가 일주일에 사흘 일하는 '테란사'라는 들판의 오두막집에 초대를 받았다. 그들이 하는 일은 가족의 공동 소유로 방목하는 소 30마리를 돌보며 우유를 짜고 치즈를 만들어 돌아오는 것이다. 형제가 만드는 치즈는 맛이 좋기로 동네에 소문이 자자했다.

　언덕 세 개를 넘는 데 세 시간 정도 걸렸다. 풀과 꽃들이 바람에 날리는 언덕 위에서 내려다보는 이 지역의 전경은 근사하다. 자연에 대한 이런 표현이 맞을지 모르겠지만, 산봉우리들이 정말 잘생겼다는 말이 절로 나온

테란사로 향하는 길, 돌판에 들꽃이 가득하다(왼쪽). 이그나시오가 소젖을 짜고 있다. 산은 건강한 소들의 최고의 터전이다(위).

다. 하지만 도착해서부터 떠날 때까지 산꼭대기에 있는 외로운 오두막집을 휩쓸어갈 기세로 협곡을 타고 불어오던 황소바람은 무서웠다.

가족이 소유한 땅은 자그마치 100헥타르다. 축구경기장 100개의 공간을 누비고 다니는 소들은 모두 근육질의 반질반질한 몸을 가지고 있다. 가끔 산밑 계곡으로 내려간 소들을 끌어오는 임무 역시 형제의 몫이다. 내 눈에는 보이지도 않았지만, 그들은 소가 어디에 있는지 언덕 위에서 내려다보고 뛰어다니며 소몰이를 했다. 아무 불평 없이 일하면서 형제는 대가도 받지 않는다. 대신 몇 년 후엔 가족으로부터 소 한 마리씩 받을 것이고 그 소로 자신들의 소를 불려나갈 것이다. 아무리 가족이라지만 공짜는 없다.

다음날 아침에 일어나니 온몸이 간지러웠다. 등을 보니 모기 물린 것보다 훨씬 커다랗게 울긋불긋 솟아난 자국이 보였다. 분명 빈대에 물린 자국이었다. 아침부터 두 소년은 소를 잡으러 여기저기 뛰어다녔다. 어미소의 뒷다리를 묶어놓고 새끼소를 데리고 와서 젖을 조금 빨게 했는데 그러면 젖이 더 많이 나온다고 한다. 양동이 안에 따뜻한 우유가 20리터 정도 모였다. 젖소가 아니라서 우유의 양은 적지만 질이 좋다. 당연하다. 산골짜기를 맘대로 다니며 깨끗한 계곡물을 마시고 신선한 풀을 뜯는 소들은 최고의 우생을 사는 것이다.

보통의 열두 살보다 체구가 작은 카를로스 앞에서 벌벌 떠는 덩치 큰 소들을 보면서, 소를 부리려면 소보다 큰 카리스마만 있으면 된다는 것을 알았다. 20마리의 소젖을 짜는 일로 오전을 보내고 점점 세지는 바람을 피해 부엌의 작은 불빛 아래서 책을 읽었다. 밖에 나가 언덕을 거닐고 싶었지만 가만히 서 있기도 힘들 정도로 세게 부는 바람은 우리를 빈대 굴에서 나가지 못하게 가두었다. 테란사를 떠나기 전날 형제는 치즈 만들기에 돌입했다. 질 좋은 우유에서 좋은 치즈가 나오는 것은 당연한 일이겠지만 그들이 만드는 치즈는 정말 맛있다.

다음날도 어김없이 새로운 빈대 자국이 몸에서 발견되었다. 옷을 태우지 않으면 없어지지 않는다고 했던가. 머리의 이가 사라지니 빈대가 생겼다. 집으로 돌아오자마자 모든 옷을 세탁하고 며칠 동안 햇볕에 말렸다.

모기 몇 방 물린 것에 호들갑을 떨던 지난날 나의 모습을 생각한다. 모기 물린 것쯤은 이제 애교로 받아줄 수 있다. 세상 모든 벌레들과의 공존 경험은 나를 나름 강하게 만들었다.

다리오는 사춘기 소년 카를로스가 알려준 대로 치즈를 만들고 싶어서 동네에서 유일하게 젖소를 키우는 아줌마를 찾아갔다. 우유 통이 따로 없어서 직접 통을 가져가야 우유를 받아올 수 있다. 아침에 짠 우유를 담아주며 아줌마는 그냥 마시면 배탈이 나니 한 차례 끓여 마시라고 당부했지만 다리오는 집으로 올라오는 20분을 참지 못하고 우유를 꿀꺽꿀꺽 몇 모금이나 마셔버렸다. 덕분에 완성된 치즈의 양은 줄었지만, 예상외로 처음 만든 치즈는 대성공이었다.

1. 크림을 제거하지 않은 생우유에 동네 사람에게 얻은 레닛송아지나 양의 위 내막에 들어 있는 액으로 응고 효소를 함유하고 있으며 치즈나 우유를 응고시킬 때 쓴다을 정량 넣는다.

2. 치즈가 응고되는 것을 내내 보고 있으면 엄청 지루해지니까 재미있는 놀이를 찾는다.
(텔레비전도 인터넷도 없는 곳에서의 재미는 스스로 만들어야 한다.)

3. 오레가노를 뜯어온다. 그 사이 고양이들이 우유를 마셔버릴 수도 있으니 반드시 뚜껑을 덮어두도록 한다.

4. 시간이 지나 순두부처럼 떠오른 덩어리를 건져 손으로 혹은 분쇄기로 30분 정도 치댄다.
먹을 것 가지고 장난하면 안 된다고 배웠지만 찰흙이라 생각하고 놀아준다.

5. 중간에 소금 간을 하고(손에서 짠맛이 나오니까 적게) 잘게 썰어둔 생 오레가노 허브 잎을 넣고 형태를 잡아준다.

6. 치즈를 보관하는 데는 널찍한 바나나 잎만큼 좋은 것이 없다.

다음날 아침 밀가루를 반죽해서 잘게 썬 토마토와 오레가노가 들어간 치즈를 한 조각 넣고 주머니를 만들어 튀겼더니 피자 빵이 되었다. 마침 카를로스가 부엌 앞에서 서성이고 있었다. 새총을 찾으러 왔다고 했는데 분명 핑계라는 것을 나는 알았다.

(한국에서는 레닛을 구할 수 없어 식초나 레몬을 이용해 치즈를 응고했다. 다른 점은 끓여야 응고가 된다는 것이다. 발효되지 않은 생 치즈의 맛은 비슷하지만 치즈 맛을 보려고 달려드는 고양이들이 없으니 만드는 게 별로 재미가 없다.)

배낭을 챙기고 다시 떠날 채비를 했다. 비자 기간이 끝나간다는 말을 이해하지 못하는 동네 사람들은 우리가 떠난다는 사실에 안타까워했다. 밭일이 끝난 아저씨들이 모두 우리집에 들러 다리오와 술을 한잔씩 주고받으며 작별인사를 했다.

다시 길 위에서의 생활을 위해 미뤄두었던 일들을 하나하나 마쳤다. 구멍 난 텐트를 땜빵하고 망가진 부분을 꼼꼼히 손보았다. 거의 버려질 운명에 처해 있던 배낭도 꿰매고 고쳐서 거의 새것으로 만들었다. 물론 겉모습은 새것과는 거리가 있다. 포대자루에 넣어두었던 바나나 20개도 오가는 사람들과 나눠 먹고 구멍 난 냄비에 심어둔 쪽파와 바질을 땅에 다시 옮겨 심었다.

많이 자란 새끼 고양이들과 로하에서 산 병아리 두 마리가 중계가 된 것을 보니 시간이 환상이 아니라는 것이 피부로 와 닿았다. 이방인에게 따뜻한 가족이 되어준 라파엘 가족의 행복을 비는 마음으로 드림캐처를 만들어 처마 끝에 매달았다. 드림캐처는 악귀를 쫓는 의미에서 인디언들이 썼던 부적이다. 여행 중 집이라고 생각하는 모든 곳에 언제나 드림캐처를 만들어 매달았다. 이곳에 우리가 있었다는 표시라기보다 우리의 몸이 멀리 있어도 언제나 이곳에 남고 싶다는 바람에서다. 라파엘의 세 딸들을 위해 예쁜 나비 매듭도 만들었다.

떠나기 전날 오후 라파엘과 아내 카르멘이 포대자루를 짊어지고 왔다. 그 안에는 파인애플 꼭지가 100개 정도 들어 있었다. 심는 것을 도와주려고 했지만 그는 흥미로운 대답으로 거절했다. 뿌리가 깊고 튼튼한 식물을 심을 때는 초승달과 반달의 중간이 될 때까지 기다려야 한다고 했다. 감자처럼

다리오가 드림캐처를 처마에 매달며 잠시 우리를 받아준 집에 고마움을 전한다.

뿌리가 얕고 줄기가 가는 식물은 초승달에 심고, 귤이나 오렌지처럼 풍성한 나무로 자라길 원할 때는 보름달에 심는다고 했다. 그는 학교에서도 배울 수 없는 잉카의 지혜를 떠나는 날까지 우리에게 전해주었다. 그리고 다시 투미아누마를 찾을 때는 파인애플을 실컷 먹을 수 있을 것이라는 말로 섭섭한 작별의 마음을 재회에 대한 기대로 단숨에 바꿨다.

집을 떠나 다시 길 위에 서는 우리가 소유한 유일한 집은 파란 텐트뿐이지만 분명 투미아누마의 집 같은 또 다른 집이 운명처럼 기다리고 있다는

라파엘의 세 딸을 위해 만든 매듭 나비 세 마리.

것을 믿어 의심치 않는다. 언젠가 방랑이 끝나고 정착기를 맞는다면 투미아누마 사람들처럼 간소하고 소박한 삶의 주인으로 살고 싶다. 자기 땅에 사는 작은 벌레들까지 배려하는 그들처럼 많은 것을 수확하진 않지만 매일매일이 풍족한 사람으로 살고 싶다. 작은 것을 바라는 것이 풍족함의 이유일 것이다. 욕망이 적은 투미아누마 사람들은 이 세상에서 가장 큰 부자다. 욕심을 버리는 것이 행복의 열쇠이자 건강의 비결이라는 큰 지혜를 이곳에서 배웠다. 단출한 소유와 검소한 음식, 작은 것에서 큰 만족을 얻는 성스러운 농부인 그들은 생로병사의 비밀을 터득한 사람들이다.

욕망 자체와 욕망에 대한 공포를 없앤다면
부에 대한 찬양은 사그라질 것이고
사람들은 부의 과시나 획득과는 다른 방식으로
이웃에 대한 존경을 표시할 것이다.

—헨리 조지

chapter 5. 페루와 볼리비아
잉카에게 집으로 가는 길을 묻다

아마존을 거꾸로 가는 지와 다리오

쿠에랍의 1000년 전 집터에
사람이 살았던 흔적은 사라진 지 오래다.
대신 그 자리에 붉은색 들꽃들이 피고 새들이 둥지를 틀었다.
발밑에 밟히는 이끼 하나조차도
이 세상을 아름답게 하기 위해 존재한다는 사실을
텅 빈 쿠에랍을 걸으며 명상했다.

'나는 이길 필요가 없다No Tengo que ganar.'

아구아루나Aguaruna 인디언들이 삶의 권리를 위해 싸울 때 그들을 지지하는 리마의 젊은이들이 만든 거리의 메시지다. 우리는 그 의미가 인간이 가질 수 있는 최고의 존엄성을 지키는 데 이미 승리한 그들을 향한 위로의 말이라고 생각한다.

석 달간의 에콰도르 생활을 뒤로 하고 페루 국경을 건너왔다. 국경지대의 교통은 비싸고 느리기 짝이 없다. 간신히 하엔Jaen이라는 먼지 날리는 작은 도시에 도착해서 우리의 첫 번째 페루 정거장이 될 '차차포야'로 가려고 다음날 아침 일찍 떠날 채비를 했다.

"뉴스 안 봤어요? 여기서 바구아아마조나 주의 소도시까지 인디언들이 길을 막고 시위를 하고 있어요. 트럭이고 버스고 휴업 상태예요. 지금은 그곳을 지나는 것 자체가 위험해요. 언제 무슨 일이 일어날지 모르니까."

여인숙 아줌마의 이야기를 듣고 차차포야로 가는 다른 방법을 수소문했지만 불가능해 보였다. 딱 한 가지 방법이 있긴 했다. 시위를 하는 곳까지 콜렉티보Collectivo, 여럿이 함께 타는 페루의 택시를 타고 현장까지 간 다음, 막힌 도로는 걸어서 통과하는 것이다. 얼마나 걸어야 할지 잘 몰랐지만 무작정 콜렉티보에 몸을 실었다. 달리던 차가 속도를 줄이며 바위와 나무로 바리케이트를 친 시위현장의 시작점에 섰다.

"여기서부터는 더 이상 갈 수 없어요." 운전수는 돈을 걸으며 말했다.

아구아루나는 페루의 아마존 정글에 사는 인디언들이다. 잉카에 정복당하지 않은 몇 안 되는 부족 중 하나로 용감한 전사들로 유명하다. 그들이 아마존 정글에서 도시로 나와 파란 천막을 치고 도로를 봉쇄한 이유는 페

카메라 앞에서 포즈를 취해주는 아구아루나족 남자들.

루 정부가 정글 개발권을 미국의 한 기업에 넘기는 바람에 졸지에 집을 잃을 상황에 처했기 때문이다. 그들에게 정글은 물리적인 '집'이 아니라 영혼과 묶인 그들 자신이다. 그 사실을 정부는 이해하지 못했다. 다만 인디언들을 보상금에도 꿈쩍 않는 발밑의 장애물 같은 존재로 여겼다.

포클레인에 의해 정글은 훼손됐고 식수로 쓰는 깨끗한 강은 진흙탕으로 변했다. 하지만 사정을 들어주는 사람은 아무도 없었다. 마지막 방편으로 그들은 아마조나 주를 지나는 유일한 도로를 막고 시위를 하는 것이다.

우리가 얼마를 걸어야 할지는 중요하지 않았다. 스페인어를 하는 아구아루나 부족 남자들에게 당신들의 시위는 정당하며 우리와 다른 도시의 많은 사람들이 지지하고 있다고 말했다. 조금이나마 힘이 되고 싶었다. 땡볕에 파란 천막 안에서는 아낙네들이 시내에 사는 사람들에게 지원받은 쌀로 밥을 짓고 있었다. 식량은 쌀밥에 감자뿐이다. 이방인의 응원이 그들을 감동시켰는지, 한 아저씨가 아구아루나족의 상징인 기다란 나무 창을 다리오에게 쥐어주었다. 사진 찍히기를 싫어하는 인디언들이지만 우리의 작고 오래된 디지털 사진기 앞에서 포즈를 취하며, 외부 사람들에게 자신들의 상황을 알려달라고 부탁했다.

그리고 3일 후 유혈사태가 벌어졌다. 26명의 인디언들이 그곳에서 죽음을 맞았다. 무기가 없는 그들에게 경찰은 총을 쏘았다. 경찰들은 그들의 나무 창이 무기라고 말했다. 페루의 공영방송은 인디언들을 '야만인^{Salvaje}'이라고 부르며 적으로 만드는 데 급급했다. 힘없는 그들이 왜 싸워야 했는지는 설명하지 않았다. 아구아루나는 그저 교육받지 못한 정글 사람들이니까. 나는 아직도 그날의 뉴스를 생각하면 눈시울이 붉어진다.

인디언 축제가 차차포야에서 열린다는 소식을 듣고 일부러 외부인의 발길이 드문 아마조나 주까지 찾아온 길이었다. 아구아루나 인디언들이 죽어가는 비극의 와중에 축제는 취소되었다. 전 남미 인디언들이 한자리에 모이는 장관을 보는, 평생에 한 번 올까 말까 한 기회는 물 건너갔지만 당연하다고 생각했다. 대신 우리는 더 특별한 사건의 증인이 되었다.

　사람들은 축제를 일주일 앞두고 들뜬 마음을 드러낼 겨를도 없었다. 축제 준비 대신 아구아루나족을 위해 식량을 모으고 집집마다 창문에 '아구아루나! 우리가 당신과 함께 합니다Aguarunas! Estamos contigo'라는 팻말을 적어 붙였다. 밤마다 중앙광장에 모여 평화적인 촛불시위를 했다. 함께 피 흘리며 싸우지 않았다고 그들이 시위에 함께하지 않은 게 아니다. 아마조나 주 전체가 깊숙이, 아주 깊숙이 아구아루나족과 함께하고 있었다.

카하마르카 시내에서 열린 촛불시위.

차차포야의 마추픽추로 불리는 쿠에랍으로 가는 쉬운 방법이 있지만 그만큼 돈이 많이 든다. 편리함의 비용을 지불할까 아니면 불편한 대로 돌아가야 할까라는 고민의 시간은 길지 않았다. 남들이 가기 싫어하는 힘든 길이 더 매력적으로 보이기 때문이다.

덕분에 아마조나 주의 불편하고 느려터진 대중교통을 제대로 경험했다. 미니버스를 타고 '팅고'라는 마을까지 한두 시간 걸리는 길을 가기 위해 차에 사람이 가득 찰 때까지 무려 두 시간을 기다렸다. 최대한 많은 손님을 태우려는 버스 주인의 욕심 때문이다. 정부로부터 아무런 혜택을 받지 못하는 아마조나 주 사람들은 '대중을 위한'이라는 말을 태어나서 한 번도 들어

본 적이 없는 듯했다. 교통비는 또 얼마나 비싼지 버스로 한 시간 거리를 가는 데 한 사람당 무려 6000원이나 한다. 이곳의 임금을 고려하면 엄청 비싼 것이다. 버스 주인은 배째라는 식이다. 11시부터 1시까지 주인이 더 많은 손님을 기다리며 그늘 아래서 카드놀이를 하는 동안 우리를 포함한 열댓 명의 승객들은 후덥지근한 차고에서 기다렸다. 화가 있는 대로 난 나는 사람들에게 큰소리로 말했다.

"운전수에게 가서 따집시다! 모두 내리겠다고 하면 버스 주인은 분명 지금 당장 출발하겠다고 할 거예요!" 사람들은 화를 내는 내가 오히려 이해가 가지 않는다는 눈빛을 보냈다.

"시간이 돈이라는 말도 몰라요? 남의 시간을 낭비하면 안 된다구요!"

아무도 내 말에 동요하지 않았다. 사람들의 두 시간을 무참히 가져간 버스 주인의 기세는 더욱 등등해졌다. 나는 어느덧 모모의 친구들을 찾아가 시간이 금이라고 가르치는 '회색 신사'의 일원이 되어 있었다. 그들은 기다림에 익숙하다. 나는 기다림을 참지 못한다. 이곳에서 나는 이상한 사람이다.

우여곡절 끝에 팅고에 도착해서 산에 오른 지 다섯 시간 반 만에 저 멀리 쿠에랍이 눈에 들어왔다. 1000년 전 차차포야 문명이 건설한 해발 3000미터 산꼭대기에 위치한 도시 쿠에랍. 그들의 언어로 '추운 곳'이라는 뜻이지만 산에 오르는 동안 춥기는커녕 너무 더워서 보이는 개울가마다 멈춰서 신선한 물로 얼굴을 씻었다. 다리오는 물가에 앉아 있다가 벌에 쏘였는데 그 부위가 공교롭게도 눈두덩이다. 순식간에 부어올라 도톰해진 모습이 안쓰럽기도 했지만 너무 웃겨서 참지 못하고 나는 박장대소하고 말았다. 좀처럼 화를 내지 않는 다리오도 이번에는 제대로 삐친 듯했다. 시비도 걸지 않았는데 벌이 날아와 눈두덩에 침을 쏜 것도 억울한데, 배꼽 잡고 웃는 내가 미

웠을 법도 하다. (절대 남의 고통에 웃어서는 안 된다는 가르침을 그로부터 7일 후 얻게 된다. 버스를 기다리던 중 벌 한 마리가 옷 속으로 침투하더니 나의 옆구리를 쏜 것이다.)

　장엄하게 둘러싼 높은 벽에 한 사람이 들어갈 만한 좁은 문이 있었다. 잉카들이 어떠한 전략으로 산꼭대기에 있는 쿠에랍의 철통경비를 뚫었을지 궁금하지만 승자도 패자도 기록을 남기지 않았다. 마추픽추처럼 완벽하게 정돈되진 않았지만 오랜 시간 돌 벽을 타고 자란 넝쿨과 그림처럼 피어난 이끼들을 보고 있으니 마치 그곳을 처음 발견한 탐험가가 된 것 같은 기분이 들었다. 시간이 멈춰버린 듯했다. 한 바퀴를 도는 동안 아무도 나타나지 않았다. 커다란 역사의 공간에 우리 둘뿐이다. 울창한 숲으로 이뤄진 쿠에랍의 1000년 전 집터에 사람이 살았던 흔적은 사라진 지 오래다. 대신 그 자리에 붉은색 들꽃들이 피고 새들이 둥지를 틀었다. 발밑에 밟히는 이끼 하나조차도 이 세상을 아름답게 하기 위해 존재한다는 사실을 텅 빈 쿠에랍을 걸으며 명상했다. 자연 그대로가 그 어떤 장식보다 화려하고 아름다울 수 있다는 것을 진심으로 말해주는 듯했다.

빈집에서의 하룻밤.

존재의 이유:
떠나라, 웃어라, 행복해라

　어둑해질 무렵 쿠에랍에서 내려오는 길에 발견한 빈집 마당에 텐트를 쳤다. 주인은 멀리 떠났다고, 키가 무릎만큼 자란 마당의 잡초들이 말해주었다. 이 세상 만물은 대부분 그들만의 언어로 말을 건넨다. 어쩌면 우리가 쓰는 언어보다 더 효과적일지 모른다.

　하룻밤을 편안하게 보내고 팅고로 돌아와 다음 행선지인 레이메밤바 Leymebamba로 가는 버스를 기다렸지만 없었다. 식당 아줌마는 하루에 두 번 있는 버스가 떠난 지 얼마 되지 않았고 어차피 자리가 하나도 없었으니 오늘 레이메밤바로 갈 수 없는 것이 우리의 운명이라고 했다. (남미 사람들은 유난히 운명에 따르기를 좋아했다.) 우리는 운명을 받아들이는 것을 싫어하므로 이름만 귀엽고 볼거리는 전혀 없는 팅고 마을을 벗어나기로 결심했다.

밤이 되자 짐을 가득 실은 카고 트럭들이 마을을 지났다. 다리오가 식당에서 밥을 먹고 있는 트럭 운전사들에게 레이메밤바로 데려다 달라고 부탁했지만 대답은 "No"였다. 짐을 실은 트럭 지붕 위에 올라타겠다고 했는데, 그들은 밤에 가로등 하나 없는 구불구불한 도로에서 우리가 떨어지지나 않을까 염려되는 모양이었다. 마침내 한 아저씨가 다리오의 간절한 부탁에 응했다. 무거운 배낭을 메고 커다란 트럭 위의 사다리를 타고 오르는 것이 조금 힘들었지만 안전하게 자리를 잡았다.

비포장도로의 연속이다. 바람을 싫어하는 나를 위해 다리오는 재킷을 벗어 나의 얼굴을 덮어주었는데 세 시간 후 트럭에서 내릴 때 정작 본인은 금발이 되어 있었다. 속눈썹까지 고운 먼지가 뿌옇게 앉아 금색으로 변했다. 웃어야 할지, 아니면 이 가난한 여행에 울어야 할지 고민하다 큰소리로 웃어버리자 다리오는 어이없다는 듯 나를 쳐다보았다. 히치하이킹을 잘못하면 머리 색까지 바뀔 수 있다는 새로운 사실을 알았다.

아주 오랜만에 하룻밤에 1만 원이나 하는 동네 최고급 여인숙에서 여행의 먼지를 털었다. 샤워가 급하기도 했고, 무엇보다 오늘의 고생에 대한 보상으로 우리 자신에게 조금은 편안한 잠자리를 선물하고 싶었다. 간만에 매트리스의 중앙 부분이 푹 꺼지지 않은 제대로 된 침대에서 잠을 자고 일어나니 제대로 피로가 풀린 듯했다. 하지만 이런 호강은 하룻밤으로 족하다. 다시 가방을 챙기고 콘도르의 호수Lagunas de los condores로 향했다.

언젠가 〈내셔널 지오그래픽〉에서 이곳에 대해 읽은 적이 있다. 1996년에 한 농부가 밭일을 하다가 수십 개의 미이라를 발견했다는 내용이다. 콘도르의 호수까지 가는 길이 대충 그려진 공짜 지도를 참고하려 했지만, 온통 숲이 우거진 지형이어서 사람의 길인지 소의 길인지 헷갈린다. 지도 보기는 거의 불가능하다. 게다가 호수로 가는 길 표지를 누군가가 일부러 훼손하거나 감춘 듯했다. 나중에 알게 된 바, 호수 주변의 땅 주인이 외부인의 출입을 못마땅하게 여겨 표지판을 훼손했다는 것이다. 그 땅이 얼마나 큰 고고학적 의미가 있는지는 땅 주인에게 아무런 의미가 없다. 덕분에 우리는 이틀 동안 산속을 헤맸다.

언제나처럼 헤맨 덕분에 얻은 것이 있었다. 다리오는 한적하고 아름다운 계곡 옆에 앉아 구멍 난 배낭을 수선하고 나는 오랜만에 글을 쓰고 자연을 만끽했다. 어차피 호수까지 가도 아무것도 보지 못하고 돌아왔을 것이다. 200개의 미이라가 동네의 박물관에 보관되어 있었으니 말이다.

그날 박물관을 찾은 방문객은 우리가 유일한 듯했다. 불이 꺼진 박물관을 돌아다니며 직접 스위치를 찾아서 불을 켜야 했다. 마지막 방에는 미이라가 무더기로 쌓여 있었다. 뼈만 앙상한 미이라를 보며 그들이 존재했을 때의 모습을 떠올려보려고 했지만 불가능했다. 그들이 존재했었다는 사실이 허무하게 느껴졌다. 나도 그렇게 될 거라는 부인할 수 없는 사실이 뇌리를 스치자 어차피 언젠가 생명이 다 타버린다면 매 순간 즐겁고 행복하게 살고 싶다는 생각이 들었다.

박물관을 나와 곧장 동네에서 만드는 맛 좋은 생크림 요구르트를 먹으러 갔다. 행복이 영원하지 않다면 지금 이 순간을 어떻게든 행복하게 만들겠다는 신념이 생겼다. 지금 우리의 존재 이유는 단 한 가지! 맛있는 요구르트를 먹는 것이다.

트럭 지붕을 얻어 타고 달린 밤길, 다리오의 머리와 수염이 먼지로 금발이 되었다.

신성한 땅의
신성한 사람들

　아마존 정글에 안데스산맥이 살짝 얹혀 있는 페루 북부 아마조나 주의 마라뇬 강은 산사람들과 정글사람들 모두에게 신성한 곳이다. 그곳에선 그들의 두 신神이 하나가 된다.

　감자 실은 트럭 짐칸을 얻어 탈 수도 있었지만 악명 높은 이 길만은 편안하게 버스로 가기로 했다. 144킬로미터를 가는 데 차로 여덟 시간 정도 걸리는데 그때그때 상황에 따라 걸리는 시간이 달라진다. 어설프게 만들어진 비포장도로는 차 한 대가 지나가기에도 비좁다. 말라버린 돌 벽에서 계속 돌들이 떨어져 가끔 차량이 낭떠러지로 추락하는 큰 사고로 이어지기도 한다. 이 최강의 구불구불 도로는 해발 3678미터까지 오르고 950미터까지 내려갔다가 다시 2500미터까지 오른다.

　시속 15킬로미터로 달리는 버스 안에서 사람들은 토를 해대고 인디언 꼬마들은 오줌까지 싸댔다. 거북하기 짝이 없지만, 사람들의 마음만큼은 순례자처럼 성스럽다. 옆자리의 할머니는 가는 내내 묵주를 손에서 놓지 않았다. 인디언들은 궁상스러운 겉모습이 무색하게 신성한 눈빛으로 창밖을 보며 말할 수 없이 아름다운 대지의 어머니에게 기도를 했다. 나는 가끔 졸다가 머리를 창문에 부딪쳤는데 그런 일이 열 번 이상 계속되니 아예 잘 생각을 하지 않게 되었다. 초강력

버스에서 찍은 마라뇬 강의 장관.

멀미 속에서도 마라뇬 강이 주는 신성한 기운을 놓치지 않으려고 애썼다.

스페인 사람들이 강에서 원주민들을 만나 "우리가 도대체 어디에 있냐?"고 물었더니 원주민들이 "페루"라고 대답했다는 장면을 상상했다. 원주민의 언어로 페루는 '강'이라는 뜻이다. 원주민들은 강가에 서 있는 사람들에게 강에 있다고 말했을 뿐인데 스페인 사람들은 그때부터 이 원주민들의 나라를 '페루'라고 불렀다. 사람들은 자기가 듣고 싶은 것만 듣는 데 선수다. 어쨌든 이것이 페루라는 이름의 유래다. 이 나라는 거대하다. 안데스산맥의 중심부와 아마존의 시작점이 이곳에 있다.

걷고 걸으면 어느새 마음의 응어리가 풀리는 것 같다.

버스에서 내리자 새벽의 쌀쌀한 날씨가 반겼다. 우리를 목 빠지게 기다리는 것이 또 있었다. 근방의 모텔 삐끼들이다. 아침 해가 뜨고 멀리 만년설을 뒤집어 쓴 안데스산맥의 봉우리들을 보는 순간 추운 날씨에 움츠러들었던 몸과 마음이 설렘으로 달아올랐다. 드디어 안데스의 허리에 도착한 것이다. 삐끼들을 요리조리 피해 길거리 약방 같은 엔몰리엔테천연차를 한잔 마시자 추위도 견딜 만해졌다. 엔몰리엔테는 역시 새벽에 마셔야 제 맛이다.

페루의 밤거리에서 엔몰리엔테를 끓이는 손수레를 보면 그렇게 반가울 수 없다. 그들은 나름의 지식을 바탕으로 증상에 따라 다양한 차를 끓인다. 한번은 배가 아프다고 하자 알로에와 약초를 넣은 아주 쓴 차를 만들어주었는데 끝까지 마시기 곤혹스러울 정도였다. 그 후로 나는 그냥 추운 데 좋은 차를 달라고 말하는데 그러면 대부분 레몬을 넣은 달콤한 꿀차를 만들어준다는 것을 터득했기 때문이다. 다리오는 숙취에 좋은 것을 달라고 했다가 아침부터 눈에 핏줄이 설 정도로 역한 약초차를 받은 후 절대 엔몰리엔테를 마시지 않는다. 입에 쓴 약이 몸에 좋다는 것은 만국 공통인 모양이다.

아침부터 바쁘게 지나는 사람들을 지나 시장을 찾아갔다. 저렴한 신발이 있으면 하나 장만할 참이었다. 1년 동안 남미의 험한 길을 나와 동행한 신발 바닥에 구멍이 나기 시작했다. 구멍으로 양말이 만져질 정도지만 생각보다 비싼 신발 가격 때문에 그냥 버텨보기로 하고 돌아섰다. (나는 그 신발을 버리지 않고 나중에 리마의 시장에서 5000원을 주고 밑창을 덧대서 신었다.)

와라스에 오는 사람들의 90%는 트레킹이 목적이다. 우리가 온 이유도 같다. 4~5일이 걸리는 산타크루즈 트레킹 코스는 와라스에서 가장 많은 사람들이 걷는 길이다. 우리는 가이드와 동행할 계획이 전혀 없었지만 작은

지도라도 구하고자 한 여행사로 들어갔다. 거기서 프랭크를 만났다. 여행
사를 운영하는 프랭크는 산을 좋아하는 와라스 토박이로 우리가 어떤 부류
의 여행자인지 한눈에 알아보았다. 그는 우리에게 모든 정보를 주고 마지막
으로 한마디 했다.

"텐트랑 침낭은 가지고 있지? 굳이 가이드를 쓰지 않아도 충분히 갈 수
있어. 당신들처럼 여행하는 사람들이라면 짐을 지는 당나귀도 필요 없지.
식량을 준비하고 바로 떠나면 돼!"

쿨한 여행사 주인을 만나 정보란 정보는 공짜로 다 얻었다. 답례로 그
에게 이익이 될 만한 것이 없을까 생각하다가 하루 대여료가 2000원인 캠
핑용 가스버너를 빌렸다. 그는 반쯤 남은 부탄가스 통을 덤으로 주며 돌아
오면 며칠간 자기 집에서 재워주겠다는 약속까지 했다. 눈치 빠르고 잘생긴
여행사 주인도 밥 먹고 살아야겠지만 그는 우리가 고객이 될 인물들이 아니
라는 것을 알고 있었다. 대신 친구가 되었다.

일주일 식량으로 쌀 1킬로, 파스타 1킬로, 고구마, 마늘, 양파, 토마토,
고추, 치즈 덩어리, 빵 20개, 봉지 커피 5개와 코카잎 한 봉지를 꾸렸다.

첫날

봉고 버스로 카라즈^{Caraz}에 도착한 뒤 다시 차를 갈아타고 카샤팜파
cashapampa라는 작은 마을로 갔다. 3시 반에 산타크루즈 길을 시작했지만 중
간에 한참 길을 잃었다. 죽은 말이 반쯤 부패되어 있는 것을 지나고 작은 강
을 어렵사리 건넜다. 시작이 순탄치 않다. 제대로 된 길을 찾는 데 시간을
보내고 날은 금세 어두워졌다. 평지가 나오지 않아 불안해질 즈음 그럭저럭
평평한 곳에 텐트를 치고 늦은 저녁을 지었다. 가스버너 덕에 지와 다리오
캠핑 역사상 처음으로 덜 익지도 불지도 않은 완벽한 스파게티를 만들었다.

아침햇살을 받으며 일어나 미리 받아놓은 계곡물을 끓였다. 혼자 말을 타고 지나가는 소년과 아침 인사를 나누고 가는 길에 먹으라고 빵 하나를 건네주었다. 평소 좋아하지 않는 인스턴트커피를 따뜻한 물에 타서 나뭇가지로 잘 저었다. 화창한 하늘이지만 아침 기온이 내려가서인지 커피 맛 나는 뜨거운 물이 유난히 맛있게 느껴진다. 우리의 캠핑 법칙은 가까운 곳에 시냇물이나 강이 있어야 한다는 것인데, 오늘은 물을 뜨느라 위험을 감수해야 했다. 가파른 내리막길에 잡초가 키만큼 무성해서 발을 헛디디면 물에 빠질 수도 있었다. 다리오는 내가 못미더운지 절대 물가에 오지 못하게 했다.

쉬지 않고 네 시간쯤 걸었다. 가끔 논쟁을 하거나 아무 말 없이 걷기도 했다. 커다란 호수에 도착해서 따뜻한 햇살 아래 잠깐 쉬는데 일어나기 싫을 정도로 기분이 좋았다. 배고픔을 핑계로 라면을 끓여먹었다. 야채가 가

한낮의 뜨거운 자외선이 기분 좋은 이유는 밤에 닥쳐올 추위를 알기 때문이다.

득 담긴 라면을 먹자마자 하늘은 흐려지고 높은 고도에 추위가 느껴졌다. 추위의 최고 해결책은 다시 걷는 것이다. 걷다 보면 어느새 등줄기가 서늘해질 정도로 땀이 나곤 한다. 호수를 지나 두 시간을 더 걷자 알파마요 베이스캠프Alpamayo base camp로 빠지는 길이 나왔다. 그곳에서 이틀 동안 좋은 날씨를 즐겼다. 우리의 목적은 트레킹을 빨리 끝내는 것이 아니므로 마음에 드는 곳이 나오면 멈춘다. 어차피 계획도 없다.

셋째 날

말수가 아주 적은 하루다. 다리오는 주변의 호수를 보러 가고 나는 음식을 탐내는 소들을 쫓아내고 마른 나뭇가지에 불을 지펴 고구마를 삶았다. 저녁 때 세 명의 호주 남자와 현지인 가이드가 당나귀 두 마리에 짐을 하나 가득 싣고 왔다. 2주 휴가로 호주에서 36시간 비행기를 타고 와라스의 알파마요 빙산을 걷기 위해 왔다고 한다. 그때까지 이곳이 전세계 등산인들의 파라다이스라는 사실을 몰랐는데 시차와 고도에 미처 적응하지 못한 세 남자가 산에 오르겠다고 하는 것을 보니 새삼 우리가 대단한 곳에 와 있다는 것을 실감했다. 그들이 짐을 풀자 등산용품 점포가 따로 없을 정도다. 숟가락 하나까지도 전문 등산용이다. 우리의 텐트와 몰골을 보고 꽤나 충격을 받은 듯한 그들이 춥지 않냐고 물었다. 별로라고 답했다. 세 남자와 동행한 가이드 겸 당나귀 주인이 우리에게 스페인어와 영어 통역을 해달라고 하는데 그의 발을 보고 깜짝 놀랐다. 영하의 날씨에 맨발이 보이는 허름한 폐타이어 신발을 신고 있었다. 춥지 않냐고 물으니 그는 별로라고 했다. 모든 것은 역시 익숙해지기 나름인가 보다.

넷째 날

가장 어려운 코스인 푼타유니온punta union, 해발 4750미터을 넘어야 한다. 해발

알파마요 정상(5847미터)을 배경으로.

4000미터가 훨씬 넘는 경사에서 당나귀에게 모든 짐을 맡긴 사람들도 5분마다 발길을 멈춘다. 우리는 무거운 배낭을 짊어지고 빠른 속도로 그들을 지나쳤다. 예전 잉카들이 그랬던 것처럼 코카잎을 씹었다. 페루의 시장에서 쉽게 볼 수 있는 코카잎은 좋은 민간요법 허브다. 코카잎에는 아주 강한 카페인이 있어서 높은 고도에 대한 적응이나 추위, 피곤함을 잠시 잊게 해준다. 과학자들의 연구에 따르면 코카잎에는 녹차보다 훨씬 많은 비타민이 들어 있어서 녹색 채소를 구할 수 없었던 고지대의 안데스 원주민들은 코카잎으로 부족한 영양소를 섭취했다고 한다. 맛은 별로지만 신이 준 선물이라고 해서 먹었다. 코카를 씹는 데도 규칙이 있다. 3장씩 잎을 포개서 옆에 있는 사람에게 먼저 건네고 받는다. 물이 다 빠진 잎은 그냥 바닥에 퉤 뱉으면 안 되고 반드시 손으로 받아 땅에 버린다. 코카잎은 신이 내린 선물이기에 최대한의 존경을 보이는 것은 당연하다.

푼타유니온에는 에메랄드색 호수가 있는데 햇살이 비치면 표면에 은이 반짝이듯 보석처럼 귀한 색을 낸다. 물론 우리의 허접한 카메라로 포착하는 것은 불가능했지만 내 기억 속에 있으니 그것으로 족하다. 푼타유니온 이후는 계속해서 내리막길이다. 정확히 그때부터 비가 내리기 시작했는데 무척 괴로웠다. (추위를 떨쳐버릴 방법을 미처 터득하지 못한 나.) 작은 동굴로 피신해서 하룻밤을 보냈다. 갈 길이 아직 멀다. 포마밤바pomabamba 마을까지 산봉우리를 두 개 더 넘어야 한다. 문제는 그 산봉우리가 동네 산이 아니라는 것이다.

다섯째 날

제기랄…… 그 말뿐이다. 가끔 다리오에게 짜증을 내는 것으로 스트레스를 풀지만 별 효과가 없다. 오늘의 목적지는 케슈아Queshuar라는 커다란 호수가 있는 마을이다. 길을 떠난 지 정확히 일곱 시간 반 만에 동네 사람들의 모습이 보이기 시작했다. 양털을 깎고 있는 아줌마들과 인사를 하고 빈집 뒤의 평평한 땅에 텐트를 쳤다.

밤하늘에 별들이 쏟아질 정도로 많다. 다리오와 별이 비치는 호수를 보러 나갔는데 검은 호수가 어찌나 무서운지 빨려 들어갈 것만 같다. 여행을 하는 동안 점점 발달한 나의 상상력은 아름다운 상황에서도 공포스러운 분위기를 만들어낼 수 있는 수준에 이르렀다. 비현실적으로 신비한 자연의 아름다움을 보면 소름이 돋는데 나의 신경은 그것을 공포로 잘못 받아들이는 게 틀림없다.

여섯째 날

지도상으로 계산해보면 트레킹의 종착지인 포마밤바에 도착하는 날이다. 하루 일곱 시간 이상 걷기만 하는 나날에 피로와 추위로 짜증이 제대로 났다. 하지만 트레킹 길은 되돌아갈 수 없다. 목적지에 도달해야 모든 것에서 해방될 수 있다. 인생의 숙제와도 유사하다. 버스를 타고 돌아가버리고 싶었지만 도로라는 것은 구경도 할 수 없는 오지 중의 오지다.

마지막 캠핑 사이트는 야이노족 유적지 Ruina de Yaino다. 잉카 이전에 야이노라는 부족의 도시가 해발 4120미터에 있었다. 마추픽추보다 훨씬 오래된 아주 중요한 유적이지만 페루 정부는 돈벌이가 안 되는 오지 유적지엔 관심이 없다.

잉카에 정복당하기 전 야이노들은 이 높은 곳에 왕국을 짓고 살았다. 왜 이렇게 높은 곳에 나라를 세웠는지 나로서는 이해가 가지 않지만 아마도 신과 가까이 있기를 원했던 것 같다. 해가 됐건 달이 됐건 눈 덮인 산이 됐건 그 모든 것은 하늘과 가까이 있으므로 높은 곳에 살 이유가 충분했다.

추울 때는 역시 먹는 게 상책이고 배가 부르면 잠을 자는 게 두 번째 상책이다. 식량도 거의 바닥이 나고 배낭은 나날이 가벼워진다. 마을을 지날 때 반 리터짜리 물통에 물을 담아왔지만 파스타를 삶을 물이 없다. 다리오는 텐트 옆에 고인 황토색 빗물을 쓰자고 제안했다. 별다른 수가 없다. 물에는 보기에도 무수히 많은 생물이 살고 있다. 다행히 가스는 여유가 있었다. 물을 팔팔 끓여서 박테리아를 없애는 데 에너지를 쏟다 보니 파스타가 너무 익어버렸지만 맛있게 일용할 양식을 먹고 바로 침낭으로 들어갔다.

보통 나는 머리만 붙이면 잠이 드는데 트레킹을 시작한 후 새벽에 일어나 몇 시간씩 멀뚱멀뚱 텐트 천장만 바라보는 나날이 계속되었다. 나는 고도 때문이라고 단정 지었지만 다리오는 내가 잠을 너무 많이 자서 그렇다고 했다. 사실 해가 떨어질 때쯤 밥을 먹고 나면 추위 때문에 텐트 안으로 들어

야이노족 유적지 위에서 내려다본 세상은 구름에 떠 있는 느낌이다.

와야 하고 그 시간대가 대략 7시다. 다리오의 의견은 7시에 잠들어서 일곱 시간을 푹 자고 일어난다 해도 새벽 2시라는 것. 그 말도 일리가 있다. 어쨌든 몸의 피로는 하룻밤 자고 나면 온데간데없다.

일곱째 날

아침에 눈을 뜨자 텐트 너머로 태양이 느껴졌다. 문을 열자 눈 덮인 산봉우리들이 구름 위에 떠 있다. 신비한 에너지와 구름 너머 보이는 또 다른 구름 같은 만년설이 신성하기 그지없다. 비로소 야이노들이 왜 이곳에 도시를 만들었는지 진심으로 이해할 수 있었다. 그들이 제사를 지냈다는 가장 높은 곳의 가장 커다란 원형 건물에 올라서 말없이 산을 내려다보았다. 이 광경을 보는 것만으로 지난 6일 동안의 고생은 충분히 가치 있다. 산은 나

포마밤바 축제.

의 부정적인 에너지를 신성한 에너지로 바꿔주었다. 나는 치유받고 용서받았으며, 삶과 존재에 대한 감사함을 가득 품고 내려왔다.

　포마밤바로 가는 중간에 길을 잃었다. 하지만 여행 중 길을 잃는 것이 얼마나 행운인지 제대로 보여주는 일이 일어났다. 우리가 가진 지도에는 나와 있지도 않은 작은 마을을 우연히 지나는데 축제 중이었다. 마을 중앙의 작은 광장에는 사람들로 발 디딜 틈이 없다. 모두 전통의상을 입고 춤을 추고 있었다. 가장 인상적인 것은 안데스를 상징하는 커다란 콘도르의 모형을 뒤집어 쓴 소년이었다. 모형의 크기는 거의 소년의 키만 하다. 우리가 콘도르에 관심을 보이자 마을의 학교 선생이라는 뚱뚱한 아저씨가 다가와 설명을 해주었다.

　마을의 전통축제는 콘도르를 한 마리 잡는 것으로 시작했다고 한다. (현

재는 멸종 위기의 콘도르를 보호하기 위해 절대 잡지 않고 모형을 이용한다.) 날개
의 길이가 3미터나 되는 커다란 콘도르를 잡는 방법이 아주 흥미롭다. 산꼭
대기에 생고기를 미끼로 두고 콘도르가 와서 고기를 먹는 사이 콘도르의 다
리를 묶어둔다. 포식자가 없는 콘도르는 아주 둔한 새라고 한다. 커다란 새
가 날지 못해 퍼덕일 때 새의 입에 그들이 마시는 전통주 치차를 들이부어
취하게 만든다. 내려오는 길에는 새도 사람들도 얼큰하게 취하고 마을에 도
착하면 축제가 시작된다. 그들의 술 치차는 신과 인간의 경계가 없는 술이
다. 페루의 안데스 원주민들에게 신과 같은 옥수수로 만든 치차는 그들을

산의 정상에 서는 것은 아주 특별한 경험이다.

신과 더 가깝게 만든다.

　동네 아저씨들은 다리오에게 치차를 계속 권했고 마을을 떠날 때쯤 그는 기분 좋게 취해 있었다. 야이노족의 신에게 축복을 받아서인지, 아니면 산의 신성한 기운 때문인지 마을 사람들은 그들이 가진 마법의 눈으로 우리가 아침 내내 굶었다는 것을 꿰뚫어보고 기꺼이 우리의 배를 채워주었다. 그러고 보면 여행이란 마법과도 같다. 설명할 수 없는 일들이 계속 일어나니 말이다. 그 마법이 여행만이 아닌 나의 일상에서도 계속되길 바라고 또 바랐다.

쿠스코의 달동네 옥탑방에서

쿠스코가 한눈에 보이는, 전면이 유리로 된 펜트하우스다.
나에게는 더없이 멋진 집이지만
사람들은 비닐하우스라고 불렀다.
밤이 되면 온도가 영하 가까이 떨어지는데
안과 밖의 차이가 없다는 것이 흠이지만
쿠스코에 온 지 3일 만에 그렇게 우리집이 생겼다.

우리는 어느덧 잉카의 발자국을 따라가고 있었다. 그리고 그들이 배꼽이라 부르던 그곳에 가까워질수록 그리워하던 사람을 만날 날이 가까워온 것처럼 설레기 시작했다. 20시간 동안 버스를 탔는데, 여행한 이래 이렇게 편하게 버스에서 하룻밤을 보낸 적은 없는 것 같다. 값싼 티켓을 찾던 우리에게 버스 운전사가 요금의 반값에 트렁크를 내주었다. 남미에서는 버스 이동시간이 길어서 두 명의 운전사가 번갈아 운전을 하는데 우리에게 판 자리는 운전사들이 잠깐씩 눈을 붙이는 곳이다. 두 아저씨는 담요까지 몇 장 건네면서 연신 우리가 편한지 물었다. 버스는 쿠스코라는 애인이 우리에게 보내준 리무진이었다. 그곳에 대자로 누워 편하게 쿠스코에 도착했다.

오래 머물 생각이었기에 호스텔 대신 현지인들 가격의 월셋방을 구해야 했다. 첫날 도착하자마자 방을 찾으러 다녔지만 큰 수확은 없었다. 다리오와 나는 언제나 그렇듯 찾아올 우연을 기다렸다. 시간 여유를 가지고 원하는 것을 머릿속에 그려두고 편안히 기다리면 마법처럼 눈앞에 나타난다. 이 방법은 배고플 때나 누군가의 도움이 필요할 때 언제나 먹힌다.

다리오는 술을 좋아한다. 그는 주酒님이 적당히 취한 자에게 자비를 베푼다고 믿는다. 나는 다리오의 주님을 믿지 않지만, 드디어 전도당할지 모를 상황이 와버렸다. 다리오가 새로운 장소에 도착해서 하는 일 중 하나는 그 지역 술을 맛보는 것이다. 한국의 소주나 막걸리처럼 전세계 각 지역에는 값싼 서민의 술이 존재한다. 다리오는 현지인들이 마시는 술에는 그곳의 혼이 서려 있어서 나눠 마시면 금방 사람들과 친구가 될 수 있다고 말했다. 나는 처음엔 술을 마시기 위한 변명이라고 생각했지만 함께 여행하며 관찰한 결과 그것은 사실이었다.

쿠스코에서 방을 얻은 것도 다리오의 '주님의 은혜' 덕분이다. 다리오의 주님을 찾아가니 그곳에 해답이 있었다. 밤에 달착지근한 카냐소^{페루의 서민주}를 찾아 나선 그는 동네 아저씨들에게 묻고 물어 도착한 한 구멍가게에서 카냐소 1리터를 사고 아줌마에게 혹시 주변에 빈방이 있는지 물었다. 그녀에게는 대나무와 황토로 만든 옥탑방이 있었고 곧 우리의 보금자리가 되었다. 그것도 쿠스코가 한눈에 보이는, 전면이 유리로 된 펜트하우스다. 나에게는 더없이 멋진 집이지만 사람들은 비닐하우스라고 불렀다. 밤이 되면 온도가 영하 가까이 떨어지는데 안과 밖의 차이가 없다는 것이 흠이지만 쿠스코에 온 지 3일 만에 그렇게 우리집이 생겼다.

쿠스코에서 새해 첫날을 맞이했다. 안데스 사람들에게는 8월 1일이 한 해의 시작이다. 이날은 파차마마^{땅의 어머니}에게 복을 빌고 지난해에 대한 감사

집을 찾다.

를 표하는 의식을 치른다. 우리도 파차마마의 은혜에 감사하는 마음을 전하기 위해 집에서 한 시간쯤 걸어서 의식이 치러지는 달의 신전으로 갔다. 피워놓은 불 주위에 둘러앉은 사람들이 차례로 자신이 준비해온 것을 불에 태우고 기도를 올렸다. 코카잎과 와이루로라는 아마존의 빨간색 씨앗으로 한 해 동안 풍족한 결실을 맺게 해준 자연의 어머니께 감사드리고, 인디언들의 술 치차를 나눠 마시며 작은 축제 분위기를 만들었다. 그중 덕스러운 얼굴의 나이 많은 인디오 아저씨가 깃발을 흔들자 사람들이 황토로 만든 술병을 돌려 마시며 즉흥적으로 돌아가며 노래를 불렀다.

이 모든 의식이 낯설지 않았다. 자연과 하모니를 이루며 평화를 존중하고 주어진 것에 감사하는 그들의 모습은 동양의 정신과 닮아 있었다. 그들에게 '파차마마'란 신이자 더불어 사는 자연 그대로의 자연인 것이다.

제단에서.

베틀이라는
굴레

　쿠스코에 2개월간 정착한 목적과 이유는 단순하다. 우리가 있는 모든 곳이 '집'이 된다는 것이 우리가 추구하는 삶의 방식이기 때문이다. 비록 안락과 청결 면에서 조금 결핍된다 해도 육체와 영혼이 쉴 수 있는 공간은 '집'이라고 부르는 데 부족함이 없다. 운이 좋은 우리는 어딜 가든 우리의 공간을 찾아낸다. 작은 오두막이건 창고건 상관없다. 쿠스코 시내가 한눈에 내려다보이는 달동네 언덕의 옥탑방에 무거운 가방을 부리고 오랜 여행에 작은 쉼표를 찍었다. 당분간 매일 같은 곳에서 잘 수 있다는 것이 너무 좋았다.

　쿠스코에서 가장 내 눈길을 사로잡은 것은 전통 직물 짜기다. 시내의 한 고급 부티크에 하루 두 시간 과정의 강좌가 있지만 너무 비싸다. 가게의 알바생이 그곳에서 10만 원 넘게 파는 벨트가 친체로chinchero라는 인디언 마을에서 오는 것이라고 귀띔해주었는데, 그녀는 우리가 고가의 물건을 살 만한 인물들이 아니라는 것을 금세 알아차린 듯했다.

　다음날 베틀 기술을 가르쳐줄 선생님을 찾아 친체로로 갔다. 인상 좋은 아줌마에게 벨트를 하나 사고 기본기술을 가르쳐달라고 했다. 그녀는 일주일에 한 번 쿠스코 시내로 장을 보러 나올 때마다 만나서 가르쳐주었고, 우리는 형편에 맞춰 수업료를 냈다. 대부분의 친체로 여자들처럼 그녀는 여덟 살 때부터 베틀 짜는 기술을 배웠다고 한다. 우리는 커다란 기계 대신 기다란 나무 조각 두 개로 이루어진 휴대용 베틀을 배웠다. 직물 짜기는 생각보다 훨씬 어렵고 시간이 많이 걸린다. 특히 계속 연결되는 무늬를 새기기 위해 수십 개나 되는 실들을 하나하나 세고 정렬하는 과정이 헷갈렸다.

　일주일에 한 번 현장 학습차 친체로를 찾았다. 베틀 짜는 것을 구경하기도 하고, 무엇보다 그곳에 가면 딸기를 섞어 만든 치차를 마실 수 있다.

친체로 아낙네들의 베틀 배틀^{battle}.

마을 아낙네들이 특히 좋아하는 음료다. 한 잔을 사먹으면 언제나 서비스로 한 잔을 더 주는데 두 잔을 다 마시면 나는 어느새 알딸딸해지고 얼굴이 화끈거렸다.

한번은 벨트를 만드는 데 필요한 털실을 샀다. 조금 바가지를 썼지만 이번만은 애교로 받아주었다. 털실을 만드는 일이 얼마나 손이 많이 가는지 잘 알기 때문이다. 마을 아낙네들은 양의 털을 직접 깎고 꼬아서 실을 만들고 천연재료를 이용해 여러 색으로 물을 들인다. 내가 특히 좋아하는 빨간색 실은 선인장에 기생하는 개미처럼 생긴 빨간 벌레를, 초록색 실은 풀을 삶아서 물을 들인다. 하지만 요즘에는 이런 작업들이 구식으로 여겨져 시내에 나가

화학염료를 사다가 염색을 한다. 우리는 전통적인 방식을 지키는 것은 매우 중요하며 외국인들을 상대로 판매할 때도 천연염색이 더 높은 값을 받을 수 있다고 얘기했지만, 이내 그들에게는 공장에서 찍어낸 물건이 더 가치 있을 지 모른다는 생각이 들었다. 우리가 산업문명에서 자연으로 돌아가는 삶을 동경하는 것처럼, 자연에서 얻은 것으로 자급자족하는 그들에게는 돈으로 뭐든 살 수 있는 편리한 산업사회가 동경의 대상일 수도 있다.

우리의 베틀 실력은 걸음마도 못 뗀 아기 수준에 그쳤다. 친체로 마을을 의미하는 고유의 OX 무늬를 넣은 가장 간단한 벨트를 만드는 데 열흘 넘게 걸렸다. 오랜 시간 앉아 있자니 하체가 쑤시고, 얇은 실들만 보고 있으니 고개도 눈도 아팠다. 그녀들의 삶을 가득 채운 베틀이 아름답다고만 여기던 나의 생각도 바뀌었다. 직물 짜기는 그녀들이 아무리 원해도 바꿀 수 없는 인생의 굴레라는 것을 아주 어렴풋이 이해할 수 있었다.

친체로 아낙네들과 딸기치차를 마시는 지.

쿠스코에 집이 생긴 후 다리오는 부엌에서 가장 많은 시간을 보냈다. 그래 봤자 1평도 안 되는 코딱지만 한 크기지만 그에게는 가장 행복한 공간이다. 요리를 할 때 다리오에게선 화가나 음악가의 아우라가 나온다. 세계 최고의 레스토랑 요리사들이 비평가들에게 찬사를 받는다면, 쿠스코의 1평 부엌에서 요리를 하는 다리오는 나의 찬사를 받는다. 나는 그것이 같은 것이라고 생각한다. 어쨌든 요리사에게는 자신이 만든 음식을 누군가가 맛있게 먹어주는 것보다 더 큰 영광은 없기 때문이다. 청국장 파스타부터 맥주빠에야까지 다리오는 자신의 창의성을 총동원해서 요리를 한다. 화려하고 전문적이지는 않지만 자기만의 에너지와 개성을 한껏 싣는다. 그래서 그의 요리는 예술이라고 할 수 있다. 쿠스코의 작은 부엌에서는 언제나 맛있는 냄새가 났다. 그것은 행복한 냄새였다.

일요일이면 쿠스코에 재미있는 일이 생긴다. 내가 전세계에서 가본 시장 중 가장 흥미로운 시장이 평판 나쁘기로 소문난 쿠스코의 뒷골목에서 열린다. 다리가 부러진 의자부터 공병, 고장 난 기계에 머리털이 다 빠진 흉한 인형까지 없는 게 없다. 정말이지 반 이상이 쓸모없는 것이지만 그야말로 사람 냄새 나는, 쿠스코에서 최고로 재미있는 곳이다. 좁은 거리거리마다 값나가는 물건부터 고물까지 쭉 진열해놓은 시장을 사람들은 보물을 찾는 심정으로 천천히 둘러본다. 나는 이 시장에서 몇 가지 '득템'을 했다. 2000원짜리 가죽점퍼와 베틀로 짠 수공예 가방, 그리고 무엇보다 가장 맘에 드는 것은 멀리서 온 인디언 가족에게 산 30년 된 골동품 판초와 쿠스코의 전통 치마다. 그것을 사와서 무려 세 번이나 세탁을 했는데도 까만 땟물이 계속해서 나왔다. 그들이 말하는 앤틱이란 그야말로 몇 십 년 동안 한 번도 빨지 않기 때문이라는 생각까지 들었다. 내가 산 화려한 판초는 아주 특별한 행사 때나 입는 귀한 옷이라 1년에 두세 번밖에 입지 않고 물이 빠질까봐 세탁을 꺼린다는 것이다. 덕분에 며칠을 옥상에서 빨래만 했다.

한번은 인디언 할머니가 직접 키우는 양의 털을 깎아 만든 실을 샀다. 아직도 양의 냄새가 나는 100% 천연 양모다. 할머니에게 실 전부에 얼마인지 물었더니 3000원이란다. 외국인에겐 바가지를 씌워야 한다는 것을 모르는 순박한 할머니가 틀림없다. 돈을 조금 더 얹어주고 싶은 것을 꾹 참았다. 대신 그녀에게 길거리에서 파는 음식 한 접시를 대접했다. 할머니는 평소 먹지 못하는 푸짐한 음식 앞에서 어린아이처럼 좋아했다. 배고픈 사람에게는 음식이 최고의 선물이라는 것, 경험으로 알고 있다. 나는 삶의 진한 향기를 맡고 순박한 사람들과 소통했다.

득템한 전통 옷.

다리오식 시금치나물과 감자조림

아침 일찍 장에 다녀온 다리오는 오레가노와 소금으로 생선을 마사지시킨 뒤 식초 섞은 물에 반신욕을 시켜주었다. 그런 다음 종이로 생선살의 물기를 닦아주는데 그 모습이 마치 목욕을 마친 아가를 다루는 것처럼 조심스럽다. 구운 생선과 함께 먹을 시금치와 감자는 안데스에서 쉽게 구할 수 있는 채소다. 그중 눈깔사탕만 한 감자의 이름은 파파 크리오야criolla, 백인의 피가 더 많이 섞인 원주민이다. 시장에서 제일 싼 감자지만 맛은 최고다.

1. 데친 시금치와 마늘을 올리브유를 두른 프라이팬에 살짝 볶아준다.
2. 감자를 껍질째 반으로 자르고 기름을 살짝 두른 냄비에 넣는다.
3. 감자 겉이 노르스름해지면 파, 마늘과 카레가루를 넣고 비벼준다.
4. 양념 밴 감자가 충분히 덮일 만큼 물을 붓고 간을 한 뒤 센 불에 감자를 익힌다.
5. 걸쭉한 소스 사이로 감자가 알알이 보이면 접시에 담는다.

시금치와 감자처럼 전세계 사람들이 공유하는 식재료는 어떤 낯선 장소에서도 나의 근원으로 돌아갈 수 있게 하는 마법을 부린다. 매번 몸과 마음에 충만한 영양소를 공급해준다. 김밥에서 시금치만 쏙 빼고 먹던 어릴 적 편식 습관은 온데간데없다.

신의 눈물을 맛보러 떠나다

　야간 버스를 타고 볼리비아로 떠나는 날, 쿠스코에 와서 처음으로 비가 내렸다. 마치 쿠스코가 울고 있는 것 같았다. 얇은 알루미늄 천장에 내리치는 빗방울 소리가 어릴 적 살던 집의 다락방에서 장마 때마다 듣던 그 빗소리와 닮았다. 젖은 땅 냄새가 옥탑방까지 올라왔다. 의자에 앉아 창밖을 바라보았다. 창문 너머 보이는 집들의 옥상, 그 옥상 위에 잔뜩 걸린 빨래들……. 남미의 특징 중 하나는 비가 억수같이 와도 절대 빨래를 걷지 않는다는 것이다. 곧 햇볕이 내리쬘 것이고 그럼 젖은 빨래도 다시 마를 것을 알기 때문이다. 우린 우리가 다시 쿠스코로 돌아오리란 것을 알고 있다.

　페루와 볼리비아 국경에는 세계에서 가장 높고 큰 티티카카^{Titicaca} 호수가 있다. 그곳은 악이 존재하지 않는 평화로운 천국이다. 신은 인간들과 함께 살며 그들에게 오직 행복만을 주었다. 어느 날 신은 사랑하는 인간에게 가장 큰 선물을 주고 싶었다. 다름 아닌 '무한한 자유'였다. 신은 산꼭대기에 있는 신성한 불을 찾지도 만지지도 말라는 조건을 걸고 인간들에게 자유를 주었다. 사람들은 한동안 신과의 약속을 지켰다. 머지않아 악마들이 나타나 사람들을 유혹했다. 인간들은 신과의 약속을 쉽게 저버리지 않았다. 마지막으로 악마는 인간들의 용기를 시험했다. 인간은 신과의 약속 대신 자신의 영광을 선택했다. 화가 난 신들은 퓨마의 모습으로 와서 사람들을 무자비하게 벌했다. 태양의 신이자 창조주인 비라코차^{Viracocha}만이 인간들을 가엽게 여겨 울기 시작했고 그 눈물이 땅에 떨어졌다. 신의 벌을 받고 살아남은 유일한 남자와 여자는 눈앞에 보이는 경관을 믿을 수가 없었다. 아름다운 언덕을 이루던 마을은 온데간데없고 호수 한가운데 있는 자신들을 발견했기 때문이다. 창조주는 인간들을 벌하는 퓨마들을 자신의 눈물에 빠져 죽게 하고 바위로 변하게 했다. 그 바위들이 티티카카 호수를 이루는 41개의 섬이 되었다. 티티카카는 케추아어로 '퓨마 바위'라는 뜻이다. 그리고 거대한 호수는 신이 보잘것없는 인간을 위해 흘린 눈물이다.

　그 성스러운 눈물에 내 몸을 담가보리라는 기대에 부풀었다. 영혼의 갈라진 틈에서 더럽게 솟아나는 온갖 불순한 것들이 모두 씻겨나갈 것이라고 믿었다. 잉카들의 태양신 비라코차는 이 순례길 위에 서 있는 우리의 신이기도 하다.

태양신의 보호를 받는 순례자들

비밀이 많은 광산을 둘러싸고 동네 사람들 사이에선

은이 아닌 다른 것이 있을 수도 있다는 루머까지 돌았다.

그제야 사람들은 작은 벽돌집 하나를 갖기 위해

무슨 실수를 저질렀는지 알게 되었다.

남미의 슬픈 현실이다.

　　멀리 수평선이 하늘과 맞닿은 티티카카 호수는 직접 보지 않고선 상상할 수 없을 만큼 넓다. 길이가 무려 160킬로미터다. 바다에 와 있다는 착각이 들 정도다.

　　티티카카 호수에 암흑의 나날이 계속되던 때, 인티Inti라고도 불리는 태양신 비라코차가 태양에게 빛을 가져오라고 명령했다. 그러자 섬의 작은 틈 사이로 태양이 떠올랐다. 그는 달과 별을 차례로 만들고 태평양을 걸어서 건넌 뒤 다시는 돌아오지 않았다. 잉카들의 전설에 의하면 비라코차가 거지의 모습을 하고 지구를 떠돌아다니고 있다고 한다. 자연을 창조한 신을 우리 중의 한 사람, 그것도 가장 보잘것없는 사람의 모습으로 형상화한 인간적인 신화에 나는 감동했다.

　　호수의 수많은 섬 중에서 잉카들이 가장 성스럽게 여겼던 태양의 섬Isla del sol에서 며칠 캠핑을 하기로 했다. 배에서 내리자 잉카들이 만든 계단이 나왔다. 별로 높지 않은 계단을 오르는데도 숨이 턱턱 막힌다. 생각해보니 우리는 해발 4000미터에 있다. 게다가 언제나 가볍다고 생각했던 15킬로그램짜리 배낭은 쿠스코에서의 정착생활 부작용으로 어깨를 무겁게 짓누른다. 힘겹게 계단을 다 오르자 세 개의 물줄기가 나왔다. 아무리 극심한 가뭄에도 한 번도 마른 적 없다는 이 섬의 유일한 샘이다. 지하수를 벌컥벌컥 마시는데, 주변의 외국인들은 가게에서 사가지고 올라온 생수 병을 사수하며 샘물은 입에 대지도 않는다. 물을 잘못 먹으면 배앓이를 한다는 생각이 잉카의 성수도 마다하게 만든 것이다.

　　뜨거운 태양과 높은 고도에 섬을 횡단하며 말라버린 내 입이 그렇게 많은 물을 원하게 될 줄 몰랐다. 나중에 우리는 서바이벌 정신으로 티티카카 호숫물을 마셔야 했다. 섬의 북쪽에 사는 사람들도 호숫물을 그대로 마셨다. 배탈과 갈증 사이에서 어느 쪽을 선택하게 되는지는 그 상황에 있어본 사람만이 알 수 있다. 신의 눈물이라는 생각으로 마신 결과 다행히 아무 탈도 없었다.

첫날밤은 평평하지 않지만 그나마 바람이 가려지는 곳에서 잠을 청했다. 밤이 되자 온도가 급강하하고 바람이 무지 불었는데 그 와중에도 미리 쿠스코에서 준비한 차가운 쌀밥과 삶은 콩을 계란 장조림과 함께 먹었다. 다행히 도시락은 상하지 않았다. 언제나 비상용으로 가지고 다니는 땅콩과 건포도만 먹어도 일주일은 살수 있다는 것을 경험상 알고 있지만 그 경험이 되풀이되지 않기를 바랐다.

나비의 속도로 천천히 걸어서 다음날 섬의 북쪽에 도착했다. 해의 발자국이라 불리는 흰 바위 옆에 비교적 온전하게 보존된 잉카 유적지_{Ruina de chincana}가 있다. 잉카 시대에 태양신을 만나러 온 순례자들을 위한 숙소다. 아무도 없는 강변에서 따뜻한 해를 온몸으로 받으며 아무 소리도 없는 완전한 고요를 경험했다. 그리고 나는 '살아 있다'는 느낌을 강렬하게 받았다. 야망도 행위도 소리조차도 존재하지 않는 곳에서 오히려 삶의 충만함을 느낀다는 것이 이상하지만 사실이다. 내가 깨닫지 못했던 진리를 몇 만 년을 존재한 호수가 스승이 되어 알려주는 것 같았다.

밤이 되자 태양은 서쪽으로 떠나고 다시 거센 바람이 집을 찾아온 듯 섬으로 돌아왔다. 바람을 피하기 위해 유적지 안에 텐트를 쳤는데 그 어떤 고급 호텔에서의 하룻밤보다 의미 있었다. 순례자들이 머물던 그곳에서 그들의 태양신 비라코차는 남루한 방랑자의 모습으로 우리 안에 함께 있었다.

▶ **호수는 삶의 가치를 알려주는 스승이었다.**

칸델라리아 성모의
보호 아래

　며칠 동안 서바이벌 음식으로 버틴 뒤 코파카바나 시장에 있는 식당에서 구운 산천어를 한 마리씩 먹었다. 작은 생선 한 마리로 배를 채우는 방법은 영양가 없는 쌀밥을 재빨리 먹어 치우는 것이다.

　형형색색의 종이와 플라스틱 조화로 장식한 차들이 길거리 한 가득 주차장을 이루고 있었다. 호기심이 발동해 인상 좋게 생긴 아저씨에게 이유를 물어보았다. 그는 차를 산 뒤 칸델라리아 성모의 축복을 받으려고 먼 길

트럭을 장만한 아저씨와 맥주 세 잔을 원샷하고.

을 달려온 길이었다. (볼리비아에서 차를 사는 것은 집을 마련하는 것과 같은 의미다.) 아저씨는 마치 의식처럼 맥주를 박스로 쌓아두고 마셨다. 우리에게도 다짜고짜 맥주를 한잔씩 따라주며 마시라고 했다. 엉겁결에 맥주 네 잔을 원샷한 다리오는 그들과 기념사진을 찍었다. 성모의 아들 예수님을 닮았다는 이유로 다리오는 환영받았다.

성당 안에선 사람들이 자신이 갖고 싶은 것의 미니어처를 앞에 두고 기도를 하고 있었다. 장난감처럼 작은 냉장고, 자동차, 집 등이 그들에게는 부적과 같다. 만약 소원이 이뤄지면 성모에게 감사의 뜻을 전하기 위해 그들은 다시 코파카바나로 돌아올 것이다. 성당 뒤편에는 소원을 빌며 초에 불을 붙이는 곳이 있는데 미니어처를 사지 못한 사람들이 촛농을 이용해 모형을 만들어놓았다. 어린아이같이 순수하게 자신의 삶을 그려나가는 볼리비아 사람들의 모습이다.

코파카바나 강변에서 텐트 칠 만한 곳을 찾고 있는데 낮에 맥주를 나눠 마신 아저씨가 보였다. 빈 맥주병이 흩어져 있고, 얼큰하게 취한 아저씨는 집이 있는 라파즈까지 직접 운전을 할 거라고 한다. 내가 다 불안했다. 어쨌든 아저씨는 성모마리아의 보호 하에 안전하게 음주운전을 하고 집에 돌아갈 것이다. 그의 새 차에 행운과 축복이 가득하기를…… 아멘.

빈대의
데이트

"볼리비아에 가거든 꼭 제대로 된 식당에서 밥을 먹어! 절대 길거리 음식은 먹지 말고. 뭐가 들었는지 몰라! 토끼고기라고 내놓는 게 분명 고양이고기일 테니까. 길거리에 고양이 한 마리 없는 것을 본다면 내가 한 말을 이해할게 될 거야."

옆집 아저씨 같은 영사 아저씨의 마지막 한마디였다.

볼리비아에 도착한 뒤 길거리의 고양이를 찾았지만 그의 말대로 한 마리도 보이지 않았다. 그런데도 다리오는 시장에서 파는 토끼고기 찜을 맛보고 싶어했다. 그것이 고양이라면 고양이고기의 맛이 어떨지 궁금하다는 것이다. 다리오는 끝내 고양이고기를 먹지 못했지만 영사 아저씨의 조언은 번번이 묵살당했다. 우린 매 끼니를 길거리에서 해결했다.

한국인 친구들에게 소개받은 라파즈의 호스텔은 우리를 거부했다. 히피 사절이란다. 히피들이 빈대를 옮긴다나……. 우리는 절대 히피라고 생각하지 않지만 받아주지 않은 호스텔 주인 덕분에 부두^{voodoo, 주술사} 거리의 뒷골목에서 4개월 전 함께 여행한 프랑스 친구의 친구들과 지냈다.

여행을 하면서 만난 프랑스 친구들은 프랑스인에 대한 나의 고정관념을 깨기에 충분했다. 자국에 대한 문화적 자부심과 세련된 취향과는 전혀 상관없는 삶을 사는 그들은 사르코지가 대통령으로 있는 한 절대 돌아가지 않겠다고 말하곤 했다. 하루 한 끼를 먹으면서도 매일 밤 광부들이 마시는 80도짜리 술을 콜라에 섞어 마셨다. 1리터면 성인남자 5명이 취할 수 있고 가격은 1000원도 안 된다. 길들여지지 않은 야생의 인간들이었다.

라파즈에서 지내는 동안 부두 거리에서 기분 나쁜 물건들을 보는 것이 유일한 취미였다. 파차마마에게 바치는 죽은 야마 새끼를 말린 것부터 아나콘다 뱀 껍질을 말린 것까지 없는 게 없다. 차만^{Chaman. 신 내림 받은 일종의 무당}들이 사용하는 주술도구와 이상한 무늬의 장신구와 의식에 사용하는 요상한 물건들도 많은데, 호기심에 구입할 만한 것들은 절대 아니다. 한 할머니는 안전한 여행과 영원한 사랑을 기원하는 싸구려 부적을 사라고 매일 졸랐다. 우리는 부적에 많은 의미를 두지 않지만 꼬부랑 할머니의 귀여운 웃음이 좋아서 샀다. 쓸데없는 물건을 사는 것을 세상에서 제일 싫어하는 다리오 역시 할머니의 매력에 빠졌다. 할머니가 우리에게 주문을 건 모양이다.

한번은 라파즈 시내의 더러운 구식 영화관에서 한국 돈 2000원에 개봉영화 4편을 볼 수 있다는 것을 알고 처음으로 단 둘이 영화관에서 데이트를 즐겼다. 좌석번호가 없기에 한 번 들어가서 안 나오면 되는 것이다. 아침에 영화관에 들어가서 해가 지고서야 나왔다. 배고픈 것도 참고 지겹게 영화 4편을 보고 나오면서 다리오와 나는 영화관 데이트를 평생 그만하기로 했다. 돌아오는 길에 밤이 되면 더 바쁜 길거리의 음식점에서 고기가 하나도 안 들었을 것 같은 햄버거를 먹는 것으로 데이트를 마무리했다.

우유니의
기억

　　사진으로 볼 때 눈부시게 아름다운 곳이 실제 가보면 실망스럽기 마련이라는 것을 여행을 통해 깨달은 후였다. 그럼에도 언제 또 해발 4000미터의 소금밭에 갈 기회가 있을까, 라는 생각이 우유니로 발길을 돌리게 했다. 처음으로 여행사를 통해 여행을 준비했는데 4일 동안 900킬로미터를 걸을 순 없기 때문이다. 동네를 한 바퀴 돌아보고 제일 싼 가격에 흥정한 곳으로 정했다.

　　첫날 우유니 투어에 끼어 있지 않은 투누파 화산산 옆의 숙소에 도착했다. 다른 팀들이 저녁식사를 하고 있을 때 숙소에서 일하는 남자가 다가왔다.

　　"도대체 얼마나 싼 값에 흥정했기에 여행사에서 밥도 안 챙겨줘요?"

　　그랬다. 우리와 소금사막 여행을 함께할 팀은 없었다. 첫날도 다른 팀에 합류해 차를 얻어 타고 왔다. 사람들이 저녁식사를 하는 동안 자리를 비켜주고 밖에 나와 밤하늘을 쳐다보기로 했다. 배가 고팠지만 다리오에게 하나도 배가 안 고프다고 거짓말을 하고 별들이 떨어질 듯 가득한 하늘을 쳐다보았다. 별똥별이 하나 보였다.

　　"그룹 없이 왔나 봐요? 나는 저기 독일인 중년부부의 가이드예요. 음식을 잔뜩 준비했는데 맛이 이상하다고 손도 안 댔어요. 밥 안 먹었죠? 배고플 텐데 나랑 같이 가서 먹어요."

　　그녀는 우리가 혹시 기분 상할까봐 천천히 조용한 목소리로 설명했다. 그녀와 함께 식당으로 갔다. 독일인 부부는 이미 방으로 들어가고 고기부터 칠레산 와인까지 한 상 차려 있었지만 가이드의 말대로 손도 안 댄 듯했다. 비싼 투어의 이유가 식사 메뉴의 차이에 있다는 것을 알게 됐다. 입맛 까다로운 독일인 부부 덕분에 우리가 대접을 받았다. 다정한 가이드 아줌마는 그

후로도 우리를 위해 이것저것 챙겨주었다. 자기에게 아무 이익이 돌아오지 않는데도 타인에게 친절을 베푸는 지구의 선한 이웃을 또 한 사람 만났다.

투누파 화산산을 오르기 위해서 다음날 아침 7시부터 걷기 시작했다. 중간에 미이라가 있는 동굴이 있었다. 숙소에서 동굴까지 걸어서 한 시간 반이 걸리는데 제일 싼 여행사를 택한 우리는 걸었고, 돈을 많이 낸 다른 팀 사람들은 자동차로 갔다. 걸은 지 30분쯤 돼서 덩그러니 오래된 집 하나가 보였다. 한 할머니가 우리가 지나가는 것을 기다렸다는 듯 멀리서부터 손짓을 했다.

"부탁을 들어주겠는가? 이 열쇠로 동굴 문을 열고 떠날 때 문을 잠근 뒤 돌아올 때 나에게 전해줘!"

할머니는 방문객을 위해 동굴의 문을 여는 일을 우리에게 미루고는 바로 집으로 들어가 버렸다. 이제 미이라 네 분(?)이 누워 있는 동굴은 우리 손

에 있다. 관광객을 실은 사륜 구동차가 동굴을 향해 빠른 속도로 달려오는 것이 보였다. 우리에게 먼지를 제대로 뒤집어씌우며 지나갔지만 열쇠는 우리에게 있다. 하하하! 아무리 빨리 가도 그들은 동굴에 들어갈 수 없다.

미이라 옆에 잠시 앉아 있다가 마지막으로 동굴 문단속을 하고 계속 산에 올랐다. 나는 중간에 포기했고 다리오는 내가 허허벌판에서 기다리고 있다는 것을 의식해서인지 재빨리 정상에 올라갔다 내려왔다. 투누파 화산산의 정상이 해발 5400미터라는 사실을 나중에야 알게 되었는데 그 위를 오르려던 나도 미쳤고 정작 정상까지 올라갔다 온 다리오는 더 미쳤다. 무조건 모르는 게 약이다.

우유니 투어에서 가장 기억에 남는 장소는 마지막으로 잠깐 들른 산크리스토발San Cristobal이라는 작은 마을이다. 중요한 것은 아무런 특징도 없는 마을이라는 것이다. 왜 이 마을이 투어에 끼어 있는지 이해가 안 갔다. 그때쯤 되면 피곤한 가이드들도 설명을 해주지 않는다. 며칠 동안 소비를 참았던 외국인 여행객들은 그 비싼 미제 초콜릿 바를 사먹느라 정신이 없었다. 우리는 마을 중앙에 있는 볼품없는 성당에서 만난 아저씨로부터 이 마을의 비밀을 듣게 되었다.

산크리스토발에는 은광이 있다. 하지만 은제품은 눈 씻고 찾아봐도 없다. 은광 개발권을 통째로 사들인 미국 기업은 '브루토bruto, 스페인어로 과정을 거치지 않은 통째라는 뜻'로 비밀처럼 모든 것을 미국으로 가져가버린다. 그러니 은광 옆에 사는 사람들도 은 구경을 할 수 없다. 미국 기업은 보상이 어쩌고저쩌고 하면서 가난한 마을 사람들에게 벽돌집도 지어주고 아스팔트도 깔아주었다. 주택 신고 개념이 없던 때라 원래 살지 않던 사람들도 보상에 대한 소문을 듣고 판잣집을 짓기 시작해 본래 10가구 정도 살던 곳에 200가구 이상의 제대로 된 마을이 들어선 것이다. 투어의 핵심은 '기업이 지어준 마을'이라는 데 있는 듯했다. 비밀이 많은 광산을 둘러싸고 동네 사람들 사이에선 은이 아닌 다른 것이 있을 수도 있다는 루머까지 돌았다. 그제야 사람들은 작은 벽돌집 하나를 갖기 위해 무슨 실수를 저질렀는지 알게 되었다. 남미의 슬픈 현실이다.

우유니 투어에서 누군가의 친절에 기뻤고, 누군가의 현실에 슬펐고, 경이로운 자연 앞에 엄숙했으며, 차 안에서 보내는 긴 시간은 지루하기 짝이 없었다.

배꼽에서 마추픽추까지, 잉카길을 걷다

이 우연은 1년 반을 거지처럼 지냈으니

왕처럼 집에 가라며 보내준 남미의 선물이라고 생각한다.

아주 가끔 그날 우리가 보냈던 호화로운 한때를 회상한다.

하지만 덜컹거리는 남미의 야간버스에서 보낸

수많은 밤만큼 그립지는 않다.

　남미에서의 마지막 2주를 어떻게 보낼까 하다 대부분의 사람들이 남미 여행의 하이라이트로 꼽는 '마추픽추'에 가기로 했다. 제일 쉽고 비싼 방법인 기차로는 '신성한 골짜기 Valle sagrado'를 제대로 맛볼 수 없다. 그렇다면 잉카길을 따라가자! 그 옵션은 더 비싸다. 잉카길로 마추픽추에 도착하는 코스는 여행사를 통해서만 가능한데다 가격이 300달러 이상이다. 물론 대부분의 남미 트레킹과 마찬가지로 당나귀가 짐을 지고 요리사가 매끼 요리를 해주는 럭셔리 트레킹이다. 돈은 없어도 튼튼한 다리만 있으면 갈 수 있는 길을 찾아야 했다.

　마추픽추는 자본주의 관광의 표본이다. 마추픽추 장사에 열을 올리는 페루 정부가 말하는 '보호'의 의미를 이해할 수 없다. 가격을 올리고 사람을 줄이겠다는 것은 돈이 많은 사람들에게만 공개하겠다는 말과 다름없는데도

휴식이 길어지면 바로 거기가 집이 된다.

공짜로 걷는 잉카길은 더 길고 더 힘들다.

자꾸만 가격을 인상한다. 점점 마추픽추에 대한 흥미를 잃어갔지만 30여 년 전 다리오의 부모님이 걸었던, 그리고 잉카가 걸었던 그 길을 우리도 밟아보고 싶었다.

월세로 살던 가게 집 아줌마의 딸이 한때 가이드로 일했다는 얘기를 듣고 찾아가 잉카길에 대한 정보를 얻었다. 안데스가 우리에게 주는 마지막 선물 같았다. 길을 보여준 것에 대한 보답으로 꼭 우리가 걸어야겠다고 마음먹었다.

쿠스코에서 버스로 아반카이Abancay까지 가서 버스를 갈아타고 카초라Cachora 마을의 길목에 도착했다. 운전수의 조수는 못 먹는 감 찔러나 보자는 심정으로 버스비가 5솔이라는 사실을 아는 우리에게 10솔씩 달라고 우겼지만 나는 대꾸 없이 5솔만 쥐어주었다. 더 이상 따질 수 없다는 걸 알고 그는 그 얄미운 입을 다물었다. 카초라는 초케키라우Choquequirau라는 잉카의 유적으로 갈 수 있는 유일한 마을이다. 걸어서 이틀만 가면 되는데 찻길이 없어서 찾는 사람이 많지 않다. 7일 동안 무조건 걸어야 하는 것을 알고 마지막 만찬으로 주먹만 한 돼지고기 튀김을 하나씩 먹었다. 일주일간 먹을 수 있는 동물성 단백질의 전부였다. 그리고 쉼 없이 말없이 여섯 시간을 걸었다.

초케키라우의
어설픈 사기꾼들

　　뻔뻔한 가짜 학생증이 발각되고 말았다. 유적지의 입장료를 할인받을 욕심에 한 경상도 커플이 준 학생증에 우리의 사진을 붙여서 들고 다녔다. 내가 봐도 장님이 아닌 이상 가짜라는 것을 분명히 알 수 있었다. 그런데도 표를 파는 아저씨는 어설픈 범죄를 눈감아주고 학생 가격만 받았다. 어차피 이틀을 꼬박 걸어온 이곳에는 그 흔한 매점 하나 없고 현금지급기는 더더욱 있을 수 없다. 아저씨는 제대로 속이지도 못하는 커플 사기단이 우스운지 계속 웃었다.

초케키라우는 케추아어와 아이마라어의 합성어다. 금으로 된 아기 침대라는 뜻으로 아주 성스러운 곳이었다는 것을 알려준다. 그야말로 잉카의 로열패밀리들의 거처였던 것이다. 아직 발굴 단계인데 뒤편 언덕에서는 본래의 모습을 재생시키기 위해 많은 사람들이 몇 달째 일을 하고 있었다. 계단식 농경지에 수정 섞인 투명한 돌로 야마의 모형을 만들어놓은 모습은 멀리서 보면 하얀 야마들이 걸어 다니는 것으로 착각할 정도다.

가장 높은 봉우리의 윗부분을 깎아 만든 광장은 오직 신분이 높고 성스러운 사람들만 출입이 허용되었다고 한다. 스스로를 태양의 아들이라 칭했던 잉카의 신은 '태양'이었다. 산꼭대기에 연결된 수도관을 밤중에는 막아두었다가 해가 뜸과 동시에 열어서 맨 처음 흐르는 물을 태양에게 바쳤다고 한다. 지금 우리가 너무도 당연하게 여기는 태양과 물, 산과 하늘을 잉카들은 무한히 감사하며 받았다는 사실에 숙연해졌다.

어쩌면 매일 해가 뜨는 것 자체가 기적인데도 그 사실을 전혀 느끼지 못하고 사는 것 같아서 마음이 씁쓸해졌다. 볕이 잘 드는 곳에 자리를 잡고 잉카들이 매일 감사하는 마음으로 바라보았던 태양 에너지를 한껏 느껴본다. 감사가 충전될 수 있도록……

집이 한 채밖에
없는 마을

바리바리 싸온 음식이 상해버렸다. 버릴 수는 없다. 내일 굶을 수도 있으니 우선 배를 채워놓아야 한다. 완전히 맛이 가기 전에 먹어 치웠다. 그후 3일간 우리의 식단은 이랬다.

아침 : 빵+마가린
점심 : 빵+햄
간식 : 비스킷 네 개와 한 주먹의 땅콩과 건포도
저녁 : 빵+햄+올리브

11월이 본격적인 우기의 시작인데 건기의 막바지에 작열하는 태양은 전혀 기가 죽지 않았다. 먼저 산 하나를 통째로 넘어야 한다. 산봉우리까지 올랐다가 강이 있는 바닥을 치고 다시 가파른 산을 오르는 여정이다. 중간에 강에서 수영을 하며 더위를 식히고 강물을 그대로 벌컥벌컥 마셨다. 또다른 산을 오르기 시작했다. 메마른 공기에 태양은 우리를 태워버리기라도 할 기세다. 키 작은 나무들이 듬성듬성 있는 산에는 그늘 하나 없다. 사람의 발자국이 보이기 시작했다. 우리보다 일찍 오른 사람들이 곧 눈에 들어왔다. 고도비만의 미국인 여자와 그녀의 개인 가이드다. 산만 한 등치로 힘겹게 한 걸음 한 걸음 옮기는 그녀의 모습이 대단해 보였다. 그녀에겐 엄청난 도전일 것이다.

"혹시 물이 있으면 조금 주세요." 선글라스를 쓴 가이드가 부탁했다. 오르는 산에는 물이 없다. 다리오는 1리터쯤 남은 물의 반 이상을 가이드의 물통에 부어주었다.

"우리보다 저 여자가 물이 더 필요해 보이지 않아? 우린 빨리 마을에 도착하면 되잖아."

　그로부터 세 시간 후 마을에 도착했다. 마을이랄까…… 집이 한 채밖에 없다. 태어나서 그렇게 목이 마른 적은 없는 것 같다. 배낭을 던져놓고 진흙밭의 우물로 뛰어들었다. 물을 1리터 이상 들이켰는데도 계속 마실 수 있을 것 같았다.

　가축이 사람보다 훨씬 많은 곳이다. 닭들은 우리의 출현에 호기심을 보였지만 네 마리쯤 되는 개들은 계속 낮잠을 즐겼다. 닭들은 자고 있는 개의 등에 올라서 괜히 "꼬끼오" 하고 외쳤다. 염소 새끼들은 강아지마냥 우리를 졸졸 따라다녔다.

한 채뿐인 집에는 엄마, 아빠, 십대 딸이 살고 있었다. 그들에게 그날의 숙식을 부탁했다. 아줌마는 스페인어를 전혀 할 줄 몰라서 딸이 통역해주었다. 매일 차가운 빵만 먹었더니 뜨끈한 것이 먹고 싶었다.

"밥해주나요?"

"네."

"얼마예요?"

"10솔이요."

보통 페루에서 먹는 음식 한 끼가 3솔^{1000원}임을 고려하면 터무니없이 비싸다.

"반찬은요?"

"계란프라이 하나와 감자볶음."

"국도 없어요?"

"없어요."

"닭도 많은데 프라이 하나씩 더 주면 안 돼요?"

"계란 하나에 3솔이에요."

그날 우리의 페루 여행 사상 제일 비싼 음식을 먹었다.

잠을 자기 전 하늘에서 하얀 띠를 보았다. 월식인지 아니면 대기 중의 가스가 그런 모양을 내는지 모르겠지만, 동그란 띠가 손에 잡힐 듯 선명했다.

"그나저나 그 미국인 여자는 어디 있지?"

그녀는 밤이 되어도 이곳에 도착하지 않았다.

"우리가 준 강물을 마시고 배탈이나 안 났으면 좋겠다."

우리는 배탈과 엄청난 갈증 중에서 어느 쪽을 선택해야 하는지에 대해 한참 이야기를 나누다 하늘의 하얀 띠가 사라질 때쯤 텐트 안으로 들어갔다.

"그 길은 12일짜리 코스야! 하루 일곱 시간씩 걸으면 10일에 마칠 수 있지만 7일은 무리야. 안 돼!"

우리의 '미친' 계획을 듣고 집 주인 아줌마의 딸은 강하게 만류했다. 물론 그녀의 말을 듣지 않았다. 시간이 없었고 어떻게든 이 길을 가고 싶었다. 당연히 하루 여정은 길고 고단했다.

그리고 가장 힘든 날이 왔다. 새벽녘에 일어나 길을 떠났다. 이곳의 개들은 아침형 개들인지 떠날 채비를 하는 우리 주위를 신나게 돌아다녔다. 따뜻한 밥을 지어준 가족에게 인사를 하고 걷기 시작했다. 정확히 다섯 시간 후 10가구 정도가 사는 야마나Yamana 마을을 지났다. 어린 소녀들이 나와서 자기 집에서 하루를 보내라며 얌전히 호객행위를 했다. 우리는 더 걸을 힘이 있었기에 멈추지 않았다.

그때부터 시작된 비는 그칠 줄 몰랐다. 황소바람을 맨몸으로 맞으며 추위에 떨며 풀 한 포기 없는 해발 4700미터의 산을 통째로 넘었다. (공짜로 얻은 허접한 지도에는 해발 표시가 없어서 그땐 몰랐다. 미리 알았다면 그토록 무모한 사투를 벌이지 않았을 것이다. 동네 사람들이 뚫어지게 쳐다보며 어딜 가냐고 계속 물어보던 것이 이해가 간다.) 어떻게든 고도가 낮은 곳에서 비를 피해야 하는데 해는 지고 어두워졌다. 죽기살기로 산을 내려와 후다닥 텐트를 쳤다. 열 시간을 걷고 그중 여섯 시간 동안 비를 맞았다. 옷과 양말은 이미 흠뻑 젖어 물을 짤 수 있을 정도였다. 마지막 남은 초콜릿 과자를 먹고 텐트에 누웠다. 바닥에서 한기가 올라오고 텐트 천장에서 물이 뚝뚝 떨어졌다. 덜덜 떠느라 잠을 잘 수 없었다.

"내일 아침에 일어날 수 있을까?"

정말 얼어 죽을지도 모른다는 생각이 들었다. 텐트 밖에서 멀리 소들의 울음소리가 들렸다. 소들이 추워서 운다고 하자 다리오는 아니란다. 내일 내가 깨어나지 못할지도 모른다고 하자 이번에도 다리오는 아니란다.

다행히 나는 다음날 아침 일어났다. 햇빛이 텐트를 비추었다. 소변을 보러 나왔다가 아침 해의 찬란함에 용무도 잊어버렸다. 품고 있던 눈물을 다 쏟아버렸는지 하늘은 슬픈 마음이 편안해진 것처럼 고요하고 투명하다. 밤새 울던 소들도 아침의 따스한 태양을 즐기고 있다. 구름이 산골짜기를 평평하게 채운 모습이 호수로 착각할 정도다. 죽을 고생을 하고 난 후 자연은 더 아름다운 얼굴을 보여준다. 그래서 힘겹고 고생스러운 길을 또 가려는 마음이 들게 한다. 밀땅^{밀고 당기기}의 고수다.

아침에 보이는 믿을 수 없는 광경.

끝이 슬프지 않은
이유

토토라Totora라는 마을에서 돼지 새끼들이 들판에서 뛰노는 것을 구경하며 아침 겸 점심으로 마른 빵을 먹었다. 그날 오후 드디어 찻길이 있는 플라야playa에 도착했다. 고지가 코앞이다. 여정이 끝난 것은 아니지만 가장 쉬운 부분만 남아 있어서 마음은 가볍기만 하다. 시험 때 이미 어려운 과목을 다 마치고 난 학생의 마음과 흡사하다. 철도를 따라 걷는데 마치 소풍 나온 기분이다. 쉬엄쉬엄 바나나를 다섯 개씩 까먹었다.

마추픽추가 있는 아구아스칼리엔테Aguas Caliente는 디즈니랜드 같다. 현지인보다 관광객의 수가 더 많다. 얼마 전 9개월 만에 쿠스코에서 재회한 마추픽추 출신의 친구에게서 이메일이 와 있었다.

무사히 잉카길을 걸어온 너희에게 작은 선물이 있어. 나를 비롯한 소수의 사람들만 알고 있는 공짜로 마추픽추에 들어가는 비법이지. 마추픽추의 철통 경비원들도 모르는 길이야. 곧 밝혀지겠지만 말이야. 하하하. (주의사항: 돈 없는 히피로 보여선 안 됨, 신발에 흙이 많이 묻어 있어도 안 됨, 해뜨기 전에 숲속에 숨어 있을 것, 이 정보를 절대 퍼트리지 말고 꼭 필요한 사람에게만 비밀처럼 알릴 것.)

비밀의 길을 알아낸 것보다 더 신기한 것은 이메일을 보낸 친구가 이곳에서 알 만한 사람은 다 아는 지체 높은 집안의 '엄친아'라는 사실이다. 그런 그가 우리의 주머니 사정을 이해해준 것이다.

그가 알려준 대로 새벽 4시에 산에 올라 어두운 숲에서 마추픽추의 문이 열리는 시간을 기다렸다. 다리오는 새벽녘의 은은한 하늘빛에 의지해서 바지 무릎에 커다랗게 난 구멍을 바늘로 꿰맸다. 그는 람보가 된 것 같다며 우스갯소리를 했다. 람보는 정글에 숨어 총을 장전하겠지만 다리오는 바느질을 한다. 마추픽추에 들어가기 위해 최대한 깔끔하게 보여야 하기 때문이다. 남미 여행의 끝인 마추픽추에서 우리 역시 남다른 감회에 젖었다. 이제 돌아갈 시간이다. 모든 일에는 마침표가 필요하고 그래야 새로 시작할 수 있다는 것을 알기에 슬프지 않았다. 1년 반 동안 남미의 반밖에 보지 못했다. 하지만 나머지 반을 마치지 않고 미완성으로 둔다면 돌아올 이유가 생기는 것이라고 생각했다.

다리오는 아주 지혜로운 사람이다. 지도도 잘 읽고 사람의 마음도 잘 읽는다. 하지만 그에겐 약점이 있다. 알람을 잘 못 맞춘다는 것.

창문도 없는 정육점 불빛의 싸구려 여인숙을 다시 찾았다. 굴처럼 어두컴컴한 방에서 아침이 왔는지 알 길이 없었다. 분명 알람이 울려야 할 텐데…… 불길한 예감이 들었다. 8시가 되어가고 있었다. 6시에 일어나기로 했는데, 다리오가 오후 6시로 알람을 맞춘 것이다. 가방을 챙겨 들고 도로로 나왔다. 남미에서 처음이자 마지막으로 택시를 잡아타고 9시에 공항에 도착했다. 10시에 비행기가 출발하니까 사실 그다지 늦은 것도 아니다. 하지만 이곳은 남미, 상식이 통하지 않는다.

"출발 네 시간 전에 왔어야죠!"

항공사 직원들은 우리를 도와줄 기색이 전혀 없다.

이 값싼 티켓은 보험도 안 되고 비행기를 놓치면 그대로 끝장이다. 비행기에 오르지 못한 10여 명의 사람들이 직원들과 실랑이를 벌이고 있었다. 고객센터에 가니 에어 코멧사의 항공권 때문에 왔냐고 대수롭지 않게 말했다. 에어 코멧이라는 회사의 사정이 힘들어지자 몇 개월 치 임금을 받지 못한 직원들이 빈자리를 마음대로 팔아넘긴 것이다. (같은 해 크리스마스이브, 이 회사는 고향집에 가려고 몇 년 동안 돈을 모은 남미의 이민자들을 울리며 파산했다. TV에서는 공항에서 진을 치며 우는 사람들의 모습을 실시간으로 중계했다. 정말 망할 놈의 회사다.)

내가 성질을 부리는 동안 다리오는 스페인행 비행기표를 수소문했다. 다리오를 등쳐먹으려고 접근한 사람이 하나 있었는데 비행기표를 환불받을 방법이 있다며 여기저기 데리고 다녔다. 그것을 눈치 챈 스웨덴에서 온 페루 아저씨는 한마디를 남기며 떠났다.

"내가 페루 사람이라서 아는데 절대 페루 사람을 믿지 마. 당신들에게 접근하는 단 한 가지 이유는 사기 치기 위해서니까!"

일곱 시간 만에 다리오가 돌아왔다.

"표를 구했어. 그런데 문제가 하나 있어……."

나는 그 짧은 순간 별의별 가능성을 상상했다.

"비즈니스클래스야. 그것도 비싼 I항공사."

환불을 받고 그 돈으로 비즈니스석 티켓까지 구할 수 있게 중간에서 도와준 사람은 다름 아닌 다리오를 등쳐먹으려던 아저씨였다. 다리오와 함께 보낸 일곱 시간 동안 아저씨는 마음을 바꿔 도와주기로 결정한 것이다. 공항 밖 육교 앞에서 구걸하는 앉은뱅이 장애인 아저씨와도 친구가 되었는지, 다리오가 지나가자 "표는 구했어? 집에 갈 수 있게 되었네"라며 웃는다. 다리오는 그에게 남은 페루 동전을 다 털어주고 체 게바라가 그려진 싸구려 담배의 마지막 개비를 천천히 필터가 탈 때까지 피웠다.

항공사의 창구에 도착했다. 비즈니스클래스 전용 창구에 다가가지 못하게 남자 직원이 우리를 제지했다.

"저희 표가 비즈니스인데요."

이번엔 립스틱을 빨갛게 바른 신경질적인 얼굴과 목소리의 아줌마가 어이없다는 표정으로 "비즈니스?" 하고 되묻는다. 예약번호와 여권번호를 신경질적인 손가락질로 키보드를 두드려 확인해보고는 자신도 놀라서 혼잣말을 한다. "진짜 있네."

다리오는 시키면 뭐든 만들어주는 VIP 라운지에서 한 시간 만에 5종류의 칵테일을 주문했다. 딱딱한 손님들만 상대하던 바텐더도 신이 나서 다리오에게 여러 새로운 칵테일을 선보였다. 그때 처음 페루의 유명한 포도 증류주 '피스코'를 맛보았다. 그것도 최고급으로 말이다.

"물어볼 게 있어요. 당신들은 겉모습은 이런데 최고급으로 여행을 하나요?" 바텐더가 물었다.

"우리 복권에 당첨되었어요." 다리오가 말하며 웃었다. 바텐더도 웃었다. 나도 큰소리로 웃었다. 바에 앉아 있던 사람들은 복권에 당첨된 우리를 위해 축배를 들었다.

탑승할 때도 비즈니스 전용문으로 들어간 우리의 모습은 길게 줄을 선 사람들의 넋을 빼놓기에 충분했다. 한 스페인 여자는 남자친구의 옆구리를 쿡쿡 찔러댔다. 아마 그들은 집에 가서 빈티가 좔좔 흐르는 히피들도 비즈니스클래스로 여행한다고 친구들에게 이야기했을 것이다.

비행기에 타자 승무원이 샴페인을 한잔 따라준다. 저녁으론 아르헨티나산 쇠고기 덩어리와 커다란 케이크가 나왔다. 눈을 부릅뜨고 영화를 보며 온갖 고급 간식을 먹으려 했건만 침대처럼 펼쳐지는 편안한 의자에서 금세 잠이 들고 말았다. 독한 다리오는 끝까지 안 자고 버텼다.

"언제 또 비즈니스를 타보겠어."

비행기에서 내린 뒤 마드리드의 지하철을 타고 집으로 왔다. 다리오는 씻지도 않고 침대에 쓰러져 다음날까지 일어나지 않았다.

이 우연은 1년 반을 거지처럼 지냈으니 왕처럼 집에 가라며 남미가 보내준 선물이라고 생각한다. 아주 가끔 그날 우리가 보냈던 호화로운 한때를 회상한다. 하지만 덜컹거리는 남미의 야간버스에서 보낸 수많은 밤만큼 그립지는 않다. 역시 우리는 이렇게 사는 게 행복한 사람들인가 보다.

놀림은 좀 받을지 모르지만, 만약 아들을 낳는다면 이름을 '잉카'라고 지어야겠다. 페루와 볼리비아에 살아 숨 쉬는 잉카의 전통에 매료당한 지 오래다. 그들의 역사, 언어케추아어, 아이마라어, 의복, 자연을 섬기는 의식, 그 모든 것이 너무 이국적이고 아름답다. 하지만 찬란했던 태양의 아들들은 식민지라는 반윤리적 역사가 훑고 지나간 지금 자본주의 사회의 낙오자로 궁핍하게 살고 있다. 폐타이어 샌들 사이로 보이는 새까맣게 굳은살이 앉은 인디언들의 발은, 책에서 읽은 영광스런 잉카의 모습과는 커다란 괴리가 있다. 어느 날 시장에서 1000원짜리 폐타이어 샌들을 샀다. 거친 신발에 발이 성할 날이 없고, 바닥이 울퉁불퉁해서 불편했지만 쿠스코에서 지낸 2개월간 쭉 그 신발을 신었다. 그때마다 나에게 말을 거는 인디언들이 많았다. 마치 한국의 시골마을에 고무신을 신고 나타난 외국인 꼴이었을 것이다. 무엇보다 그들을 응원하고 싶었다. 가난해서 신는 신발이 아니라 멋있어서 신는 신발이라고, 정말 멋지다고 말이다. 내 의도를 알아차린 듯 인디언들은 호감의 미소를 마구 보내왔다.
남미 여행의 막바지를 보낸 페루와 볼리비아는 물이 오른 우리 여행길에 깊은 여운을 남겼다. 사람들의 처절한 생존 문제보다 그들의 얼굴에 순수하게 피어오르던 미소가 더 깊이 각인된 것은, 우리가 더 이상 물질의 많고 적음으로 인생의 질을 판단하지 않게 되었다는 증거다.

쌩야생 캠핑 법칙 6

음식은 되도록 간단하게, 무게를 줄이기 위해
양은냄비 하나로 요리하고 밥하고 커피도 끓
인다. 기름이 둥둥 떠 있는 모닝커피가 맛있
는 이유는 새들이 지저귀고 태양이 찬란하게
떠오르는 야생이기 때문이다.

chapter 6. 영국과 스페인
곧 무너져도 무조건 '스타일리시'한 유러피언 하우스

영국: 자본주의 사회 에서
반자본주의자들이 사는 법

한 개인이 평생 일해도 살 수 없는 집…….

이제 집은 더 이상 따뜻한 보금자리로서의 본질을 잃었다.

집은 돈이고 노후대책이며 투자 대상이다.

그런 세상에 반대하는 스콰터들은 자본주의사회의

자발적 소외 자가 되어 빈집에 들어가 지낸다.

인도 뉴델리에서 200달러짜리 런던행 비행기표를 사고 남은 120달러로 이국적인 장신구들을 사 모았다. 나름 과감한 투자를 감행한 것이다. 당시 유럽에서는 인도풍 패션이 인기를 끌고 있었다. 유럽의 페스티발을 돌며 장사를 하는 것만이 여행을 계속하는 데 필요한 돈을 마련할 수 있는 마지막 방편이라고 생각했다.

런던에 도착해서 다리오는 인도 여행을 함께한 친구 카를로스에게 연락을 했다. 갑작스러운 연락에도 그는 우리를 데리러 지하철역까지 마중을 나왔다. 카를로스는 런던 남부 브릭스톤Brixton에 있는 스콰트하우스squat house에서 살고 있었다. 유럽에서는 도시의 건물 하나를 허물고 새로 짓는 허가 자체가 엄격해서 돈 없는 집주인들은 100년은 되었을 법한 오래된 건물을 그냥 방치하곤 한다. 그런 건물에 들어가 무허가로 사는 형태를 스콰트squat이라고 부른다.

영국의 스콰트하우스는 문화교류의 장이 아닌 숙소의 개념이 강하다. 물론 예술가들이 점거한 빈집을 갤러리나 지역 문화센터로 사용하는 경우도 있다. 영국법에 의하면, 집주인은 집을 소유한 사람이기도 하지만 그 집을 가꾸는 사람이기도 하다. 누군가는 자신이 점거해 살던 빈집을 법적으로 갖게 되었다는 전설 같은 이야기도 들렸다.

한 개인이 평생 일해도 살 수 없는 집……. 이제 집은 더 이상 따뜻한 보금자리로서의 본질을 잃었다. 집은 돈이고 노후대책이며 투자 대상이다. 그런 세상에 반대하는 스콰터Squatter들은 자본주의사회의 자발적 소외자가 되어 빈집에 들어가 지낸다. 지지리도 없는 삶을 스스로 선택한 것이다. 카를로스도 그렇게 자신의 보금자리를 찾아냈다. 비어 있는 자연의 공간도, 도시의 빈 건물도 들어가 살면서 온기를 불어넣으면 그대로 집이 된다는 사실을 알기 때문이다.

집 앞에 도착했을 때 카를로스가 입을 열었다. 엄청나게 큰 개 여덟 마리와 함께 살고 있는데, 개들은 감각으로 공포를 감지하기에 만약 상대가 무서워한다는 것을 알아차리면 곧바로 덮칠 것이라고 했다. 무슨 일이 있어도 절대 절~대 두려움을 보여서는 안 된다고 몇 번이나 다짐을 주었다. 대체 얼마나 큰 개길래 그렇게 겁을 주나, 생각했다. 개들을 직접 보기 전까지는 말이다. 열쇠로 문을 따는 순간 달려오는 괴물 같은 녀석들의 발자국 소리와 짓는 소리가 귓전을 때렸다. 아무리 공짜라지만 도망치고 싶었다. 겁먹지 말라던 카를로스의 충고도 아무 소용없었다. 문이 열리기도 전에 무서웠다. 문틈으로 엿보니 개들은 새로운 이방인의 출현에 한꺼번에 호기심을 보였다. 앞다리를 들고 일어섰는데 그 앞다리는 정확히 나의 어깨를 짓누를 수 있는 정도의 높이다. 얼굴 크기가 나의 3배는 되는 듯하다. "옴 샨티 샨

괴물 같은 녀석의 얼굴.

티.” 인도에서 배운 명상법을 총동원해 만트라를 외우며 두려움을 잊으려고 애썼다. 동물을 무서워하지 않는 다리오 역시 개들의 크기에 놀라는 눈치였다. 내게 달려든 여덟 마리의 개들은 냄새를 맡느라 바빴다.

하루가 지났다. 개들은 나를 더 이상 이방인으로 느끼지 않는 듯했다. 아무런 경계의 빛 없이 내 주변을 맴돌았다.

전형적인 런던의 주택 구조를 가진 스쾃하우스는 3층 건물에 작은 뒷마당까지 있지만 그야말로 ‘개집’ 수준이었다. 집 안에선 젖은 개털 냄새와 오줌 냄새가 섞인 오묘한 냄새가 나고, 전기선이 연결되지 않아 음침하고 더러웠다. 런던의 펑크들이 사는 공짜 집의 실체다. 카를로스는 그곳에서 지낸 지 3년째다. 3년 동안 경찰들이 수도 없이 들락거리며 나가라고 경고했지만 야수 같은 여덟 마리의 개가 이 집에 오고 나서는 사정이 달라졌다. 경찰들도 겁을 먹고 쉽사리 이 집의 문을 열려고 하지 않는다.

며칠이 지났다. 나 역시 개들의 존재가 편해졌다. 따뜻하고 폭신한 그들의 등에 머리를 베고 누워 있을 수도 있고, 좁은 복도에서 개들 사이를 지날 땐 장난 삼아 엉덩이를 한 대씩 치기도 했다. 그곳에서 지내는 동안 개에 대한 나의 두려움은 완전히 없어졌다. 고마운 집이다.

그런데 여덟 마리의 개들은 우리를 있는 그대로 받아들였지만, 그곳에 사는 펑크들이 우리를 내쫓았다. 이유인즉, 히피들은 밥맛이라나 뭐라나. 우린 히피가 아니라고, 그들의 오해를 풀어주고 싶은 생각도 들지 않았다. 아무것도 아닌 것으로 사람들을 분리하고 이유 없이 증오하는 편협한 그들이 세운 왕국이라면 우리도 사절이다.

런던에선
돈 쓸 일이 없다

'진짜' 히피들이 사는 옆 동네 스쾃하우스로 이사를 했다. 오래전 스페인 사람들이 점거한 집 안에선 깨끗한 냄새가 났다. 아마도 아로마 향이 먼지를 덮고 있어서 그랬을 것이다. 동물도 없다. 대신 잘 정돈된 거실에는 길에서 주워온 색색의 소파들로 가득했다. 주방에는 스페인 사람들이 살고 있다는 것을 증명하듯 돼지 뒷다리가 통째로 걸려 있다. 스페인 햄 '하몬'이다.

대머리의 스페인 남자는 인도에서 막 돌아온 우리와 자신의 인도 여행 이야기를 한참 나눈 뒤, 따뜻한 음식을 해주기 위해 서둘러 주방으로 들어갔다. 그가 만든 음식은 기름에 볶은 감자와 계란을 섞은 '토르티야 데 파타타Tortilla de patata'다. 한국의 계란말이부침쯤 되는데 내가 처음 맛본 스페인 요리이고, 그 후 언제나 마음이 따뜻해지는 마법의 음식이 되었다.

5월의 런던은 미친 듯이 추웠지만, 다행히 우리를 받아준 사람들 덕분에 당분간 지낼 곳은 걱정하지 않아도 되었다. 다리오와 런던 시내를 걷고 또 걸었다. 살인적인 런던의 교통비 덕에 다리 운동 한번 제대로 했다. 걸으면 그 도시를 더 잘 볼 수 있다는 장점도 있다. 불러주는 데는 없지만 갈 곳은 많다. 우리는 고풍스러움과 펑크적인 멋이 공존하는 영국의 뒷골목을 무척 좋아했고, 슈퍼마켓 할인품목 진열대에 단골로 놓여 있는 싸고 맛있는 대형 초콜릿 머핀은 최고였다.

무엇보다 런던을 좋아한 이유는 예술을 감상하는 데 돈이 들지 않기 때문이다. 굳이 미술관에 가지 않아도, 길거리를 목적 없이 걸어도 예술적 영감이 흘러넘친다. 전통과 역사를 중시하는 영국이라는 이름의 자부심에 핵폭탄 같은 펑크 문화가 그대로 섞여 묻어난다. 나의 야릇한 반항 심리와 잘 맞아떨어져서 그런지 모르겠지만 검정색 망사 스타킹을 찢어 신고 헝클어진 머리를 아무렇게나 자른 젊은이들의 존재 자체가 귀족들의 인물화 사이에서 더욱 살아 있는 예술로 보였다.

테이트모던 미술관에서 몇 시간을 보내고 작은 야채가게 앞을 지나는데 버리려고 내놓은 듯 약간 상한 아보카도 한 상자가 보였다. 상품으로선 가치가 없기 때문에 버렸을 테지만 못 먹을 정도는 아니다. 런던은 프리건 freegan, 음식 재활용으로 쓰레기를 줄이는 일종의 친환경 라이프스타일으로 살기 좋은 곳이다. 사람들은 소비하고 소비했고, 버리고 또 버렸다. 그럼 우리 같은 사람들은 일용할 양식으로 활용했다. 아보카도를 열 개 주워다 멕시코 음식인 과카몰레 Guacamole를 만들었다. 다리오는 멕시코요리를 꽤 잘하는데 간단하면서도 양이 넉넉해서 여럿이 나눠 먹기 좋다. 새로운 사람들을 만날 때 맛있는 음식을 함께 먹는 것은 빼놓을 수 없는 즐거움이다. 맛있는 음식을 나누고 나서야 사람들은 마음속으로 가족이 되었다.

그날 밤도 우리는 거실의 2인용 소파에 발을 밖으로 뻗고 누웠다. 사람들은 여분용 담요를 내주며 감기 걸리지 않게 조심하라고 당부했다. 전날보다 덜 추운 듯한 느낌은 따뜻한 사람들의 배려 덕분이 아닐까 싶었다. 담요에서는 오랫동안 빨래를 하지 않은 듯 냄새가 났다. 하지만 상관없었다. 우리가 담요보다 더 더러웠기 때문이다.

5월의 런던은 나에게 너무 추웠다. 위풍이 심한 옛날 집에서 졸졸졸 힘없이 나오는 온수는 목욕을 망설이게 했다. 밤거리를 걷다가 구세군 채리티숍재활용품을 값싸게 파는 가게 앞에 사람들이 놓고 간 헌 옷을 뒤졌다. 그리고 정말 추위만을 피할 수 있는 촌스럽기 그지없는 재킷 하나를 건졌다. 하지만 아무리 추워도 나는 그 옷을 입을 만큼 이미지를 망가뜨리고 싶지 않았다. 그때까지는 아직 겉멋이 남아 있었던 모양이다.

떡 본 김에 제사

**아보카도
본 김에
과카몰레**

런던 길거리에 버려진 아보카도 열 개를 줍고 나서 인적 드문 거리 한쪽에 인도에서 물 건너온 장신구를 깔았다. 한 시간 동안 12파운드를 벌었다. 조개 팔찌 두 개를 10파운드에 판 기념으로 집에 오는 길에 슈퍼에 들렀다. 토마토, 양파, 레몬을 사고 커다란 나초 칩도 두 봉지 샀다. 두 손이 무거워져 돌아가는 길은 빈손보다 훨씬 기분 좋다.

1. 아보카도를 반으로 가르고 숟가락으로 속을 파낸다.
   과카몰레용 아보카도는 최대한 물렁하고 여문 것이 좋다.
   길거리에 버려진 아보카도는 과카몰레의 재료로 치면 최상품이다.

2. 토마토, 양파, 고수 잎을 잘게 자르고 매운 고추를 갈아 넣는다.

3. 모두 잘 섞은 뒤 레몬즙과 소금을 적절히 배합한다.

4. 집에서 제일 커다란 접시에 담는다.

5. 나초 칩에 과카몰레를 잔뜩 얹어 한 번도 대화를 나눠보지 않은 사람들에게 먹여준다.

빠르고 간단한 요리 하나로 우리 모두는 낯선 사람에서 친구가 되었다.
(한국에 돌아온 후 따뜻한 기억을 되짚으며 과카몰레에 도전했다. 하나에 4000원인 아보카도의 가격에 깜짝 놀라 아보카도가 빠진 과카몰레를 만들었다. 방법은 토마토를 더 많이 넣는 것. 과카몰레가 아닌 토마토몰레가 될지 모르지만……. 단호박을 쪄서 과카몰레를 만들었다. 고수 대신 깻잎을 넣었다. 맛은 그냥 먹을 만했다.)

　　영국인 토니와 페이 부부를 만난 것은 인도 여행을 할 때였다. 그들은 좀처럼 다른 여행객들과 섞이지 않았고, 우리 역시 그들의 남다른 포스 때문에 먼저 말 걸기조차 부담스러웠다. 페이는 아주 심한 웨일스 사투리를 쓰는데 몸이 자주 아파 신경질적이었다. 앞니가 위아래로 빠진 토니는, 미안한 이야기지만 간혹 부랑자처럼 보였다.

　　그들과 친해질 수 있었던 유일한 이유는 그들의 딸 인디아가 우리를 잘 따라서였다. 일곱 살인 인디아는 7년의 삶 가운데 절반을 인도에서 보냈다. 이름을 인디아India라고 지은 것도 페이가 인도에서 임신을 했기 때문이다. 인디아는 알파벳을 잘 읽지 못하지만 무수한 힌두교 신들의 신화는 전부 꿰고 있었다. 나는 심심할 때마다 이 아이에게 신화 강의를 듣곤 했다.

　　선라이즈 페스티발sunrise celebration이 열리는 영국 남부의 작은 마을에서 3개월 만에 그들과 다시 만나기로 했다. 선라이즈 페스티발은 1년에 한 번 해가 가장 긴 하지에 열리는 4박 5일의 캠핑 음악 축제다. 여행자들의 축제답게 사람들은 저마다 움직이는 집을 끌고 왔다. 영국의 전형적인 2층 버스를 개조한 집도 있고, 오래된 기차의 일부를 트럭 위에 실어 만든 집도 있다. 개성 있는 집들이 들판에 하나둘 모이더니 어느덧 하나의 마을을 이루었다. 그들은 영국에서 '뉴에이지 트래블러'라는 이름으로 불린다. 트럭을 이용해 만든 집에서 지내면서 농장에서 일하거나 철 따라 옮겨 다니며 자연에서 캠핑을 하고 그룹을 지어 공동생활을 한다. 여행자의 삶을 택한 그들의 공통점은 한곳에 속하지 않는다는 것이다. 하지만 모든 곳에 속할 수 있다. 원하는 동안 자신이 속한 곳에서 지내다가 그 시기가 다하면 다시 새로운 집을 찾아 홀가분하게 떠난다.

우리는 운영자들을 찾아가서 페스티발 기간 동안 일을 하고 싶다고 말했다. 그렇게 해서라도 돈 쓸 일을 좀 막아보자는 계산이었다. 하루 세 시간 쓰레기 줍는 일이 우리에게 주어졌고 스태프의 캠핑장을 이용하고 공짜로 음식을 먹을 수 있었다. 무엇보다 90파운드의 입장료를 내지 않아도 되는 절호의 조건이다. 아침 일찍 일어나서 쓰레기를 줍다 보면 밤새 광란의 파티를 보낸 사람들이 흘린 물건들로 가득했다. 첫날 다리오는 20파운드짜리 지폐를 주웠고, 나는 엄지손가락만 한 크리스털 목걸이를 주웠다. 생각보다 짭짤했다. 우리와 한 팀을 이룬 쓰레기 당번들이 있었으니, 유럽 전역의 페스티발을 도는 나이 든 히피와 프랑스에서 온 빈털터리 두 남자(담배 살 돈도 없어 꽁초를 주워 피웠다) 그리고 영국의 개념 없는 십대들이다.

일은 전혀 힘들지 않지만, 영 익숙해지지 않는 영국의 날씨 때문에 고

생을 했다. 사람들에게 빌린 여름용 텐트에다 바닥에 까는 돗자리도 없이 축축한 땅의 한기를 그대로 받느라 입술이 파랗게 질릴 정도로 추위에 떨었다. 가끔 내리는 비 때문에 아름다운 들판은 진흙탕이 되었다. 왜 페스티발에서 파파라치 사진에 찍힌 영국 모델 케이트 모스가 장화를 신고 있었는지 알 수 있었다. 장화는 영국 페스티발에서 필수품이었다. 장화를 신지 않은 우리의 발은 언제나 젖어 있어 추웠고 진흙이 묻어 더러웠다.

견디다 못해 셔틀버스를 타고 읍내로 장화를 찾아 나섰다. 다리오가 구세군 채리티숍에서 발견한 어린이용 장화를 3파운드에 사서 나에게 주었다. 어린이용이라 해도 사이즈가 23.5센티다. 영국에서 나는 언제나 키즈 사이즈였다. 장화를 사고 난 후 비는 한 번도 오지 않았고, 날씨는 따뜻했다. 그리고 무거운 장화는 나의 애물단지 영순위가 되어 여행하는 내내 배낭에 달려 있었다.

일이 없는 낮 동안엔 인도에서 가져온 물건을 팔았다. 나름 투잡이다. 3일 동안 200파운드 정도의 수입을 올렸는데도 물건은 줄어들지 않고 배낭은 여전히 무거웠다. 대성공은 아니지만 투자금은 벌었으니 실패는 아니라고 스스로를 위로했다.

페스티발이 끝나자 일은 배로 늘었다. 사람들은 가져온 물건들을 다 버리고 떠났다. 쓰레기더미에서 빈털터리 프랑스 남자들을 만났다. 그들은 사람들이 버리고 간 과일과 따지도 않은 캔 음식 등을 커다란 가방에 담고 있었다.

"정말 미쳤어. 이 모든 것을 왜 버리고 가지? 물론 우리 같은 사람들에게는 고마운 일이지만……."

우리 역시 산처럼 쌓인 쓸모 있는 쓰레기더미에서 멀쩡한 캔 음식을 챙겨 토니의 차에 실었다. 네 사람이 일주일은 버틸 수 있는 양이다. 며칠 밤을 지낸 텐트조차 접기 귀찮았는지, 버려진 텐트가 수십 개나 되었다. 그중 작고 꽤나 튼튼한 텐트 하나를 주웠다. 우리는 그 텐트를 지금도 잘 사용하고 있다.

토니와 페이가 맨체스터에 있는 집으로 우리를 초대해주었다. 짐을 잔뜩 실은 소형차에 나와 인디아는 간신히 껴서 탔고, 다리오는 주소가 적힌 종이를 손에 쥐고 따로 버스를 타고 오기로 했다.

하지만 그날 밤 그는 도착하지 않았다. 별들에게 물어보니 다리오는 안전하며 내일 아침에 도착할 거라고 했다고 인디아가 전해주었다. 인디아가 전해준 별들의 말대로 다리오는 다음날 아침 7시에 집 앞에 와 있었다. 중간에 버스가 끊겨 터미널에서 노숙자들과 하룻밤을 보냈다고 한다. 그나저나 별들과 대화가 가능한 인디아가 부러웠다.

이것은 가족에 대한 이야기다. 그것도 아주 큰 대가족이다. 여행을 하는 전세계의 모든 사람들이 이 가족에 속한다. 인도에서 일곱 살짜리 딸아이와 여행하는 영국인 부부를 만난 뒤 이 사회에서 우리가 속한 곳을 마침내 찾았다. 선택된 소수의 무리들…… 바로 여행자들이다. 내가 얼마나 깊이 그 가족들을 내 가슴에 품고 있고, 그들에게 많은 것을 배웠는지 나누고 싶다.

공룡이 이 세상에 나타났고 그 후 우리도 같은 곳에 태어났다. 평생을 내가 누구인지 탐구했지만 어느 곳에도 속할 수 없었다. 어릴 때부터 꿈꾸던 삶의 모습은 그 어디에도 보이지 않았다. 모모가 되고 싶은 나에게 토니와 페이를 만난 것은 새로운 삶의 방향을 알려준 중요한 사건이다.

가장인 토니는 '뉴에이지 트래블러 운동New Age Travelers Movement'을 경험한 장본인이다. 뉴에이지 트래블러는 1970년대 미국의 히피 그룹에서 파생된 한 스타일이다. 사람들은 '향수병'에 걸린다는 말을 한다. 그렇다면 그들은 '여행병', 즉 떠나지 않으면 아픈 병에 걸렸을 확률이 크다. 그래서 보금자리를 트럭에 담고 떠돌아다녀야 했는지 모른다. 영국에서 이 새로운 여행자들은 점점 늘어났지만 사람들의 시선은 차가웠다. 사람들은 그들을 게으른 노숙자(조지 오웰에 의하면 일 없는 노숙자들이라고 절대 게으르지 않다!)나 사회의 기생충이라 판단했다. 한 번밖에 없는 인생을 나름의 행복 기준에 따라 자유롭게 살려는 여행자들은 사회의 낙오자로 전락했다. 하지만 그들의 움직임은 계속되었다. 모이는 것이 주 특기인 그들은 아름다운 자연을 가진 영국 전역에서 며칠이고 계속되는 페스티발을 조직했다. 이것이 오늘날 대형 록 페스티발의 시작이며, 현재는 free무료도 아니고 free spirit자유 정신도 아니다.

토니 가족과 함께한 선라이즈 페스티발은 이전의 스톤헨지 하지점 페스티발을 대신하는 히피 여행자들의 축제다. 1985년 스톤헨지에서 여름 해가 가장 긴 하지점에 여행자들이 모였다. 12년간 이 페스티발은 여행자들을 결집시켰고 많은 사람들에게 그들의 존재를 알리는 중요한 축제였다. 그동안 영국 정부는 그들을 주시했다. 점점 커지는 그들의 움직임과 대안을 좇는 사람들이 자신들의 영향력 밖으로 빠져나갈까봐 두려웠을 것이다. 모든 것이 엄격하게 지켜지는 사회에서 그들의 자유로움은 축제가 아니라 전쟁이 되었다. 하지점의 동이 틀 무렵 경찰이 그들을 덮쳤다. 그들의 보금자리는 모두 짓밟혔다. 450명의 여행자들을 1300명의 무장 경찰이 일방적으로 공격한 것이다. 경찰은 그들을 동그랗게 포위하고 여자, 아이 할 것 없이 닥치는 대로 매질을 했다. 이것이 '빈필드의 전투The Battle of the Beanfield'라고 불리는, 아웃사이더를 향한 영국 사회의 대표적 억압의 예다. 그렇게 그들의 삶의 희망은 꺼져버렸다. 토니는 그곳에서 위아래 앞니를 모두 잃었다. 영국 역사상 한 번에 가장 많은 체포자를 낳은 사건이다. 그들의 죄명은? 집이 없는 것? 직장이 없는 것? 사회가 정해주지 않은 그룹을 만든 것? 알 수 없는 일이다.

함께 지내는 동안 토니는 스톤헨지에서 일어난 비밀 같은 억압의 진짜 뒷이야기를 들려주었다. 이제는 모든 것이 잊혀지고, 영국은 여행자들이 고안해낸 메가 페스티발의 본고장이라는 명성을 얻었다. 지금 우리가 즐기는 모든 형태의 자유는 누군가의 상처와 피를 재물로 바친 결과물인 것이다.

절대 우리의 잘못이 아니다. 스페인으로 떠나는 날 아침 일찍 일어나 아침 겸 점심을 거창하게 먹고 버스를 타고 공항에 갔다. 두 달 전에 미리 예매해둔 2만 원도 안 하는 알메리아행 비행기를 타기 위해 평소와 달리 10분마다 한 번씩 시계를 보며 시간에 유념했다. 영국 공항은 언제나 불쾌감을 주었다. 눈에 잔뜩 힘을 주고 질문을 퍼붓는 공항 직원들은 나를 주눅 들게 했다.

때 묻은 배낭과 페스티발에서 팔기 위해 인도에서 사온 온갖 잡동사니, 제대로 된 숙소 없이 오래 여행한 우리의 비위생적인 겉모습, 게다가 외국인이기까지 한 우리는 그들이 가로막고 트집 잡고 싶은 승객 영순위였다. 투시 카메라로 손가방을 검사하는 뚱뚱하고 우울한 표정의 백인 아줌마는 우리의 가방이 수상하다며 경찰을 부르겠다고 했다. 말도 안 되는 상황이다. 저 멀리서 로보캅을 연상시키는, 키가 2미터는 될 것 같은 완전 무장한 경찰 두 명이 우리를 향해 뚜벅뚜벅 걸어오고 주변 사람들의 시선은 일제히 우리에게 쏠렸다. 아무 잘못도 없는데 범죄자로 오인받게 되었다. 몇 해 전 런던 시내에서 일어난 사건이 머릿속을 맴돌았다. 한 브라질 남자가 경찰이 부르자 도망치다가 총에 맞아 죽은 사건이다. 그는 결백했고 도망친 이유는 단지 경찰이 싫어서였다. 나는 아무 잘못 없는 그가 왜 도망갔는지 순간 이해가 갔다. 경찰의 위압감은 결백한 자도 쫄게 한다. 경찰은 우리를 작은 방으로 안내한 뒤 30분쯤 지나 다시 돌아왔다.

"당신들의 가방에는 불법의 소지가 있는 것이 전혀 없으니 이제 비행기를 탈 수 있어요."

문제는 비행기가 이미 떠났다는 것이다. 그 멍청한 공항 직원은 우리가

경찰과 함께 떠난 직후 승객이 체포(?)되었으니 우리 가방을 비행기에서 내
리라고 인터폰으로 알렸던 것이다. 그렇게 최저가 항공권은 물 건너갔다.
고맙게도 경찰 한 명이 우리와 함께 라이언항공 (유럽 저가 항공사) 공항 내 사무소
까지 함께 가주었다.

"세금 포함해서 한 사람당 80파운드예요."

지갑을 뒤져 페스티발에서 인도 물건을 팔아서 남긴 비상금 100파운드
를 찾았다. 경찰은 우리가 가진 돈이 딱 100파운드라는 것을 눈치 채고는
직원에게 사정 얘기를 대신 해주었다. 그가 생각해도 우리의 처지가 딱했
나 보다. 경찰의 도움으로 간신히 할인을 받았다. 지금 생각하면 그 경찰이
정말 고맙다. 영국의 권위 있는 경찰, 게다가 로보캅 같은 그는 의외로 순
경 아저씨처럼 따뜻한 마음을 가졌다.

마음을 추스르고 보니 오후 4시다. 공항에서 도넛을 파는 흑인과 이야
기를 나누었다.

"난 당신들같이 일진이 안 좋은 사람들을 종종 봐요."

"보상을 받을 수 있을까요?"

"절대 그럴 일은 없어요. 내가 당신이라면 시도도 안 할 거예요. 영국의
공항은 악명 높죠."

그 말을 듣고 더욱 오기가 생겼다. 이것은 엄연한 차별이다. 겉모습이
그러니까 그럴 거라는 편견……. 겉모습은 절대로 그 사람의 영혼을 대변하
지 않는다.

저녁때까지 빈속이었지만 머릿속이 복잡해서 허기를 느끼지 못했다.
그리고 그 허기는 잠이나 자볼까 하고 그다지 푹신하지 않은 공항의 짧은
소파에 쭈그려 누웠을 때 한방에 찾아왔다. 공항을 두리번거렸다. 문을 닫
으려고 준비하는 한 고급 유기농 샌드위치 가게를 발견했다. 빨간 머리에
창백한 얼굴색이 전형적인 영국인같이 생긴 스무 살쯤 된 아가씨 혼자 카운

터를 정리하고 있었다. 내 딴에는 용기를 내서 다가갔다. 우리의 사정을 짧게 설명하고, 버리는 음식이 있으면 줄 수 있겠냐고 물었다.

그녀는 우리를 탐색하고는 채식주의자인지 물었다.

"아니요. 아무거나 상관없어요."

그녀는 종이봉지를 꺼내 계란 샌드위치와 닭가슴살 샌드위치를 각각 두 개씩 싸서는 냅킨까지 챙겨서 우리에게 건넸다. 덕분에 평소 사먹지도 않던 비싼 유기농 샌드위치를 배불리 먹고 새우잠을 청했다. 비록 일진이 더러운 하루였지만 우리를 도와준 사람들이 있어서 지금 생각하면 오히려 행복했던 밤이다.

밤새 고객 만족 카드에 장문의 불만 편지를 쓰고 스페인에 도착해서 3개월 만에 공항으로부터 답장을 받았다. 내용은 대충 이랬다.

"그런 몰골로 나타난 네 탓이오."

동서양에 걸쳐 모험적인 세계여행을 하던 파이퍼 부인이 고국에 가까운 러시아령 아시아에 도착했을 때 일이다. 그녀는 그곳 관리를 만나러 갈 때는 여행복이 아닌 다른 옷차림을 해야 했다. 그것은 그녀가 이제 "옷을 보고 사람을 판단하는 문명국에 왔기 때문"이었다.

– 헨리 데이비드 소로, 《월든》

겉모습으로 사람을 판단하는 것은 200년 전과 바뀐 게 하나도 없는 듯하다.

스페인: 동굴에서 리조트 폐건물까지, 모두가 소울메이트

진정 벗는 것에 너그러운 나라다.
나중에 안 사실인데 규모가 아주 작기는 하지만
스페인에는 '나체당'이라는,
말 그대로 나체주의자들의 정당까지 존재한다.
나는 스페인 사람들의 심각하지 않는 가치관에서
왠지 모를 해방감을 느끼며 스페인 생활에 빠져들었다.

처음 스페인에 왔을 때는 여름이었다. 스페인 남부의 알메리아에 도착해 가까운 공원에서 하룻밤을 보냈다. 다리오는 그 늦은 밤에 나를 공원 벤치에 혼자 남겨두고 동네를 한 바퀴 돌더니 어디서 신발 한 켤레를 주워왔다. 호피 무늬의 예쁜 새 신발인데 누군가 버린 것을 내 발에 맞겠다 싶어 주워온 것이다. 스페인에 도착하자마자 얻은 새(?) 신발은 새로운 삶이 나를 기다린다는 것을 말해주는 듯했다. 신발에 '인연'이라는 속뜻이 있다는 것을 알고 나서 나는 그것이 우연이 아님을 알았다.

알메리아에서 버스를 타고 오후 5시가 넘어서 라스네그라스Las Negras라는 아름다운 마을에 도착했다. 아무리 해가 긴 스페인의 여름날이라도 절벽을 따라 한참을 걸어야 하는 산페드로San pedro 해변까지 가는 것은 무리라고 생각하고 작은 마을에 어울리는 소박한 선술집에 들어가 시원한 맥주를 한 잔씩 들이켰다. 동네 아저씨들은 어디선가 등장한 이방인들을 탐색하느라 말을 뚝 멈췄다가 잠시 후 호기심이 좀 풀렸는지 다시 시끄럽게 떠들기 시작했다. 그제야 드디어 스페인에 도착했다는 것을 실감했다. 말이 그렇게 빠르고 성격 급한 스페인 사람들이 둘째가라면 서러워할 정도로 세상에서 제일 게으른 민족이라는 사실이 신기하기만 했다. 구석에 걸려 있는 오래된 텔레비전으로 축구 경기를 보면서도 말은 또 얼마나 많은지, 나는 한참 동안 멍하니 사람들을 구경했다. 그 누구도 상대방이 말할 때까지 듣고 기다리는 법이 없다. 다리오는 스페인에서 남의 말이 끝날 때까지 기다렸다가는 평생 한마디도 못 할 거라며 농담 아닌 농담을 했다.

맥주를 몇 잔 마셨더니 작은 접시에 음식이 나왔다. 그 유명한 '타파스'다. 술을 마시면 음식이 공짜로 나오는 스페인의 바에서는 배고픈 사람들도 밥 대신 술을 주문한다. 맥주 한 잔의 가격도 고작 1유로다. 밥은 굶어도 술은 절대 굶지 않는다는 것이 이들의 철학이다. 그날 밤이 깊어서야 바에서 나왔다. 텐트를 펼치기만 하면 되니 잘 곳은 문제가 없었다. 동네의 외딴 골목으로 빠지자 공사를 하다 만 집이 하나 보였다. 건물 안에 텐트를 치고 안전하게 하룻밤을 보냈다.

다음날 한 시간을 꼬박 작열하는 태양을 머리로 맞으며 도착한 산페드로에서 처음 본 광경은 나에게 적지 않은 문화적 충격을 주었다. 사람들이 옷을 다 벗고 있었다. 다름 아닌 나체 공동체였다. 하지만 남녀노소를 불문하고 벗고 있는 모습이 민망하기는커녕 너무나 자연스러웠다. 개중에는 벗는 것이 더 잘 어울리는 골수 히피들도 있고 도시에서 잠시 휴가를 보내러 온 평범한 사람들도 있었다. 물론 벗지 않는 사람들도 있었다. 사람들은 알몸으로 있으면서도 모르는 사람들에게 자연스럽게 말을 걸고 대화를 했으며 그 누구도 민망해하지 않았다. 자연에서 또 하나의 자연처럼 보이는 사람들의 알몸에 옷이 꼭 필요한가, 하는 생각까지 들 만큼 자연스러웠다.

철저하게 '자연'으로 며칠을 지낸 뒤 우연히 마드리드에서 차를 끌고 온 두 친구를 만나 600킬로미터가 넘는 거리를 히치하이킹해서 다리오의 고향

산페드로 해변에서.

집에 도착했다.

　　마드리드에서 지내던 어느 날 버스를 타고 시내에서 조금 떨어진 길 옆에 잘 갖추어놓은 자전거 도로를 지날 때였다. 실오라기 하나 걸치지 않은 흰머리의 아저씨가 열심히 자전거 페달을 밟고 있었다. 버스 뒷자석의 젊은 무리들은 아저씨를 향해 "브라보"를 외쳤고 버스에 앉아 있던 사람들은 한참을 웃었다. 진정 벗는 것에 너그러운 나라다. 나중에 안 사실인데 규모가 아주 작기는 하지만 스페인에는 나체당Partido Nudista 이라는, 말 그대로 나체주의자들의 정당까지 존재한다. 나는 스페인 사람들의 심각하지 않는 가치관에서 왠지 모를 해방감을 느끼며 스페인 생활에 빠져들었다.

8월의 텅 빈 마드리드 시내에는 외국인 관광객들만 들끓었다. 스페인 친구들은 시내가 일본인 관광객으로 가득 찼다고 말했지만 정작 내가 가보니 거의 한국인들이다. 스페인 사람들은 동양인 중에 일 하면 중국인이요, 관광 하면 일본인이라고 나름대로 정의를 내린 듯하다. 스페인에서 나는 언제나 중국인China과 일본인Japonesa 사이에 낀 존재였다.

마드릴레뇨Madrileños, 마드리드 토박이들이 모두 여름휴가를 떠나고 이방인들이 주인인 양 도시를 활보할 때, 나도 마드리드에 있었다. 법으로 꼭 휴가를 떠나야 하는 스페인에서 휴가를 떠나지 못하는 것은 고향에 돈을 부쳐야 하는 외국인 노동자들과 가난한 우리 정도밖에 없을 것이다. 그렇다고 집에만 있을 수 없어서 우리가 찾아낸 곳이 '페드리자'다.

'페드리자'는 마드리드 시내에서 40킬로미터 떨어진 곳에 있는 국립공원이다. 화강암으로 이뤄진 산맥의 능선을 따라 걸으면 종주하는 데 2~3일이 걸린다. 사람들은 더운 여름날 시원한 계곡에서 물놀이를 하려고 이곳을 찾는다. 주말이면 떠나고 싶은데 돈 없는 십대들이 배낭 가득 1유로도 하지 않는 시고 떫은 와인을 바리바리 싸 들고 나무가 울창한 평지를 찾아서 걷는 모습이 보였다. 그 싸구려 와인에 콜라를 타먹는 것이 스페인에서 유명한 칼리모초calimotxo라는 칵테일이다. 밤새 파티를 즐기려고 침낭까지 짊어지고 산에 오르는 그들을 보며, 술 한번 마시기 참 힘들다는 생각을 했다. 마드리드의 여름은 지독히 더웠다.

차를 소유하지 않은 우리는 버스를 타고 내려서 한참을 걸었다. 다리오는 이 산에 대한 자신의 많은 추억을 이야기하면서 나를 즐겁게 해주려고 안간힘을 썼지만 40도가 넘는 땡볕 아래 그늘도 드문 돌산을 올라가는 게 짜증났다. 그럴 때 우리는 음식과 침낭이 든 가방을 던져버리고 옷을 홀랑 벗고 계곡에 몸을 담근다. 한여름에도 물이 얼음장 같아서 1분을 채 채우지 못하고 나와 따뜻한 바위 위로 기어 올라가야 한다. 사람들의 발길이 뜸한 여름의 평일, 우리는 이 커다란 산의 주인이 된 듯했다.

이곳을 사랑하는 이유 중 하나는 '모라' 때문이다. 모라는 스페인종 뽕나무의 오디 열매로 여름의 페드리자에는 모라가 지천에 널려 있다. 우리는 산에서 캠핑을 할 때면 음식을 많이 가져가지 않고 대신 모라를 질리도록 따먹고 돌아왔다. 손가락 끝마디와 입술까지 시퍼런 물이 들 만큼 먹고도 달콤한 공짜 과일이 욕심났던 나는 다음번에는 꼭 양동이를 가져와 따가야겠다고 생각했다. 하지만 주말이 되어도 그곳에 온 많은 사람들은 모라를 절대 가져가지 않는다. 궁금한 마음에 다리오에게 물었다가 괜히 핀잔만 들었다.

"여기 와서 실컷 먹고 가는데 왜 또 집에 가져가? 그럼 다음에 오는 사

람들이 모라를 못 먹잖아."

촌스럽다고만 생각했던 스페인 사람들 역시 선진 시민의식을 가졌다. 아무것도 아닌 것에 욕심을 부린 내가 어찌나 촌스럽게 느껴지던지, 양동이 생각을 했다는 게 창피했다.

모라에 눈독을 들이는 것은 사람만이 아니다. 페드리자 전역에서 방목하는 건강한 소들은 그 우람한 근육이 무색하게 혓바닥을 날름거리면서 소심하게 모라 열매를 따먹느라 자신이 땡볕 아래 있다는 사실도 모르는 것 같았다. 새까만 소들의 반질반질 윤기가 흐르는 털에 태양이 반사되어 불이 붙는 모습을 상상하는 것이 그다지 어렵지 않을 정도로 지독한 더위였다.

그렇게 여름이 가고 모라 열매와 잎이 다 떨어지는 사이 계절은 가을을 지나 겨울에 들어섰다. 우리는 라면을 끓여먹을 생각으로 코펠까지 챙겨서 눈 쌓인 페드리자를 찾곤 했다. 서울만큼 춥지 않아 눈이 귀한 마드리드에서 페드리자는 발이 푹푹 들어갈 만큼 눈을 밟을 수 있는 유일한 곳이다. 나는 다리오가 누군가에게 얻어온 커다란 등산화를 신고 길에서 벗어나 괜히 눈 쌓인 곳만 골라 걸어 다녔다. 추위에 덜덜 떨다가 하룻밤도 못 자고 내려올 거라는 친구들의 도움 안 되는 응원을 받으며 떠난 한겨울의 페드리자에서 우리는 그들의 예상과 달리 2박 3일을 보내고 돌아왔다. 겨울 산은 생각보다 춥지 않았고, 생각보다 훨씬 아름다웠다. 밤하늘을 가득 채운 별들을 시기라도 하듯, 멀리 보이는 마드리드 시내가 밤새 환하게 반짝였다. 사람들의 발길이 드문 겨울날 산에 사는 야생동물들은 오히려 인간인 우리를 구경하느라 바빴다. 바위 위에서 곡선의 커다란 뿔을 뽐내던 야생염소들은 놀라는 기색도 없이 우리의 모습을 주시했다. 수적으로나 힘으로나 우리는 이 산의 소수자였지만 소외자는 아니었다. 우리는 자연스럽게 산에 합류했다.

페드리자는 나의 여름을 풍성하게 해주었고, 마드리드의 그 지루한 겨울의 끝을 채워준 오아시스다.

당신에게는 쓰레기,
나에게는 '득템'

다리오는 재활용 옷을 담아두는 곳을 지날 때마다 이것저것 내가 좋아할 만한 것을 꺼내왔다. 간혹 브랜드제품도 나왔고 새것도 있었다. 자기가 쓰던 것을 버리지만 모든 옷에서는 깨끗한 비누냄새가 났다. 나는 한국에서 중고제품이나 남이 쓰다 버린 물건들에 관심이 없었다. 남이 버린 물건을 쓴다는 것도 별로 내키지 않았다. 하지만 스페인에서 돈을 주고 사지 않고도 얼추 원하는 것을 공짜로 얻을 수 있다는 것을 경험하고 나자 더 이상 새로운 물건을 사지 않게 되었다.

시내에는 더 이상 필요 없는 물건들을 들고 와서 교환할 수 있는 공짜 가게들이 곳곳에 있다. 지나가는 길에 들러 종종 공짜 쇼핑을 즐긴다. 나에게 와서 새롭게 살아난 수많은 물건들을 생각하면, 나의 눈길과 손길을 한 번도 받지 못한 것들이 새로운 주인에게 갈 수 있게 하는 것이 옳다. 나도 커다란 가방 두 개를 가득 채운 추억의 옷가지들을 가지고 가서 누군가가 정성껏 만든 손뜨개 원피스와 신발 한 켤레로 바꿨다.

마드리드의 한 동네엔 아주 특별한 음식점이 있다. 공짜 음식점이다. 일주일 동안 사람들이 모은 음식 쓰레기로 요리를 하고 나눠 먹는다. 우리가 생각하는 음식 쓰레기가 아니다. 슈퍼마켓에서는 유통기한이 지난 음식과 흠집이 생긴 야채나 과일들을 모두 버린다. 물론 먹는 데 아무 문제가 없는데도 상품 가치가 없기에 쓰레기로 분류되는 것이다. 한국에서는 폐기처분하는 과정을 일반에게 공개하지 않지만 유럽에서는 슈퍼 앞 쓰레기통에 그냥 쏟아버린다. 음식 쓰레기를 분리수거하는 시스템도 없기에 플라스틱이고 음식이고 캔이고 모두 섞여 있다. 우리가 얼마나 많은 쓰레기를 만들고 있는지 경각심을 주기 위해 몇몇 젊은이들이 한동안 쓰레기 재활용으로 생활을 했다. 쓰레기통을 뒤져 먹을 것을 찾아내는 일이 창조적이고 의식적인 행위가 되는 이유는 자신이 원해서 하는 일이기 때문일 것이다. 어쩔 수 없이 쓰레기로 끼니를 때우는 것과, 사먹을 수도 있는 상황에서 자발적으로 쓰레기통을 뒤지는 것은 의도와 마인드 자체가 다르다. 무엇보다 그들의 '부지런함'은 높이 평가할 만했다. 남들이 다 자는 새벽녘에 길거리를 다니며 재활용 음식을 찾아 헤맨다는 것은 웬만한 결의로는 쉽지 않을 테니까.

그들의 모습을 보면서, 옛날에 할머니께서 갯벌에서 조개를 파면서 하신 말씀이 생각났다.

"부지런한 사람은 안 굶는다."

물자가 넘쳐나는 부유한 대도시의 밤거리, 자연에서 먹을 것을 구하는 것처럼 쓰레기를 파면 음식이 나온다는 사실이 재미있다. 과연 할머니께서는 이런 상황을 예상이나 하셨을까?

　지구를 밝히는 태양은 분명 하나뿐인데도 왠지 스페인의 태양은 출처가 다른 듯한 착각이 들 정도다. 유럽 전역의 사람들은 스페인 하늘에서 내리쬐는 태양을 그리도 사랑했다. 스페인 사람들이 자랑하는 것 중 하나가 바로 이 특별한 태양이다. 우울증이 드문 이유를 태양이 자기네 나라를 편애하고 있기 때문이라고까지 했다. 분명 스페인의 태양은 근심걱정까지 태워버릴 만큼 강렬하다. 그리고 그 태양은 스페인 사람들에게 정신적 건강뿐만 아니라 엄청난 관광 수입까지 안겨준다.

　1년 365일이 모자랄 만큼 놀고 싶어 환장한 사람들이 뿜어내는 '향락 에너지'와 '태양'이 적절히 결합된 지중해의 아름다운 섬 이비사IBIZA는 1970년대부터 유럽에서 좀 논다 하는 사람들이 찾는 휴양지다. 스페인에 도착해서 만나는 사람들마다 이비사로 갈 것을 강추했지만 '사치'나 '향락'이라는 대명사는 우리와 어울리지 않았다. 아니, 언감생심이었다. 그래도 뜻이 있는 곳에 길이 있다고, 다각도로 이비사로 갈 수 있는 길을 연구한 끝에 우리는 결론을 내렸다. 요리사인 다리오는 이비사 섬에서 가정집보다 수가 많은 레스토랑 주방에 단기 무계약 취직을 하고, 나는 관광객이 많이 다니는 광장에서 우리가 만든 장신구를 팔 계획이었다. 한국에서 대학까지 나온 딸이 남의 나라 길바닥에서 불법 장사를 한다는 소식을 들은 엄마는 그 어떤 상황에서도 굶어죽진 않을 만큼 생활력 강한 딸이 오히려 자랑스럽다는 말로 나에게 자신감을 불어넣어주었다. 우리가 이비사에 왔다는 것이 중요했다. 슈퍼마켓에서 밥 먹고 친구의 봉고차 안에서 잔다 해도 그다지 상관이 없었다.

　이비사 출신 친구 살바는 로컬답게 자기의 후진 봉고차에 우리를 태우고 여기저기 구경을 시켜주었다. 관광객들이 쪽빛 바다가 내려다보이는 하

얀색 지중해식 건물 카페에서 우아하게 와인을 한잔 들이킬 때 우리도 살바의 차를 타고 도착한 아름다운 절벽 아래서 똑같은 바다를 보고 와인을 병째 돌려 마셨다. 며칠 후 살바는 카포에이라브라질의 무술를 하는 말리 친구를 소개시켜주었다. 살바는 그 친구가 불법체류자였을 때 도움을 많이 주었다며 이번에는 그가 자신을 도와주어야 할 차례라고 맘대로 결정했다. 살바의 부탁으로 우리는 말리 남자의 집에서 잠시 신세를 지기로 했다.

이비사에도 이런 곳이 있다니……. 모든 것이 사치스럽고 비싼 이 섬에도 전기와 수도가 없는 집이 있었다. 말리 남자의 집이 그랬다. 그뿐만이 아니다. 집의 반은 허물어지고 땅이 깊게 파여 있어서 발을 헛디뎠다가는 2미터 아래로 떨어질 수도 있었다. 밤에는 캠핑할 때처럼 촛불을 쓰고, 물은 옆집 마당에 연결된 호스를 이용해서 끌어다 썼다. 옆집에는 집시 가족이 살고 있었다. 이런 집도 한 달에 200유로의 월세를 낸다고 하니 이비사에서 지내는 것이 얼마나 비싼지 피부로 느껴졌다. 게다가 말리 남자는 얼마나 눈치를 주는지, 마치 처음 스페인에 도착해서 이민자로서 받은 설움을 우리에게 돌려주겠다고 작심한 사람처럼 우리를 무시했다. 겪어본 사람이 더하다는 말이 딱 맞다. 물질적으로 부족하고 갈 곳 없이 지냈던 경험이 있는 그는 오히려 더 매정했다. 아마도 그다지 착한 사람이 아니었을 것이다. 무엇보다 그의 눈에 거슬렸던 것은 우리가 생산적인 일을 하고 있지 않다는 것이었다.

여행을 하면서 좋은 사람들을 수없이 만났지만 언제나 그런 것만은 아니다. 가끔은 색안경을 끼고 우리의 대안적인 삶의 방식을 두고 낙오자로 간주하는 사람들도 있다. 적게 일하고 적게 생산하고 적게 소비하는 우리의 모습이 자본주의적 관점에선 그렇게 보일 수도 있겠다는 생각을 했다. 화가 나지만 어쩔 수 없다. 그들과 우리의 삶이 다른 것을 이해 못하는 것이 아니라 이해하려고 하지 않는다는 것도 잘 알고 있다.

하루는 광장에서 3유로짜리 싸구려 팔찌를 이태리 남자에게 팔았다. 그게 화근이었다. 20유로를 받고 17유로를 거슬러주었는데, 알고 보니 그 20유로가 위조 지폐였다. 그는 우리 돈 17유로를 날로 먹은 셈이다. 이비사에 온 며칠 동안 신고식 한번 제대로 치렀다. 그래도 이 섬을 떠날 수 없었던 것은 그놈의 태양이 너무 찬란하게 비추고 있었기 때문이다.

　말리 남자의 집에서 나온 뒤 절벽에 위치한 동굴로 보금자리를 옮겼다. 이비사 토박이인 살바에 의하면 이 동굴은 1970년대에 섬에 들어와 살던 히피들의 '유적' 중 하나라고 한다. 섬의 유명한 '히피마켓'에서는 인도에서 가져온 물건들을 비싸게 팔고 있었다. '히피마켓'이라는 이름이 붙은 이유는 30년 전 물 건너온 히피들의 물물교환 장터였기 때문이다. 현재는 본질을 완전히 잃어버린 지 오래다.

　다행히 우리가 지내던 동굴은 긴 세월 동안 사람의 손을 많이 타지 않았다. 길이 쉽지 않아 찾아올 수 있는 사람도 극히 드물었다. 뭘 하든 돈이 필요한 이 섬에서 유일하게 월세를 내지 않아도 쫓아내지 않는 이 집의 주인은 '자연'이다. 나중에 우연히 '훌리오 메뎀'이라는 스페인의 유명한 감독 영화에 그 동굴이 나오는 것을 보고 깜짝 놀랐다. 여주인공 아나는 아빠와 함께 동굴에서 살았다. 한 번 가본 도시가 텔레비전에 한 컷 나와도 흥분하던 차에 이비사에서 집 삼아 살았던 동굴이 영화에 등장하는 것을 보고 나는 감격을 감출 수 없었다.

　스페인에 온 이후로 "오늘 할 일을 내일로 미루지 말라"는 말은 힘을 잃었다. 시내와 멀리 떨어진 절벽 위의 동굴에서 우리는 평화로운 생활을 했지만 섬에 오기 전 계획했던 모든 것과 동떨어진 생활이었다. 나는 오늘 할 일을 내일로 미루지 말라고 큰소리를 쳤지만 태평한 다리오는 내일 할 수 있는 일을 뭐 하러 꼭 오늘 해야 하냐며 내 속을 뒤집어놓았다. 그는 매일 저녁 "내일은 꼭 시내에 가서 요리사 자리를 구해봐야지"라고 말했지만 다음날이면 어김없이 또다시 내일로 미뤘다. 그때는 그가 인생의 게으른 패배자가 아닌가 싶었다.

지와 다리오가 한동안 지낸 동굴.

　　몇 달 뒤 이것이 아주 전형적인 '스페인식' 사고방식이라는 것을 알았다. 그 유명한 '마냐나Mañana 정신'이다. 스페인어로 마냐나는 내일이라는 뜻이고 이 정신은 내일을 위해 오늘 할 일을 남겨두라는 스페인만의 독보적인(?) 정신이다. 조지 오웰의 《카탈로니아 찬가》에서 보면 전쟁을 하는 와중에도 내일로 미루는 마냐나 정신은 그대로 성립되었다. 내가 조금이라도 비아냥거리면, 스페인 친구들은 그 마냐나 정신으로 아메리카를 정복했다며 쉴 새 없이 일하는 동양 사람들이 본받아야 할 정신이라고 한술 더 떠 반박했다. 관광객들을 위한 기념품 가게에는 유명 스포츠 메이커의 "Just Do it"이라는 로고 밑에 "Tomorrow"라고 써놓고 누워 있는 스페인 사람을 그려 넣은 풍자 티셔츠가 걸려 있었다. 정말 절묘하게 맞아떨어진다.

그러고 보면 동굴 생활은 스페인에 있는 동안 가장 스페인스러운 생활이었다. '무조건 내일 한다'는 정신을 잘도 지켜냈다. 동굴 생활은 자연에서의 원초적인 삶을 의미했지만, 말리 남자의 집에서도 전기 없이 지냈으니 밤이 되면 어두운 것은 매한가지였다. 아침에 일어나면 언제나 태양빛에 물든 지중해가 바로 눈앞에서 나를 반겼다. 단 한 번도 같은 색을 내지 않았다. 어쩌면 이것 때문에 나는 동굴을 떠나지 않았는지도 모른다.

더우면 절벽을 따라서 난 내리막길 밑에 있는 천연 풀장에 몸을 담갔다. 평평한 바위가 오랜 기간 깎여서 움푹 팬 모양이 풀장 그대로다. 절벽으로 둘러싸인 숲 안으로 들어가면 지하수가 솟아 나와 시원한 물을 원 없이 마실 수 있다. 가끔 시내에 가서 필요한 것들을 사왔다. 보통 과일이나 통조림으로 끼니를 때웠다. 몸무게를 15킬로 가량 감량한 다리오의 모습은 그야말로 단식투쟁을 끝낸 간디가 따로 없었고, 그의 긴 머리는 그야말로 산발이었다. 이비사에선 인도 문화와 패션이 유행이었다. 영적 스승을 두는 것도 유행이 되어 부자들은 자신의 구루를 찾기를 원했다. 살바는 시내에 가서 동굴 안에 남자가 도를 닦으며 살고 있다고 소문을 퍼뜨려 돈을 벌자는 말도 안 되는 제안을 했다. 이 재미있는 친구는 실속 없고 어리석지만, 진실한 친구라서 함께 있는 동안 언제나 우리를 도와주기 위해 노력했다.

싸구려 와인의 환생

그 누가 이 오묘하게 기똥찬 맛을 상상할 수 있을까? 우선 커다란 유리잔에 얼음을 채우고 그냥 마시기에는 너무 시고 떫은 싸구려 와인을 반쯤 붓고 콜라를 섞으면 그 이름도 유명한 '칼리모초'가 된다. (좋은 와인으로 하면 맛이 떨어지므로 반드시 싸구려 와인으로 오리지널 맛을 보시길.) 스페인으로부터의 독립을 간절히 원하는 스페인 북부의 바스코 지방에서 시작된 칼리모초는 독립은커녕 맛으로 스페인 남부 안달루시아까지 통일해버렸다.

상그리아Sangria : 싸구려 와인 + 집에 남은 술 아무거나(다리오는 소주까지 넣었음) + 탄산소다 + 제철과일 아무거나(오렌지, 귤 추천) + 계피 + 정향(생략 가능) + 설탕

상그리아는 피를 의미하는 상그레Sangre에서 왔다. 비하인드 스토리로 전쟁 중에 포도 농사가 망해 질이 낮은 와인을 생산했는데 그 떫은 와인을 어떻게 마실까 궁리 끝에 만들었다고 한다. 오렌지의 상큼함과 계피의 깊은 맛에 설탕의 달콤함이 핵심인 이 붉은 물은 집집마다 장맛이 다르듯 만드는 사람마다 각자의 레시피가 있다. 맛의 정답은 없다. 원하는 대로 이것저것 섞으면 된다.

틴또 데 베라노 Tinto de verano : 싸구려 와인 + 탄산 소다 + 레몬

적포도주는 짙은 색을 의미하는 '틴또'라고 불린다. 뜨거운 태양 아래 마셔야 제 맛인 틴또 데 베라노는 말 그대로 '여름의 와인'이다. 와인의 붉은색이 레모네이드와 섞여 핑크빛으로 물든 유리잔에 레몬을 한 조각 띄우면 스페인의 삼복더위도 피해간다는 틴또 데 베라노가 된다.

맥주도 예외는 없다. 섞어야 한다. 맥주와 레모네이드를 반반씩 섞으면 '클라라'가 된다. 생각보다 맛이 괜찮다. 섞으면 새로운 것이 탄생한다. 마치 스페인의 정체성임을 대변하듯 술도 피도 마구 섞어버린다. 상그리아를 맛보고 나면 다양한 민족의 복잡한 족보를 유난히 자랑스럽게 여기는 스페인 사람들이 이해가 가기 시작한다. 음식도 그렇듯 서로 다른 재료가 섞여 새로운 맛이 되는 경우도 있고 겉도는 경우도 있다. 스페인은 전자다.

이비사에서는 관광객들이 가는 나이트클럽 대신 현지인들 사이에서만 알려진 숲과 해변에서 파티를 즐기거나, 집에서 하는 하우스파티에 초대받아 다녔다. 모든 것이 넉살 좋고 오지랖 넓은 살바 덕분이다. 살바는 섬에서 모르는 사람이 없을 정도다. 물론 그의 평판이 언제나 좋은 것만은 아니다. 하지만 모든 일은 너무 착한 살바가 사람들에게 이용당해 생긴 것이라고 나는 믿는다.

살바가 인도에 가기 전의 일이다. 아름다운 이비사의 해변에서 두 남자가 다가오더니 그가 알지도 못하는 물건을 훔쳐갔다고 몰아세우기 시작했다. 디제잉을 할 때 쓰는 값비싼 기계를 내놓으라며 살바를 때리기 시작했는데, 폭력을 이 세상에서 제일 싫어하는 살바는 우선 그 상황을 모면해보려고 자기가 돈을 갚겠다고 했다. 그는 더 맞기 싫었기 때문에 결국 생돈을 그들에게 쥐어주었다. 억울한 살바는 인도로 갔고 한동안 분을 삭이지 못했다.

그러던 어느 날 캘커타의 마더테레사의 집에서 봉사활동을 하다가 이비사 출신의 한 여자를 만났다. 그녀는 다름 아닌 살바에게 돈을 뜯어가고 협박한 남자의 누나였다. 살바는 그 이야기를 하며 자신이 억울하다고 했고, 착한 누나는 이비사에 돌아가면 동생에게 그 돈을 받아주겠다고 약속했다. 원수의 누나를 우연히 만나 누명을 벗은 그가 입버릇처럼 하는 말이 있었다.

"인생이 다 그런 거지Life is like this."

그는 짧은 영어로 기쁠 때도 슬플 때도 화날 때도 어떤 역경에서도 이렇게 말했다.

우리와 함께 지내는 동안 그는 두 번이나 신발을 잃어버렸다. 잃어버리

지 않으려고 숨겨두었는데 어디에 숨겼는지 잊어버린 것이다. 신발을 잃어
버리고 맨발로 걸으며 그는 말했다.

"인생이 다 그런 거지."

해변을 거닐다 누군가가 바다에 들어가기 위해 벗어놓은 신발을 능청
스럽게 주워 신으면서도 "인생이 다 그런 거지."

인생의 희로애락은 이 한마디면 설명할 수 있다.

며칠 동안 씻지도 않은 내 모습이 그들의 눈에는 있어 보였는지 나더러 한국에서 교육을 많이 받은 부자냐고 묻는 사람도 있었다. 그러면 나는 "노 텡고 까사, 노 텡고 디네로, 노 텡고 나다 No tengo casa, No tengo dinero, No tengo nada." 라고 답했다. 집도 없고 돈도 없고 아무것도 없다는 뜻인데 그들은 나의 말에 하나같이 얼굴 가득 밝게 웃으며 자기들과 똑같다며 좋아했다. 없는 것이 자랑인 이유는 그들의 가난이 자발적이기 때문이다. 유일하게 창조적인 가난은 자발적인 가난뿐이다.

이비사에서 사귄 친구들은 스페인 전역에서 온 괴짜들이다. 그들은 하는 일 없는 사람들처럼 보였다. 그처럼 건강한 젊은이들이 사회를 위해 일하지 않는 것은 낭비라고 여기는 사회 일반의 가치관에 반항하는 불량 시민들이다. 그들과 만나 친구가 된 뒤, 그들이 살고 있는 곳으로 초대를 받았다.

지중해가 한눈에 보이는 언덕 위에 자리한 전망 좋은 리조트(?)였다. 땡전 한푼 없는 그들이 무슨 돈이 있어서 리조트에 사는지 궁금해하겠지만 그곳은 한때 리조트였던 폐건물이다. 주인이 리모델링할 돈이 없어서 흉측하게 방치해놓은 건물인데, 그래도 맘씨 좋은 사람인지 오갈 데 없는 사람들에게 공사 시작 전까지 지낼 수 있도록 허락했다. 이런 걸 운 좋은 '합법적 스콰'이라고 한다.

그곳에는 30명 정도의 젊은이들이 살고 있었다. 이비사에 와서 일을 하며 착실히 돈을 모으는 사람들부터 우리 같은 장기여행자까지, 각자 다른 이유지만 허름한 한 지붕 밑에 자신들의 짐을 풀었다. 모두 개성이 강하지만 보금자리를 공유하는 사람끼리 자체적 규율이 있어야 한다고 생각했다. 돈을 아끼기 위해 찾아오는 사람들을 모두 받는다면 거지 소굴이 될 테니까 말이다. 우리는 함께 토론을 하며 그곳을 더 완벽한 공동체의 모습으로 만들어나가기 위해 노력했다.

몇 번의 회의를 통해 공동의 예산을 만드는 것이 좋겠다고 결정했다. 하루에 한 사람당 1유로씩 내고 그 돈을 모아 식재료를 장만하고 30명이 먹을 음식을 만들었다. 고기 한 점 구경할 수 없는 부실한 식사지만 식재료가 싼 스페인에서는 대식구를 위한 스파게티나 인도 커리 등을 만들 수 있다. 공동체를 위해 일하는 사람은 당번을 통해서 정하고 규칙을 지키지 않는 사람들은 퇴출시키기로 했다. 자기주장이 강하고 말이 많은 스페인 사람들은 저마다 자신이 생각하는 이상적인 공동체의 모습을 이야기했다. 이런 것을 두고 '사람들은 원래 정치적'이라는 말이 나온 것일까? 남들이 보기엔 집시 캠프 같은 이 폐건물에서조차 우리는 규율의 필요성을 느끼고 서로의 편의를 위해 더 나은 모습으로 변하려고 노력했다.

친구들이 나에게 좀더 쉽게 다가올 수 있게 하기 위해선 먼저 나의 벽을 부수어야 했다. 언어의 장벽을 좁히기 위해 스페인어를 배워야겠다는 생각을 했다. 돈이 없어 학교에 갈 수 없었지만, 가끔 이것저것 주워들은 스페인어를 알아듣고 대꾸를 하면 친구들은 환호해주었다.

매일 파티를 했다. 살바의 봉고차에 몇 명이고 태워 숲속이든 해변이든 파티가 있는 곳이라면 어디라도 갔다. 관광객이 아무도 찾지 않는 야생에서의 공짜 파티, 진짜 이비사 스타일 파티다.

우리는 여행할 때 언제나 알 수 없는 이끌림을 통해 지낼 곳을 찾는다. 우리가 지낼 곳, 있을 곳은 언제나 존재한다. 내가 있는 모든 곳이 '집'이 된다는 생각을 가지면 동굴도 폐건물도 집이 된다. 이비사의 나의 집과 가족들, 세상은 그들을 겉모습으로 판단해 낙오자라고 낙인 찍을 수도 있으나 누구보다 지혜롭게 자신이 속한 미니 사회를 이끌어나갔고, 이 세상에서 누구보다 자유로웠다.

©www.patiomaravillas.net

단 한 번도 스페인이라는 나라가 나의 운명의 장소가 될 것이라고 생각하지 않았다.

스무 살 때 처음으로 혼자 떠난 여행에서 나는 적응하지 못하고 겉돌다가 끝나버린 고등학교 시절의 꿈을 이루었다. 에펠탑 위에서 파리 시내를 바라보는 것. 특별한 사건은 아니지만 내가 그곳에 서니 모든 것이 특별했다. 그 여행은 47명 중에 45등을 했던 나에게 모든 것이 가능하다는 희망을 준 아주 중요한 사건이다. 그때의 떨림을 아직도 느낄 수 있다.

"서른 살이 되기 전까지 유럽에서 1년만 살아보자."

에펠탑 위에서 주문을 걸었다. 그리고 그 주문은 나를 인도로 세 번 인도(?)하고 세 번째에 인생의 동반자를 만나게 했다. 여권에 찍힌 스페인 출입국 도장의 일수를 추적해보니 서른 살이 되기 전까지 나는 정확히 14개월 동안 스페인에 있었다. 에펠탑에서의 주문이 이뤄진 것이다.

스페인에서 3개월이 지나갈 무렵 고민이 생겼다. 불법체류자가 될 상황이었다. 돌아갈 여비도 떨어지고, 그렇다고 합법적으로 고용계약을 받을 입장도 아니다. 마음을 단단히 먹고 운명을 기다렸지만 모험의 끝은 너무 허무했다. 아무 일도 생기기지 않았기 때문이다. 스페인식 농담으로, 그 많은 불법체류자들을 모두 보호소에 (감금) 하기에는 식비가 너무 많이 든다고 했다. 불법체류라는 것은 사람을 참 치사하게 만든다. 이 나라 어디에서도 환영받지 못한다. 마치 남의 집에 얹혀사는 느낌이랄까? 뭘 해도 불편하다. 게다가 빈털터리라면 더욱 서글프다.

'소속'이라고 쓰인 칸에 채워 넣을 단어 하나가 없다는 이유로 '나'라는 존재가 마치 공중에 붕 뜬 것만 같았다. 진정한 자유인이라는 생각에 잠시 뿌듯하다가도 이내 두려운 마음이 들었다. 소속이 주는 마음의 안정감이 결코 무시될 수 없다는 것을 깨달았다.

언제나 그렇듯 불러주는 데는 없지만 갈 곳은 많았다. 마드리드 시내에 있는 스콧하우스에서 스페인어 강의를 몇 번 들었다. 그곳에선 나를 증명할 그 어떤 문서도 요구하지 않고 돈을 낼 필요도 없었다. 물론 수료증이나 출석여부 따위를 따지지도 않는다. 누구나 원하는 것을 배우고 가르칠 수 있다. 전세계에서 온 여러 인종들이 뒤섞여 언어와 문화를 배우고, 심지어 길에서 주워온 고장 난 자전거를 수리하는 기술도 배울 수 있다. 서커스 기술과 해킹 같은, 보통사람들에게는 필요 없는 수업도 있었다. 그곳을 좋아했던 이유는 하루 종일 있어도 돈이 들지 않고 무엇보다 나에게 필요했던, 소속감이라는 달콤한 마음의 사탕을 제공해주었기 때문이다.

환경이 중요하다고, 불법체류자들 사이에서 지내다 보니 그것이 문제가 된다는 생각과 걱정이 어느새 사라졌다. 나야 내 발로 이 나라에 들어와 안 나가는 것이지만, 아프리카 대륙에서 산전수전 다 겪고 유럽에 온 불법체류자들을 볼 때면 같은 불법 신분이지만 안타까운 마음이 들었다. 집도 가족도 없고 언어도 알아듣지 못하는 그들의 상황은 짐작할 수도 없을 만큼 서글프다. 그들에 비하면 나는 돌아갈 집이 있는, 무늬만 불법체류자다.

한 프랑스 친구는 기발한 방법을 동원해 불법체류자들을 법적으로 도와주는 봉사활동을 했다. 아프리카의 작은 나라에서 죽을 고비를 넘기며 배를 타고 유럽으로 건너온 한 남자는 '성적 소수자'인 덕분에 프랑스 국적을 취득했다고 한다. 그의 나라에서는 동성애자들을 돌팔매로 죽여도 죄가 아니고, 그가 동성애자이며 본국으로 돌아갈 경우 신변이 위험하다는 이유로 난민 신청을 해서 허가를 받은 것이다. 유럽이 아니면 도저히 상상할 수 없는 특별 케이스다. 대부분의 불법체류자들은 유럽연합국가의 국적을 가진 사람과 혼인신고를 한다. 법이라는 것은 진정한 사랑도 의심하고 더 많은 증명서를 요구한다. 법은 약자들 앞에서 더욱 강력하게 발휘되어 가끔 그들의 사랑조차 거부당한다.

내가 만난 많은 불법체류자들은 자신들의 존재가 불법으로 남는 것을 원하지 않았다. 단지 신분을 증명할 문서가 이곳에 없다는 것 때문에 그들은 불법체류자로 낙인 찍어버린 사회에 들어갈 수 없었다. 외국인으로서 신분을 증명할 땐 빵빵한 재산증명서 한 장이면 되는데 문제는 그 사람들이 하나같이 가진 게 없다는 것이다. 돈 없으면 죄라는 말은 이 경우만큼은 정확하다. 갈 곳 없는 사람들이 언제쯤 원하는 곳에 맘대로 짐을 풀 수 있을까, 생각했다.

종잇장 하나를 지니고 있지 않다고 내가 불법이라고 말한다네
세우타와 지브롤터 사이에 내 인생을 두고 왔어
나는 저 바다의 선 하나, 도시의 유령 같은 존재
내 인생이 금지되었다고 경찰은 말하네
Me dicen el clandestino Por no llevar papel
Mi vida la dejé Entre Ceuta y Gibraltar
Soy una raya en el mar Fantasma en la ciudad
Mi vida va prohibida Dice la autoridad

— 마누 차오Manu Chao의 노래 '클란데스티노clandestino, 불법체류자' 중

　아주 짧은 '카미노 데 산티아고산티아고 순례'를 계획하고 조개가 그려진 신호를 따라 걷던 중 샛길로 빠졌다. 왜 언제나 샛길이 더 매력적으로 다가오는지는 유전자 검사를 해보면 이유를 알 수 있을까? 정해진 길을 따라가는 것에 알레르기라도 있는 사람들처럼 우리는 다시 방향을 틀었다. 그리고 알프스 소녀 하이디의 할아버지 집을 연상시키는 산으로 갔다. 스페인에서 왠 알프스인가 의아해할지 모르지만, 아스투리아스의 소미에도 국립공원에 가보면 알 수 있다. 스페인에는 지중해의 쪽빛 해변과 플라멩코와 투우만 있는 것이 아니다. 언덕을 덮은 초록 잔디와 색색의 들꽃으로 가득한 들판도 있다.

　협곡 사이로 바람이 들락날락거려서 어찌나 춥던지, 또 바람이 멈추고 구름에 가려졌던 태양이 제대로 내리쬐는 몇 분 동안은 어찌나 덥던지, 변덕스러운 날씨에 겉옷을 입었다 벗었다를 반복했다. 첫날밤 마을 공터에 텐트를 쳤다. 너무 오래 써서 제한온도 영하 1도라고 쓰인 표시가 무색한 침낭을 두르고 자면서 네 번이나 눈을 떴다. 텐트 밖의 바람소리와 소의 목에 걸린 종소리가 환상의 앙상블을 이루는 밤, 소들도 추워서 잠 못 이룬 채 거닐고 있는 것이 분명했다. 겨울만큼 추운 봄날의 새벽녘에 잠을 설치는 게 나뿐이 아님을 확인하자 동지가 생겼다는 생각에 기분이 덜 상했다. 아침의 단잠은 늦잠으로 이어졌다. 텐트 문을 여니 해는 중천에 있고 맑은 하늘에 구름 한 점 없다. 머리 위의 하늘은 지붕이 없을 때 더욱 가깝게 다가온다. 떠돌아다니다 보면 더 이상 집의 필요성을 느끼지 않게 된다. 대신 하늘과 산과 해와 별 그리고 사람이 더 중요해진다. 그래서 집이 없는 우리가 그토록 떠돌이 생활을 사랑하는지 모른다.

작은 마을을 지나는데 목동이라 하기에는 나이가 많은 노인이 나막신을 신고 소를 몰고 지나갔다. 나막신이 바닥에 닿을 때마다 딸그락거리는 소리와 소 목에 걸린 종소리가 또 다른 음악을 만들어냈다. 노인과 소떼가 눈앞에서 멀어져 사라질 때까지 지켜보았다. 그리고 나의 종교관에는 없던 '윤회'의 참뜻이 단어가 아닌 마음으로 와 닿았다. 천천히 걷는 노인과 그 뒤를 조용히 따라가는 소들은 생과 우주를 넘어선 관계라는 것이 어렴풋이 느껴졌다. 수많은 생을 거듭하는 동안 소는 전생에 소몰이였고 지금의 소몰이는 전생에 소였다는, 복잡하지만 간단한 숙명의 그림이 머릿속에 그려졌다.

피구에세스라는 유난히 작은 마을을 한 바퀴 돌고 있는데 집 앞에 홀로 앉아 햇살을 받는 노인이 눈에 들어왔다. 짧은 인사를 나누고 지나가는 말로 아름다운 이곳에서 살고 싶다고 하자 산 중턱에 있는 빈집을 기꺼이 10년 전 가격에 팔겠다고 한다. 가진 돈도 없으면서 솔깃한 우리는 할아버지가 알려 준 길을 따라 집을 보러 가기에 이르렀다. 아침부터 종일 걷고도 빈집을 찾아 헤매느라 산길을 두어 시간 보너스로 더 걸었지만 마음만은 즐거웠다. 어쩌면 이것이 집을 찾는 운명적인 사건이 아닐까 하는 설렘이 있었기 때문이다. 언젠가 집이 분명 우리를 찾아올 거라는 기대를 버리지 않는다. 우리에게 집은 가격이나 평수가 중요한 게 아니라 운명처럼 만나 사랑할 수 있는 소울메이트의 개념이기에 분명 특별한 것이다. 드디어 할아버지가 일러준 대로 언덕을 가로지르는 시냇가가 보였다. 돌로 만든 집 앞에는 도끼며 안장이 벽에 걸려 있고 문 앞에는 나막신도 한 켤레 있었다. "올라여보세요" 불러도 대답이 없자 다리오가 살짝 문을 열었다. "음메" 하며 소 두 마리가 대답을 했다.

"여기에 무화과나무를 심고 저긴 당근을 심자! 닭도 몇 마리 키우자!"

이 땅과 집의 법적 주인은 따로 있지만 잠시 동안 우리는 진짜 주인이 된 것처럼 이것저것 심어보았다. 소똥으로 가득 찬 외양간이 즐거운 나의 집으로 바뀔 확률은 거의 없었지만 언덕 위에 한참을 앉아 있었다.

창의성 없는 가난은 결핍이다.

JAPAN

chapter 7. 일본
도시 한복판에 세운
지와 다리오의 파란 집

지구에 무임승차한
히치하이커들

진짜 여행의 고수는 떠나지 않고도 새로운 자신을 발견하고

매일 작은 일탈(?)을 해내는 사람이다.

우리가 가만히 있어도 우주는 계속 움직이고 있으니,

지구에 무임승차한 우리는 그야말로 우주의 히치하이커들이다.

주변 여행자들에게 한마디 인사를 건네보자!

좋은 여행 되세요!

　무작정 일본에 갈 채비를 했다. '청춘18'이라는 티켓을 발견해서, 부산에서 배를 타고 후쿠오카에 도착한 후 도쿄까지 싼값에 갈 수 있었다. 문제는 (문제라고는 할 수 없지만) 이용할 수 있는 교통수단이 완행열차뿐이라는 것이다. 물론 시간밖에 넉넉한 것이 없는 우리에게는 완벽한 여행법이다. 배 안에서 편안히 하룻밤을 보내고, 다음날 오전 10시에 후쿠오카를 출발해서 교토에 도착한 시간이 자정이었으니까 정확히 열네 시간이 걸렸다. 열차는 수많은 역을 지나쳤다. 짧게는 정거장 세 구역을 지나는 열차부터, 세 시간 이상을 가는 열차까지 총 여덟 번을 갈아탔다. 여행의 설렘으로 가득했기에 그 시간이 힘들다고 생각하지 않았다.

　작은 역들을 수없이 지나쳤는데 이름의 뜻도 알 수 없는 곳들이다. 밥을 먹기 위해서 내린 역의 이름 역시 기억나지 않지만 작은 길이 두 개밖에 없는 마을의 풍경은 내 머릿속에 아주 또렷하게 남아 있다. 마을에서 문을 연 유일한 식당에서 다리오는 메뉴 중 제일 싼 야키소바를, 나는 두 번째로 싼 함바그라이스를 시켜서 밥 톨 하나, 당근 한 조각 남기지 않고 먹어 치웠다.

　'오바마'라는 이름의 역을 지날 때 우리는 열차 바닥을 뒹굴며 웃었는데 일본 사람들에게는 그 모습이 우스꽝스러운 모양이었다. 힘겹게 웃음을 삼키면서 우리와 눈을 마주치지 않으려고 애썼다. 평일 이른 오후 완행열차 안에는 사람들이 꽤 많았다. 일종의 열차 오타쿠들이었다. 작은 역에서 열차가 잠깐 서는 동안에 역의 사진을 찍거나, 100년도 더 된 차량 네 칸짜리 열차의 모습을 카메라에 담느라 바빴다. 더딘 여정은 풍경을 오랫동안 붙잡아주고 나름 여행의 낭만을 살려주었다. 나는 풍경을 놓치기가 아까워 잠을 자는 것을 포기했다.

가까스로 자정을 15분 넘겨 도착한 교토 역은 우주선 같았다. 바람 한 점 없고, 후덥지근한 밤공기가 도시를 가득 메웠다. 거대한 비닐하우스에 갇혀버린 것이 아닌가라는 착각까지 들었다. 역 앞에는 몇 명의 노숙자들이 잠을 청하고 있었다. 절대 홈리스로 보이지 않을 만큼 깔끔했지만 주렁주렁 달린 봉지들이 집 없는 사람들이라는 것을 알려주었다. 우리의 착각인지 모르지만 우리는 노숙자로 보이기보다 여행자로 보였다.

치안이 안전한 나라에서 여행할 때 좋은 점은 '도시 캠핑Urban Camping'이 가능하다는 것이다. 역 앞에서는 결코 여행의 피로를 풀어줄 단잠을 잘 수 없다고 판단하고 지도에 초록색으로 표시된 공원을 찾아 걷기 시작했다. 공원까지는 생각보다 멀어서 중간에 아파트 단지 사이로 들어갔다. 동네 개들의 화장실이라는 것을 예상할 수 있는 작은 잔디밭이 있었다. 너무 피곤해서 그 자리에 바로 텐트를 쳤다. 바람 한 점 불지 않는 징그러운 밤이었다. 몸은 끈적거리고, 바로 옆에 있는 메마른 강에서 서식하는 모기들은 그날 우리 덕분에 포식을 했다. 내 평생 모기에 그렇게 많이 물려본 것은 아마존 이후 처음이다. 자연을 먹여 살렸다는 데 의미를 두고 그 작은 텐트 안에서 잠이 들었다. 다음날 아침, 숨이 막힐 듯한 더위 속에서 일어나 모기떼들이 모두 사라진 것에 감사하며 텐트 밖에 멍하니 앉아 있었다.

"오하요." 개를 산책시키러 나온 아줌마가 우리를 보며 먼저 인사를 했다. 아줌마의 포스도 예사롭지 않았다. 한 손에는 아직 어려 발랄한 시추 두 마리를 매단 줄이, 다른 한 손에는 담배 한 개비가 들려 있었다. 개들이 우리를 보고 더욱 신나서 발광하는데도 아줌마의 표정은 고요하다. 우리와 대화를 하면서 그윽하게 담배를 피우는 모습이 전형적인 일본 가정주부들과 달라 보였다. 분명 그녀는 젊었을 때 놀아본 것 같았다. 일본에 도착해 처음으로 우리에게 먼저 인사를 건네온 아줌마의 얼굴은 나에게 교토의 얼굴로 기억된다.

아파트 단지에서. 뒷산에서. 공원에서. 놀이터에서.

그때였다. 2층에 사는 아저씨가 나를 불렀다. "당신, 일본인이야?" 일본인이라고 하면 한 대 때릴 것 같은 눈초리로 우리를 노려보더니, "잠깐 내가 내려갈게"라고 말했다.

잠시 후 내려온 아저씨는 봉지 하나를 건네며 날씨가 더워 고생스럽겠다고 무덤덤하게 말하고는 재빨리 돌아갔다. 봉지 안에는 차가운 거봉 한 송이와 우유, 빵이 들어 있었다. 일본의 비싼 과일 값 때문에 과일을 끊어야겠다고 생각했는데 일본에서 맞는 두 번째 날 내 손에는 한국에서도 못 먹어본 자두 알만 한 포도가 들려 있었다. 피로가 싹 가시는 것 같았다. 무뚝뚝한 아저씨는 엉뚱한 이방인 둘이 더위를 먹지나 않을까 밤새 걱정한 모양이다.

도쿄에는 지낼 곳이 있었다. 스웨덴인 사이먼과 아내인 요시는 3년 동안의 무소식을 깬 갑작스런 연락에도 원룸 아파트의 작은 거실을 기꺼이 우리에게 내주었다. 그들의 집이 있는 고엔지 역에 내리자 동네가 떠들썩한 것이 축제가 한창이었다. 그 틈에 여비나 좀 벌어볼까 하고 우리가 만든 장신구를 사람들이 많이 다니는 좁은 길바닥에 깔았다. 장신구는 그다지 큰 주목을 받지 못했지만 가던 길을 멈춘 사람들이 한동안 우리 옆에 앉아서 이야기를 나누었다. 둘째 날 축제 때는 술장사가 남는 장사라는 사이먼의 말대로 상그리아를 만들어 팔았지만 그것이야말로 본전도 챙기지 못한 꼴이었다. 단 한 잔도 팔지 못했다. 결국 사람들에게 공짜로 나눠주었는데 공짜로 무언가를 받는 것을 무지 미안해하는 일본 사람들이 공짜 술을 마시고 모두 장신구를 사줬기에 손해만은 아니다. 우리가 하는 장사는 언제나 그렇듯 대성공을 거두지 못하지만 실속이 없지는 않다.

축제가 끝나고 거리는 다시 평온을 되찾았고 사람들은 다시 남의 일에 신경 쓰지 않는 사무적인 얼굴로 변신했다. 우리도 장사를 접고 다시 본업인 여행으로 돌아왔다. 후지산에 오르기로 했다. 신주쿠에서 후지산의 다섯 번째 신사까지 가는 버스가 있지만 수십 세기 동안 성스럽게 여겨져온 순례길을 밟기로 했다. 첫 번째 신사가 있는 후지요시다에 도착한 것은 2시가 훨씬 넘어서다. 슈퍼에서 파는 도시락으로 늦은 점심을 때우고 신사로 향했다. 1000년은 되었을 것 같은 커다란 나무들이 길을 시작하는 사람들을 맞이했다. 인간이 가늠할 수 없는 긴 시간을 한 자리에서 지켜온 나무들 곁을 지나며 마음이 경건해짐을 느꼈다. 세 시간을 걷고 어둑해질 무렵 두 번째 신사에 도착했다. 다리오는 후지산 신화에서 유일한 여자 신을 섬기는 신사라고 읽었다며, 나에게 좋은 기운을 줄 것이라고 말했다. 나름 페미니스트인 다리오는 후지산의 첫날밤을 페미닌 에너지로 가득한 신사 옆에서 보낼 것을 강추했다. 좋은 기운이나마나 어두워지자 그곳의 분위기는 공포스러워졌다. 거의 무너진 신사 뒤편에 색동저고리가 나무 사이에 걸려 있는 모습에 귀신인 줄 알고 깜짝 놀랐다. 그날 밤 나는 깊이 잠들지 못하고 좁은 텐트 안에서 엎치락뒤치락을 반복했다. (나중에 알고 보니 후지산 밑의 울창한 숲은 오랜 시간 자살 장소로 유명한 곳이었다.) 그래도 오랜만에 느껴보는 선선한 한여름 숲속의 밤공기는 기분 좋았다. 다음날 아침 텐트를 접고 배낭을 신사 안에 숨겨놓았다. 벼락 맞은 듯 천장이 무너진 신사 안은 낮에도 어두컴컴했다. 짐을 잘 부탁한다고 알 수 없는 신에게 말하고 후지산에 올랐다. 후지산의 정상은 해발 3776미터이고 우리가 실제로 올라야 할 거리는 2000미터 이상, 그리고 다시 내려와야 하니까 고된 하루가 되리라 짐작했지만 걱정하지는 않았다. 힘들면 그냥 내려올 생각이었다.

　한 일본인 아저씨는 후지산은 멀리서 봐야 아름답지 정작 오르려면 못난 산이라고 했다. 그 말이 옳은 듯했다. 돌밭에 경사도 심하다. 하치고메^{여덟번째 신사}에 도착했을 때 가져온 물도 다 마셔버려 내려갈까 생각하는 찰나, 누군가가 사서 열지도 않은 생수 한 병이 바닥에 놓여 있는 것을 발견했다. 한 병에 7000원이나 하는 생수 통이 바닥에 떨어져 있는데도 사람들은 서로 눈치를 보며 행동을 취하지 않았다. 그것을 잽싸게 낚아챈 나의 두꺼운 얼굴에는 만족스러운 미소가 번졌다. 후지산은 우리가 내려가는 것을 원치 않는다! 그 물을 한 모금 마시자 힘이 불끈 솟았다. 후지산이 내려준 약수라고 굳게 믿었다. 그 힘으로 정상에 올랐다. 내려오는 길은 올라갈 때보다 더 힘들었다. 다리 힘은 풀리는데 길이 미끄러워 제대로 힘을 주지 않으면 넘어지기 일쑤였다. 아홉 시간을 쉬지 않고 걷고 나서 메뉴에서 제일 싼 버섯 소바 한 그릇을 먹었다. 국수에 버섯뿐이지만 일본에서 먹은 음식 중 가장 기

억에 남을 만큼 맛이 좋았다. 배가 고파서 그랬는지 아니면 그 버섯이 특별한 것인지 언젠가 다시 가봐야 알 것 같다. 밤이 되어서야 배낭을 숨겨놓은 신사에 도착해 어둠 속에서 텐트를 쳤다.

산에서부터 자꾸 눈에 밟히는 게 하나 있었다. 산에 오르기 전 들른 슈퍼에서 본 바나나……. 왜 그리 먹고 싶던지. 마을에 내려와서 슈퍼마켓으로 직행했다. 다리오는 차가운 우유 1리터를 샀고 나는 과일 코너에서 한참을 서성였다. 그토록 먹고 싶었던 바나나가 가치 없어 보였다. 멍이 들었지만 달콤한 향을 풍기는 복숭아 2개의 가격이 더 쌌다. 복숭아는 언제나 바나나보다 비싼 점을 감안한다면 어느 쪽이 탁월한 선택일까? 결국 생각을 바꿔 복숭아를 가지고 계산대로 갔다.

"후지산에 올라가는 길인가요?"

상냥한 가게 주인아줌마가 상냥한 미소와 상냥한 말투로 물었다.

"아니요. 이미 정상에 다녀왔어요."

"어제 내가 밑에서 보니 구름 한 점 없는 깨끗한 날이었어요. 당신들은 운이 좋군요…… 잠시만요."

가게를 나가려는데 슈퍼 아줌마가 나를 부르더니 내가 한참 동안 비교 분석한 바나나뭉치를 건네며 가는 길에 먹으라고 한다. 아마도 그 바나나는 나의 선택을 받아야 할 운명을 타고 태어나 필리핀에서 자라서 일본까지 배를 타고 왔나 보다.

사이먼과 요시가 사는 빌라의 경비아저씨는 외국인 둘이 일본 여행을 한다는 말을 듣고 도야마에 가보라고 추천했다. '가제노봉'이라는, 풍년을 비는 전통 샤머니즘 축제를 보지 않고 이 나라를 뜨는 일은 있을 수 없다는 것이었다. 중년의 그는 커다란 안경을 썼고 마른 몸에 피부가 검고 반짝이는 것이 건강미가 넘쳐 보였다. 더운 여름날 에어컨도 꺼져 있는 빌라 로비에서 뜨거운 커피를 마시면서 땀도 흘리지 않았다. 매번 우리에게도 자신이 직접 내린 핸드드립 커피를 대접하곤 했는데 다리오는 아저씨가 잠깐 자리를 비우면 나에게 곤란한 표정을 지어 보였다. 다리오에게 더운 날 뜨거운 커피를 마시는 것은 고문에 가까웠지만 나는 '이열치열'의 참뜻을 알고 있었기에 커피를 맛있게 받아 마셨다.

떠나는 날 아침 아저씨가 행운을 빌어주었지만, 모든 일이 잘 풀리지 않았다. 열차를 열세 시간 타고도 도야마에 이르지 못했다. 10분만 더 빨리 일어났다면, 아니 열차를 잘못 타고 온 길을 되돌아가지만 않았어도 도착했을 텐데. 하지만 이미 늦었고 다른 선택의 여지가 없었다.

대도시의 일본인들도 잘 모르는 '요시다'라는 작은 시골마을에 도착한 이유는 따로 없다. 단지 그날 열차를 타고 갈 수 있는 최대 거리를 온 것이다. 작은 역의 역무원들은 이미 퇴근한 모양이었고 사람은커녕 동네 똥개도 없었다. 멀리서 술에 얼큰하게 취한 아저씨 둘이 비틀거리며 오는 게 보였다. 그들이 비틀거리는 게 아니라 세상이 비틀거리는 것인지도 모른다. 아저씨 둘이 역 앞의 우리를 발견한 것은 우리가 그들을 발견하고 한참 후였다. "오우." 그들의 첫마디였다. 대충 얼굴 표정을 보아하니 엄청 말을 걸고 싶은 모양인데 다리오가 외국인이니 무슨 말로 해야 할지 생각하는 듯했다.

그 와중에 한 아저씨는 오줌이 마려운지 화장실을 찾았다. 그리고 남아 있는 아저씨는 여전히 "어…… 엄…… 옴……."

말을 시작하고 싶은데 떠오르는 영어 단어가 없는 듯했다. 애처롭고 답답했다.

"왜어…… 유…… 프롬?"

"스페인."

"아이…… 드링크…… 사케."

"나이스."

화장실에서 돌아와 술이 조금 깬 아저씨는 친구가 우리를 귀찮게 한다고 생각해서인지 자꾸만 대화를 말렸지만 여전히 술에 잔뜩 취해 흔들거리는 아저씨는 어떻게든 다리오와 대화를 하기 위해 안간힘을 썼다.

"내버려둬봐! 나 지금 영어로 말하고 있어. 내가 영어로 말할 수 있는지 처음 알았네."

한참 알아듣기 힘든 영어 단어의 조합으로 대화를 시도하던 아저씨는 주머니에서 발견한 작은 귤 하나를 '세상에 이런 신기한 것이 있나'라는 표정으로 바라보더니 그것을 까서 다리오의 입 속에 넣어주었다. 막차가 온다는 친구의 말을 듣는 둥 마는 둥 하며 우리와 작별인사를 하고 아저씨는 드디어 떠났다. 다리오는 술에 취한 일본 사람들이 맨 정신의 일본 사람들보다 더 좋다고 말했다.

그날 밤 마을의 놀이터에 텐트를 치고 잤다. 다음날 컵라면으로 아침식사를 하고 두 정거장 거리의 더 작은 마을 '야히코'로 향했다. 출근 시간이 막 지나고 난 후 야히코를 찾는 사람은 우리뿐이었다. 두 칸밖에 없는 오래된 열차는 우리만의 전용 열차가 되었다.

야히코 역은 일본에서 유일한 신사 겸 역이다. 지은 지 100년 된 역 앞의 샘에서 목을 축이고 동네를 한 바퀴 돌았다. 텅 빈 마을에는 식당 세 개와 온천수가 나오는 여관이 몇 개 있지만 모두 문을 닫은 듯했다. 우리는 마을을 에워싸고 있는 작은 산으로 들어가서 텐트를 치고 3일 밤을 지냈다. 낮에는 나무 그늘 아래 해먹을 매달고 찌는 더위를 피했고, 해가 지면 공원의 수돗가에서 물놀이도 즐겼다. 나름 즐거운 바캉스를 보내고 있었지만, 가끔 만나는 마을 어른들은 산발 머리의 외국인 둘이 외진 시골 동네에서 도대체 무엇을 하고 있느냐는 듯 어리둥절한 표정으로 우리를 바라보았다.

토요일 아침, 태풍이 오려는 모양인지 아침부터 하늘은 잔뜩 흐리고 빗방울까지 떨어지며 바람이 세게 불기 시작했다. 허접한 집이 무너질지도 모른다는 염려에도 불구하고 우리는 아무런 행동을 취하지 않았다. 아침밥을 안 먹어서일까? 허기를 느낀 것은 나의 배가 아니라 나의 뇌인 것이다. 새벽같이 잠에서 깨서 힘없이 누워 있기를 거의 두 시간…… 다리오도 마찬가지였다. 비싼 나라를 여행하는 동안 돈을 아끼겠다는 계산으로 밥을 줄였다. 일본은 정말 상상초월이었다. 맛집을 찾아다니며 여행하는 사람들이 가끔 부러웠지만 그림의 떡이다. 이것저것 다 갖추고 하려면 우리에게 여행은 불가능하다는 것을 잘 알고 있으므로 최저가로 연명해야 하는 길 위의 생활을 되도록 즐기자는 것이 목적이자 의무다. 그리고 우리는 그것을 아주 잘 지켜왔다.

궂은 날씨에도 주말이 되자 관광객들이 역 앞을 서성이는 것이 보였다. 어차피 야히코를 지나는 열차는 하루에 세 대뿐이고 두 칸짜리 완행열차에 사람들이 가득 찬다고 해도 많은 수는 아니었지만 평일의 유령도시에 비하면 활기가 돌았다. 주말에만 운행하는 큰 온천장의 셔틀버스 운전사 아저씨는 야히코에 왔는데 온천도 안 가냐고 했다. 야히코에는 유명하지는 않지만 오래전부터 사람들이 성스럽게 여겨온 온천이 있다. 그것도 성분이 전혀 다른 세 개의 온천이 있어 체질에 따라 선택할 수 있다. 도착한 곳은 찜질방 분위기의 목욕탕이었다. 900엔으로 하루 종일 온천욕을 즐기고 다타미 방에서 낮잠을 자고 일어나서야 알았다. 헤매는 데도 이유가 있다는 것을.

"난 일본을 떠나 여행한 지 2년이 넘었어. 돌아가려고 생각하니 두렵
군. 가장 두려운 것은 아무도 나를 기다리는 친구가 없다는 거야. 난 친구가
없어."

에콰도르에서 만난 도미에가 나에게 건넨 첫마디다. 그처럼 멋진 사람
에게 친구가 없다니, 이상했다. 도미에는 교토의 시골에서도 그야말로 '깡
촌'에 사는 외로운 괴짜다. 그는 스물일곱 살에 죽었으면 좋겠다고 생각했
단다. 지미 헨드릭스, 짐 모리슨, 재니스 조플린, 커트 코베인이 죽은 나이
이기 때문이다.

"하지만 난 이제 스물여덟이고 스물여덟이나 아홉에 죽는 것은 그다지
멋지지 않아. 오래 살아봐야지."

내 관점에서 도미에는 웃긴 사람이지만, 그의 유머는 아주 소수의 사람
들에게만 통한다. 그는 처음 보는 우리를 다짜고짜 자기가 사는 일본 시골
마을로 초대했다. 그로부터 2년 6개월 만에 우리는 그에게 이메일을 보냈
다. 그의 답변은 이랬다.

"나의 좋은 친구 지와 다리오, 이 집은 당신들에게 열려 있어. 원하면 1년
을 살아도 돼."

그는 남에게 폐 끼치지 않는 것을 법보다 철저히 지키는 일본 사회에서
받아들여지기 힘든 멋진 친구다.

도미에가 사는 시골마을에는 버스가 다니지 않아서 그가 우리를 데리
러 역까지 마중을 나왔다. 도미에의 집은 전형적인 일본의 시골집이었다.
나무로 만든 이층집에는 미로 같은 방이 9개나 있고, 밭에는 토란대가 싱싱
하게 자라고 있었다.

다음날 그를 따라 동네 호숫가에 갔다가 돌아오는 길에 소나기를 만나 쫄딱 젖었다. 어릴 적 소나기가 내릴 때 일부러 집 밖으로 나갔던 기억이 되살아났다. 하늘에서 내리치는 거대한 빗방울을 얼굴에 맞는데 웃음이 났다. 어쩌면 비가 내리는 이유는 사람들을 웃기려는 것인지 모른다. 눈앞이 안 보일 정도의 집중호우에 자전거를 타고 달렸으니, 빗물은 눈으로 코로 귀로 맘대로 들락날락했지만 우리는 웃음을 참지 못했다. 비에 젖어도 상관없는 세계로 다시 돌아온 것이다.

도미에의 누나네 가족이 빌려준 자전거를 타고 이 동네 저 동네 쑤시고 다녔다. 인사를 해도 우리 모습에 넋이 빠져 답을 하지 못하는 동네 어르신들을 지나 학교 앞 공터에서 놀고 있는 아이들의 환호를 받으며 자전거

를 굴렸다. 쌀농사를 짓는 근방의 논을 지날 때 벼 냄새가 얼마나 향기로운지, 그 냄새가 내 몸에서 배어나길 바랄 정도였다. 땡볕을 피해 대나무 숲으로 숨어 들어갔다가 모기떼를 만나 실컷 물어뜯겼지만 대신 대나무들이 노래하는 것을 들었다. 바람이 불 때마다 이리로 저리로 흔들리며 아름다운 소리를 냈다. 도미에가 사는 마을은 내가 다시 아이가 될 수 있게 해주었고, 그동안 까맣게 잊고 있던 소박한 즐거움을 되돌려주었다. 일터에서 돌아온 도미에가 물었다.

"이곳은 볼 것도 없고 할 것도 별로 없고, 하루 종일 심심하지 않아?"

"네가 사는 이 마을은 일본에서 최고야."

그는 우리의 대답에 의아해했다. 곧 우리가 근사하다고 생각하는 모든 것이 그에게는 너무나 익숙한 것임을 깨달았다. 가장 평범한 것이 가장 이국적이라는 것도 알았다. 그러고 보면 우리 모두는 세상에서 제일 멋진 곳에 살고 있다. 그러니 진짜 여행의 고수는 떠나지 않고도 새로운 자신을 발견하고 매일 작은 일탈(?)을 해내는 사람이다. 우리가 가만히 있어도 우주는 계속 움직이고 있으니, 지구에 무임승차한 우리는 그야말로 우주의 히치하이커들이다. 잠시 삶을 즐기러 온 우주의 여행자들인 것이다. 고개를 들어 주변 여행자들을 바라보며 한마디 인사를 건네보자!

좋은 여행 되세요!

세속의 소음과 번다함에서 멀리 떨어진 곳에
희귀하고도 즐거운 곳이 있다고 상상한다.
나는 내 집 역시 실제로 이런 외딴 곳,
그러면서도 영원히 새롭고 더럽혀지지 않는
우주의 한 장소에 자리잡고 있다는 사실을 발견하게 되었다.
―헨리 데이비드 소로

　　남미의 한 시골마을에서다. 마을에 작은 샘이 있는데 그 물을 마신 외지인은 마을 처녀와 사랑에 빠져 아예 마을에 눌러앉는다고 했다. 물은 그럭저럭 맑아 보이지만 과자봉지 하나가 샘 바닥에서 반짝이고 있었다. 바람을 타고 날아온 과자봉지도 샘물 맛을 보고 아예 눌러앉은 모양이다. 다리오는 샘물을 마시고 싶어했다. 나는 미신 따위에 휩쓸리지 않지만 혹시나 하는 마음에 물이 더러워 보인다는 말로 그의 마음을 돌리려고 했다. 하지만 그는 기어코 샘물을 한 바가지 마셨다. 동네 아줌마들은 이제 짝은 마을에 두고 혼자 떠나야겠다며 숨이 넘어가게 웃기 시작했다. (그때 깨달았다. 전세계에는 아줌마 특유의 공통의 웃음소리가 있다는 것을.) 아무리 장난이라지만 기분이 약간 상했다. 다음날 마을을 떠나면서 다리오는 샘물을 마셨는데도 동네 처녀들이 눈에 들어오지 않는다고 했다. 그리고 자신의 머리카락으로 만든 귀걸이를 건넸다. 그건 사랑의 고백이었다. 미신도 우리를 떼어놓을 수 없다는 것을 의미했다.

"이 엉켜버린 머리카락에는 그동안 함께한 시간과 이야기가 들어 있어. 게다가 귀걸이로 만드니 근사하잖아."

값으로 매기는 것이 불가능할 정도로 소중한 귀걸이를 나는 바로 귀에 매달았다. 이 말도 안 되는 물건이 잘 어울리는 이유는 내가 주인이기 때문이다. 가끔 귀걸이의 사연을 모르는 사람들은 징그럽고 더럽다고 했다. 개념 미술에 빠진 괴짜들은 그것을 사고 싶어했다. 우리 사랑의 징표는 정상적인 것은 아닌 듯했다.

이 책에서 풀어낸 이야기들은 나의 뭉텅이 머리카락 귀걸이와 같다. 4년이라는 시간 동안의 행보와 재미滋味, 세상을 향한 희망, 자잘하게 솟구치는 창의성, 한없이 경이로운 자연, 건빵에 든 별사탕처럼 반가운 인연이 들어 있다. 그러니 독자들은 눈에 보이지 않는 시간을 우리와 함께 체험했으며 사랑의 징표인 머리카락 귀걸이를 선물받은 사람들이다.

하늘에 감사하고 땅에 감사합니다. 붉은 태양도 감사하고 숨 쉬는 나무도 감사하고, 오늘 하루 풍족하게 내 삶을 채워준 당신에게 감사합니다. 내일은 오늘보다 더 재미있는 일이 생길 거라고 별이 말하네요.

지와 다리오

세계가 우리집이다

ⓒ 지와 다리오 2011

초판 1쇄 발행 2011년 8월 26일
초판 2쇄 발행 2011년 11월 11일

지은이 지와 다리오
펴낸이 이기섭
기획편집 김윤희 이선희
마케팅 조재성 성기준 정윤성 한성진
관리 김미란 장혜정

펴낸곳 한겨레출판(주) www.hanibook.co.kr
등록 2006년 1월 4일 제313-2006-00003호
주소 121-750 서울시 마포구 공덕동 116-25 한겨레신문사 4층
전화 02)6383-1602~1603 **팩스** 02)6383-1610
대표메일 happylife@hanibook.co.kr

ISBN 978-89-8431-492-4 03810

• 책값은 뒤표지에 있습니다.
• 파본은 구입하신 서점에서 바꾸어 드립니다.